Un savoureux cookie

Soline Brunet

Copyright © Soline Brunet, 2025
Édition : BoD · Books on Demand, 31 avenue Saint-Rémy, 57600 Forbach, bod@bod.fr
Impression : Libri Plureos GmbH, Friedensallee 273, 22763 Hamburg (Allemagne)

Tous droits réservés.
ISBN : 978-2-3225-5295-5
Dépôt légal : Juin 2025

" Mais j'crois qu'avant, j'étais perdu(e),

t'es devenue mon chemin "

Hoshi – Puis t'as dansé avec moi

I

« Mesdames et Messieurs, dans quelques instants, le TGV entrera en gare de Paris Gare de Lyon… »

Je sursaute, brutalement tirée du sommeil, et jette un regard à ma montre. Après avoir résisté autant que possible à la fatigue, j'ai fini par succomber et m'assoupir la dernière demi-heure du trajet. Un coup d'œil à mon miroir de poche me rassure quant aux ravages du manque de sommeil, et des évènements de ces dernières vingt-quatre heures. J'étire lentement mes membres engourdis, mais une douleur lancinante me rappelle immédiatement à l'ordre, m'arrachant une grimace involontaire.

— Vous êtes sûre que tout va bien, Mademoiselle ?

J'adresse un sourire rassurant à la charmante vieille dame qui occupe le siège voyageur en face de moi. À peine s'était elle installée que nous avions sympathisé. Petite et menue, ses cheveux cendrés soigneusement ramenés en un chignon bas, elle avait des yeux bleu clair pétillants d'intelligence et de douceur. Elle m'avait instantanément rappelé ma grand-mère. Son regard malicieux et empreint d'une grande bienveillance avait eu raison de cette distance que l'on s'impose dans les transports en commun, à l'abri derrière nos smartphones et ordinateurs. Alors que je me sentais encore tendue par ce que j'avais traversé quelques heures plus tôt, elle avait su trouver les mots justes pour apaiser cette tension. Elle m'avait écoutée avec cette attention propre à ceux qui ont vécu autant de joies que de peines dans leur vie, et j'avais même ri en l'écoutant raconter quelques anecdotes sur son petit-fils, qu'elle s'apprêtait à rejoindre.

— Oui, merci, je suis sûre que demain ce ne sera plus qu'un mauvais souvenir…

Le train ralentit et s'immobilise. Elle se lève pour enfiler son manteau, et je l'imite en rassemblant mes affaires. Nous nous dirigeons avec l'ensemble des voyageurs pour récupérer nos bagages. Lorsqu'elle me demande de l'aider à récupérer sa valise, je ne m'attends pas à ce qu'elle me désigne une petite valise rigide rose bonbon. À mon regard surpris, elle répond d'un haussement d'épaule les yeux pétillants de coquetterie. Le hasard fait de belles rencontres et indéniablement, celle-ci en est une.

Je la précède pour descendre sur le quai pour l'aider. Autour de nous, les passagers se dispersent, tous plus pressés les uns que les autres. Elle me remercie d'un signe de tête et son regard empreint de bienveillance me replonge à nouveau dans les souvenirs de ma grand-mère, cette femme qui m'a élevée avec tout l'amour et le dévouement dont j'avais besoin.

Orpheline à l'âge de huit ans, c'est elle qui m'a recueillie. Veuve depuis bien avant ma naissance, elle n'avait eu plus que moi et j'étais devenue toute sa vie, comme elle était devenue la mienne. Elle avait fait tout ce qui était en son pouvoir pour que je grandisse comme une enfant ordinaire. Bien sûr, ça n'avait pas toujours été facile, ni pour elle ni pour moi. J'étais une petite fille réservée et solitaire, puis à l'adolescence, j'avais connu ma période de rébellion, et nos différences générationnelles n'avaient rien arrangé. Mais une fois ce cap passé, nous étions devenues complices, fusionnelles même. C'est grâce à elle que je suis devenue une jeune femme équilibrée, bien ancrée dans sa vie. Qu'est-ce qu'elle peut me manquer.

La faucheuse avait encore frappé et me l'avait enlevée il y a quelques mois, je l'avais trouvée étendue dans son lit, paisible. Les médecins m'avaient assuré qu'elle était partie dans son sommeil, sans souffrance. Une bien maigre consolation. Désormais, j'étais seule. Ironie d'être issue d'une lignée abonnée aux enfants uniques. Bien sûr, j'ai quelques amis proches, mais personne qui m'attend à la maison. Pas même l'ombre d'un petit ami, trop occupée et accaparée par mon travail.

Mon cœur déborde de souvenirs et de nostalgie. Sans réfléchir, je prends cette vieille dame dans mes bras. Elle semble surprise mais, avec une tendresse infinie, elle me tapote doucement le dos.

— Je suis désolée… Je ne sais pas ce qui m'a pris…

Je m'éloigne légèrement, un peu déconcertée par mon propre geste. Pourtant, ce câlin volé m'a fait un bien incommensurable.

— Ce n'est rien, répond-elle avec un sourire. Je pense que vous auriez beaucoup à apprendre à mon petit-fils… Prenez soin de vous.

Je lui rends son sourire et la regarde s'éloigner, traînant derrière elle sa petite valise rose bonbon.

Revigorée par tant de bienveillance et de gentillesse, je me hâte de rejoindre la zone de taxis. Par chance, l'attente est brève, et je tombe en prime sur un chauffeur mélomane. La douce musique qui emplit l'habitacle crée une atmosphère apaisante, parfaite pour me détendre après ce voyage. Je me laisse porter jusqu'à ma destination : le siège social de mon entreprise.

Mon travail, en deux mots ? Ma vie. Pendant mes études en marketing et communication, j'avais décroché un petit job dans une enseigne de café, d'abord au service, puis à la caisse. Peu à peu, j'avais gravi les échelons et, à la fin de mes études, j'étais l'assistante du responsable de point de vente. Lorsque celui-ci avait été promu, j'avais naturellement hérité de son poste. Depuis trois ans, je manageais ma propre boutique, entourée d'une équipe de cinq collaborateurs dévoués. Ce n'était pas tout à fait dans la suite logique de mes études, mais j'avais trouvé ma place dans cette grande entreprise aux nombreuses perspectives d'évolution. Un jour, j'espérais pouvoir exercer pleinement dans mon domaine de prédilection. En attendant, je profite en m'épanouissant dans mon travail, et j'avoue, je prends parfois certaines libertés en matière de marketing. J'ai même été à l'origine de plusieurs initiatives adoptées à l'échelle du réseau, ma grande fierté.

J'ai rarement eu l'occasion de venir au siège, sauf pour quelques formations et j'ai hâte d'intégrer le groupe de travail auquel j'ai été conviée. D'après le mail que j'ai reçu, nous sommes six managers, chacn représentant un points de vente réparti aux quatre coins de la France. Trois d'entre eux ne me sont pas inconnus, et parmi eux, une personne dont je me serais bien passé. Mais l'opportunité était trop grande pour se montrer difficile, d'autant que le groupe sera dirigé par Arthur Weber en personne. Véritable modèle de réussite dans l'entreprise, il est réputé pour son exigence et sa rigueur. Je suis enthousiaste à l'idée de le rencontrer même si je ne suis clairement pas au meilleur de ma forme.

2

Le taxi me dépose juste devant l'immeuble, dont la façade arbore fièrement en grandes lettres noires le nom de l'enseigne. Je m'arrête un instant, contemplant ce grand bâtiment de verre et d'acier. Un contraste surprenant avec l'ambiance chaleureuse et intimiste que l'enseigne cultive dans ses cafés, dont un bel exemple se trouve juste en face, de l'autre côté de la rue.

En traînant ma valise derrière moi, je me dirige vers les grandes portes qui s'ouvrent automatiquement à mon approche. Le hall, aussi imposant que dans mon souvenir, est animé par plusieurs petits groupes qui patientent en discutant.

— Bonjour, je suis Alice Leroux, je viens pour…

Je n'ai pas le temps de finir de m'annoncer à l'accueil que quelqu'un me tape sur l'épaule.

— Alice ? Salut, je suis Benoit Dufour. On s'est parlé plusieurs fois au téléphone, ravi de mettre enfin un visage sur une voix.

Devant moi, se dresse un homme d'une trentaine d'années, châtain, barbu, au physique robuste qui lui donne une certaine bonhomie. Son nom m'est familier : il m'avait aidée à plusieurs reprises à mes débuts comme responsable de magasin. Nous n'avons plus eu de contact depuis un moment, mais je suis ravie de le rencontrer en personne. Comme la plupart des collaborateurs du réseau, nous nous tutoyons naturellement et échangeons une bise en guise de salutations.

Toujours debout devant l'accueil, je me tourne vers l'hôtesse, qui me demande simplement de patienter à l'écart. Elle nous informe qu'elle nous accompagnera d'ici quelques minutes à notre salle. N'ayant pas eu le temps de passer à mon hôtel, elle accepte gentiment de garder ma valise. Benoit et moi nous écartons pour laisser la place aux personnes attendant leur tour.

L'attente dure un moment avant que l'hôtesse, une petite femme brune d'une cinquantaine d'années, nous invite, ainsi que d'autres groupes, à la suivre. Nous déplaçant en masse, elle nous guide jusqu'à une salle au premier étage. À mesure que nous entrons, je réalise que nous sommes bien plus nombreux que prévu. La majorité des participants sont jeunes, et la plupart sortent feuilles et stylos, alors que les consignes indiquaient d'apporter l'ordinateur portable fourni aux managers. Intriguée, je partage mes doutes à Benoit pendant qu'il installe son matériel.

Notre conversation est brusquement interrompue par l'arrivée de l'intervenant. Dès qu'il entre, il n'y a plus de doute : cet homme grisonnant n'a rien à voir avec Arthur Weber, j'en mettrais ma main à couper. Je n'ai jamais vu de photo de Monsieur Weber, mais il est beaucoup plus jeune que cet homme-là, j'en suis sûre.

Alors que l'intervenant inscrit son nom et le thème de la journée sur le tableau blanc, Benoit et moi échangeons un regard. Nous nous excusons discrètement et quittons la salle, visiblement au mauvais endroit. De retour à l'accueil, il ne nous reste plus qu'à trouver où nous aurions dû être.

Lorsqu'elle réalise son erreur, l'hôtesse se confond en excuses et insiste pour nous accompagner au bon endroit. Visiblement embarrassée, elle va jusqu'à proposer d'expliquer la situation à Monsieur Weber en personne. Nous avons toutes les peines du monde à l'en dissuader, et finalement, nous finissons par frapper et pénétrer dans la salle, seuls.

D'un signe de tête, nous saluons les participants et nous excusons brièvement pour notre retard – d'à peine dix minutes. Mais à en juger par le regard glacial qui nous accueille et à la façon dont M. Weber nous intime de nous asseoir, il est clair que nous lui avons déjà suffisamment fait perdre son temps.

Il entame aussitôt la présentation des attentes et des objectifs de ce groupe de travail, tandis que

Benoit et moi nous installons discrètement. Tout semble reprendre son cours normalement jusqu'à ce qu'il interrompt brusquement son discours pour me lancer un regard glaçant.

— Où est votre ordinateur portable, Mademoiselle Leroux ?

Je n'apprécie que moyennement la manière dont il s'adresse à moi, comme à une écolière prise en faute.

— Pour des raisons indépendantes de ma volonté, je n'étais pas en mesure de l'avoir aujourd'hui, mais j'ai prévu le service informatique qui devrait m'en fournir un nouveau pour demain, je réponds calmement, sans détourner les yeux.

La disposition de la salle, avec ses tables en « U », place Monsieur Weber debout derrière le bureau central. Les bras tendus, appuyés sur le meuble en chêne, il nous toise avec une irritation à peine voilée.

— Je vous rappelle à tous que le matériel informatique mis à votre disposition est sous votre responsabilité, déclare-t-il à l'assemblée, avant de se tourner de nouveau vers moi.

— J'espère au moins que vous avez de quoi prendre des notes.

En réponse, je lui montre le stylo que je tiens dans la main, un sourire crispé au coin des lèvres. Je sens que cette semaine va être longue, et je commence déjà à ressentir le contrecoup de la fatigue. Moi qui suis généralement d'un calme olympien, je suis à deux doigts de lui rentrer dedans.

Mais Benoit, conscient de la tension, intervient avant que je ne cède.

— On n'aura qu'à travailler ensemble sur le mien aujourd'hui, propose-t-il en plaçant son ordinateur entre nous, comme un rempart improvisé.

Monsieur Weber acquiesce à cette suggestion, puis invite la première personne à sa droite à se présenter. Je remercie discrètement mon voisin et attends mon tour sans grande impatience d'être de nouveau confrontée à ce regard glacial.

Une fois les présentations terminées, il nous expose le programme des cinq prochains jours et nous distribue plusieurs dossiers sur lesquels nous allons travailler. À la lecture des documents, mon intérêt se ravive : la plupart des sujets portent sur la stratégie marketing du groupe et la communication interne, des domaines dans lesquels je me sens parfaitement à l'aise. Sans plus tarder, je me plonge avec enthousiasme dans le premier dossier.

Cela fait à peu près une heure que nous œuvrons en sous-groupes, lorsqu'Arthur Weber nous demande de nous connecter au réseau pour compléter des fichiers en lien avec notre étude. Il en profite pour nous annoncer que nous ne ferons pas de pause avant le déjeuner, prévu à treize heures - *mon Dieu, dans trois heures !*, prétextant que nous avons assez perdu de temps en début de séance. La remarque m'effleure à peine tant je suis absorbée par ma tâche, rien ne pourra me démotiver.

Tout le monde s'exécute – sauf moi, évidemment – et commence à ouvrir les fichiers demandés. Mais en face de moi, Sylvain, l'un des participants, semble avoir des difficultés à faire fonctionner son ordinateur. Ses voisins tentent bien de l'aider, sans succès. Agacé, Arthur Weber s'approche pour tenter de résoudre le problème, mais ses manipulations restent vaines, et son irritation ne fait que croître.

— Je peux essayer ?

À peine ai-je prononcé ces mots que le silence s'installe. Moi-même, je m'étonne de mon intervention.

— Vous pensez vraiment faire mieux que nous quatre réunis ?

Son ton sarcastique me laisse hésitante. Est-il misogyne ou simplement trop exigeant pour avoir digéré notre retard ?

— Pas forcément, mais ça vaut le coup d'essayer, je peux ?

D'un geste, il indique à Sylvain de m'apporter l'ordinateur… Grand seigneur.

Sans perdre une seconde, je m'attelle à la tâche, mes doigts courant sur le clavier à une vitesse qui semble le surprendre.

Comme ma grand-mère n'était pas très au fait des nouvelles technologies, je m'étais inscrite à un club d'informatique, j'y avais rencontré des amis de mon âge et appris beaucoup de chose.

— En plus d'être une spécialiste des retards et des disparitions d'ordinateurs, vous semblez vous y connaître en informatique.

Ça y est, je suis fixée : il n'est pas misogyne, juste intransigeant. Je préfère ignorer sa remarque et continue de pianoter sur le clavier sans relever la tête.

— D'ailleurs, vous ne nous avez pas dit ce qui était arrivé à votre matériel.

Sans le regarder, je lui réponds, toujours concentrée sur ma tâche.

— Vous ne me l'avez pas demandé.
— Dans ce cas, je vous le demande.

Je prends le temps de me lever et d'aller reposer l'ordinateur devant Sylvain qui avait repris sa place, Arthur Weber toujours posté derrière lui. Un rapide coup d'œil sur l'écran lui confirme que j'ai résolu le problème. Je jubile en voyant la surprise dans son regard.

— Si vous insistez…

Je prends une inspiration pour ordonner mes pensées et masquer mon trouble avant de rejoindre ma place.

— …hier soir un homme m'a attendue à la fermeture du café et m'a menacée avec un couteau pour voler la caisse. Je ne me suis pas laissée faire et, alertés par le bruit, des passants sont venus à mon secours. Le voleur n'a eu d'autre choix que de prendre la fuite, n'emportant que la mallette contenant mon ordinateur, la seule chose qu'il a pu me dérober.

— Pourquoi n'ai-je pas été informé ?

Le pli qui barre son front traduit-il de la colère, de l'orgueil ou de l'inquiétude ? Impossible à dire.

— Vous devriez consulter vos mails, tous les services concernés ont été prévenus.

Ma remarque n'avait rien d'hostile, mais je commence à être fatiguée de devoir me justifier. J'aimerais simplement qu'on se remette au travail.

— Maintenant que le problème technique est réglé, peut-on reprendre ? Parce que, pour être honnête, entre la police, l'hôpital et le voyage jusqu'ici, je n'ai pas dormi cette nuit. Je n'ai même pas eu le temps de prendre un café ce matin, et mon dernier vrai repas remonte à hier midi. Alors, si cela ne vous dérange pas, j'aimerais me concentrer sur le travail en attendant la pause-déjeuner.

Ma tentative de ponctuer ma phrase d'un sourire n'est pas très convaincante à en croire le regard qu'il me lance. Soudain gênée par ma tirade, je replace discrètement une mèche derrière mon oreille. Ce geste anodin dévoile un pansement sur mon avant-bras. Il le remarque, secoue brièvement la tête, puis s'adresse aux autres participants.

— Remettez-vous au travail ! Quant à vous, venez avec moi.

Décontenancée, je me lève, le cœur battant. Je ne sais plus sur quel pied danser. Ai-je été trop loin ? Suis-je sur le point de perdre ma place dans ce groupe ?

3

Je reste silencieuse en le suivant jusqu'à l'accueil. J'ai trop peur d'aggraver mon cas en ajoutant un mot de plus. Lui non plus ne dit rien, et je ne suis pas certaine d'en être rassurée.

— Monsieur Weber ?
— Oui, Nicole ?

La femme qui nous avait accompagnés jusqu'à la salle se lève à notre approche, visiblement mal à l'aise. J'anticipe ce qu'elle va dire, mais avant que je puisse lui faire un signe de tête pour l'arrêter, elle se lance.

— Je tenais à vous présenter mes excuses pour le retard de Mademoiselle Leroux et de Monsieur Dufour ce matin. C'est entièrement de ma faute, je les ai conduits au mauvais endroit...

Monsieur Weber tourne son regard vers moi, un sourcil levé. Je lui réponds par un haussement d'épaule et un sourire contrit.

— Ne vous inquiétez pas Nicole, ce n'est qu'un simple retard.

Son ton est bienveillant, et la femme devant nous semble aussitôt soulagée. Moi, en revanche, je suis intriguée par cet homme. Il dégage une aura qui impose le respect et inspire le dépassement de soi, et pourtant, il ne doit avoir que trois ou quatre ans de plus que moi.

J'en suis encore à cette réflexion lorsqu'il reprend sa marche vers les doubles portes de l'entrée. Je dois presser le pas pour le rattraper.

— Pourquoi ne pas m'avoir expliqué la raison de votre retard ?

Il s'est adressé à moi sans un regard en poursuivant sa route d'une démarche assurée. Je ne prends pas vraiment le temps de la réflexion avant de lui répondre.

— Ce n'était que quelques minutes de retard, ça n'aurait pas changé grand-chose de rejeter la faute sur quelqu'un qui faisait simplement son travail… Et puis je crois que vous vous étiez déjà fait une opinion…

Nous atteignons le café que j'avais aperçu en arrivant. Il s'arrête, sur le point de dire quelque chose, mais se contente finalement de m'ouvrir la porte. Pourtant, je crois surprendre un sourire fugace, et étrangement, je trouve ça charmant.

Je le suis jusqu'au comptoir sans être sûre de comprendre ce que l'on fait ici, même si je salive devant cette nourriture à portée de main.

— Deux cafés et un muffin, s'il vous plaît.

— Ces cookies au chocolat ont l'air savoureux.

Non. Ce n'est pas possible, je n'ai pas pu dire ça, c'est mon ventre, ce traître, qui a pris les commandes de mon corps.

— Deux cafés et un savoureux cookie, s'il vous plaît.

À l'intonation de sa voix, je devine qu'il se moque ouvertement de moi, mais je n'ai d'yeux que pour ce cookie qui me saute déjà dans le ventre. Lorsque je croise son regard, je n'ai plus aucun doute : il s'amuse de la situation. Je me redresse aussitôt et tente de prendre un air détaché, même si ça m'en coûte.

— Vous n'êtes pas obligé.

— Vraiment ?

Il saisit le plateau, m'empêchant de protester davantage et se dirige vers une table près des vitres. Je n'ai d'autre choix que de le suivre.

Il s'assied, et je l'imite, légèrement mal à l'aise dans ce face-à-face improvisé. Les tables de nos cafés ont été pensées pour favoriser la proximité, presque l'intimité des couples ou des amis qui s'y installent.

Nous sommes si proches que des effluves de son parfum viennent effleurer mes narines. Brut, musqué, sauvage… À l'image de l'homme qui me fait face. J'avais lu un article sur son ascension fulgurante dans l'entreprise, seulement il n'y avait pas de photo. Et s'il y en avait eu une, je doute qu'elle lui aurait rendu justice. Brun, une mâchoire carrée, des yeux noirs capables de vous clouer sur place… Pourtant, en cet instant, ils me paraissent beaucoup moins intimidants.

Il dépose le fameux biscuit devant moi. J'hésite un instant avant d'y toucher, mais face à son léger signe de tête encourageant, je finis par en casser un morceau. Dès la première bouchée, mes paupières se ferment de plaisir. Un vrai délice. Mon ventre visiblement ravi, en réclame une deuxième.

Le petit ange de ma grand-mère me souffle à l'oreille que je manque cruellement de savoir-vivre.

— Vous en voulez un morceau ?

Il secoue la tête, mais continue de m'observer comme si j'étais une bête curieuse.

— Vous devriez essayer, ça vous rendrait peut-être moins grincheux.

Je m'apprête à enfourner une troisième bouchée lorsque je me rends compte de ce que je viens de dire à mon patron. Enfin, pas exactement mon patron, mais au moins mon N+2 ou N+3.

Oh mon Dieu. Qu'est-ce que je viens de faire.

À son air estomaqué, je comprends que je l'ai bel et bien dit à voix haute.

— J'ai vraiment dit ça ?

Il hoche la tête, et dans un élan de désespoir, je tente de me justifier :

— Il faut croire que le manque de sommeil, de nourriture et de café ont eu raison de mes filtres…

À ma grande surprise, ma remarque lui arrache un rire rauque, qui le rend, si c'est possible, encore plus séduisant.

Reprends-toi Alice, reprends-toi.

— Alors comme ça, je suis grincheux ?

Je sens la chaleur envahir mes joues et n'ose affronter son regard. Je suis la reine des gaffes aujourd'hui.

— Détendez-vous, je plaisante. Mais dites-moi plutôt ce qui vous est arrivé hier soir.

Je me crispe légèrement, puis me lance dans mon récit. L'agression, la police, l'hôpital... À mesure que j'avance dans mon histoire, son expression change. Sa mâchoire se crispe, son regard s'assombrit et m'intimide. Un frisson me parcourt quand il me demande, d'une voix plus grave :

— Vous avez été blessée ?

— Les blessures au couteau sont superficielles, et je n'ai pas de côtes cassées. J'ai passé une radio.

— Pourquoi auriez-vous eu des côtes cassées ?

Son ton est si tranchant que je n'ose lever les yeux vers lui. Je préfère me concentrer sur le biscuit abandonné devant moi. Revivre l'agression m'a coupé l'appétit.

— Il...il m'a projetée au sol et m'a donné des coups de pieds pour que je lâche la mallette.

— Mais que faites-vous là aujourd'hui ?

La brusquerie de sa question sonne comme une gifle à mes oreilles. Le choc doit se lire sur mon visage car il reprend aussitôt, son ton radouci.

— Ce que je veux dire, c'est que vous ne devriez pas être ici. Vous devriez être chez vous, entourée de vos proches, pour vous remettre de tout ça.

Je hausse les épaules. Comment lui expliquer que si je suis là, c'est justement parce que je n'ai personne ? Que la perspective de me retrouver dix jours seule, comme le médecin voulait me l'imposer, était tout simplement inenvisageable ? J'ai d'ailleurs refusé cet arrêt. Et puis, pour être honnête, je n'aurais raté cette réunion pour rien au monde.

— Merci de votre sollicitude, mais je tenais vraiment à être là…

— Pourquoi ?

Je m'appuie contre le dossier de ma chaise, terminant mon cookie, l'appétit retrouvé. Je prends le temps de réfléchir cette fois, le café faisant enfin son effet.

— Et bien, le thème du groupe de travail, les participants aussi : Ben, Janice dont j'avais déjà entendu parler, et puis Sylvain et Célia qui ont des expériences enrichissantes.

— Et vous oubliez Alban.

— Euh… oui bien sûr….

J'esquisse un sourire mal assuré. Je n'ai aucune envie d'évoquer ma relation – ou plutôt non relation – avec Alban.

— Et puis il est rare que vous animiez un groupe…

Je tente de détourner l'attention par la flatterie. Il fronce légèrement les sourcils, mais ne relève pas.

J'en profite pour jeter un coup d'œil à ma montre, ce qui fait diversion.

— On devrait y aller, ils vont s'inquiéter du sort que vous m'avez réservé. D'ailleurs, dois-je paraître abattue en rentrant dans la salle pour ne pas nuire à votre réputation ?

Assez satisfaite de ma pique, je ne peux m'empêcher de sourire en voyant son expression surprise. Il finit par éclater de rire en secouant la tête.

— Vous êtes surprenante, Mademoiselle Leroux ! Non, ce ne sera pas nécessaire. Par contre, si vous pouviez faire disparaître cet air satisfait de votre visage…

J'acquiesce volontiers et le suis jusqu'à la sortie du café.

Lorsque nous retrouvons la salle, le silence et les regards intrigués nous accueillent. Comme si de rien n'était, Benoit me résume ce qu'il a fait en mon absence, tandis que Monsieur Weber fait le tour des sous-groupes pour connaître l'avancée des travaux.

Le reste de la journée file à une vitesse vertigineuse. Je n'aurais jamais cru prendre autant de plaisir à être ici. Les échanges sont riches, et même lorsque nous ne sommes pas d'accord, les débats restent constructifs et agréables. Même Arthur Weber semble avoir laissé de côté sa froideur du début de réunion.

Pourtant, j'ai beau trouver cette expérience très enrichissante, je suis rappelée à l'ordre par la douleur et les courbatures. N'ayant pas eu le temps de récupérer les antidouleurs prescrits par l'urgentiste, je peine à me concentrer. En prime, la fatigue commence à m'assommer alors qu'il est à peine dix-sept heures.

Un coup d'œil vers notre maître de séance me confirme qu'il a remarqué mon état, car il met fin à notre journée.

— Merci à tous, on reprend demain matin, neuf heures.

4

Je descends avec mes collègues pour aller récupérer ma valise à l'accueil. Tandis que je patiente en compagnie de Ben et de Janice, je vérifie mes mails professionnels sur mon portable pour retrouver la confirmation de ma réservation d'hôtel. Mais au lieu de ça, je tombe sur un message d'annulation. Le service RH, ayant appris mon agression, a supposé que je ne viendrais pas et a libéré ma chambre.

Ma valise récupérée, Ben et Janice me proposent de les rejoindre pour un verre avant le dîner. Épuisée, je décline poliment. Ils comprennent sans insister, d'autant plus que j'ai un problème d'hôtel à régler.

Nicole, la réceptionniste, propose d'appeler l'hôtel pour voir s'il reste une chambre disponible. Avec ma chance, ce n'est évidemment pas le cas. Elle tente alors de contacter d'autres hôtels partenaires de l'entreprise, mais en pleine période des séminaires, tout est complet.

— Vous êtes encore là ?

Absorbée par la situation, je sursaute en entendant la voix d'Arthur Weber. Je ne l'ai même pas vu arriver. Nicole prend les devants et lui explique mon problème avant que j'aie le temps de réagir.

— La RH a annulé sa réservation d'hôtel et on n'a encore rien trouvé de disponible.

Sans un mot il s'empare de ma valise et s'adresse à la réceptionniste.

— Je m'en occupe, Nicole, vous pouvez y aller.

Je les regarde tour à tour, un peu perdue. Je ne m'étais même pas aperçue que Nicole était restée plus tard pour m'aider. Je la remercie et m'empresse de suivre Arthur Weber qui s'élance déjà vers la sortie. Je le rattrape sur le trottoir alors qu'il hèle un taxi.

— Attendez, je vais me débrouiller, je finirai bien par trouver quelque chose…

Mais au moment où il se retourne pour me répondre, un homme surgit brusquement sur ma gauche. Mon cœur rate un battement. L'espace d'un instant, la panique me submerge, et avant même de comprendre ce que je fais, poussée par une pulsion de survie, je me jette dans les bras de mon patron.

Plus encore surprise que lui par mon geste, je m'en écarte aussitôt, sonnée et encore tremblante, tandis que l'homme en question poursuit sa course pour rattraper son bus.

— Hey, ça va ?

Je balbutie quelques excuses incompréhensibles, incapable de soutenir son regard. Il tente de m'apaiser en posant ses mains sur mes épaules, mais se ravise en voyant ma grimace de douleur. Ses doigts ont effleuré l'endroit exact où j'ai été blessée.

— Non, ça ne va pas, tranche-t-il. Vous tremblez comme une feuille, vous êtes toute pâle, vous êtes en état de choc.

D'autorité, il confie ma valise au chauffeur de taxi qui vient de s'arrêter. Il m'ouvre la portière et, trop secouée pour protester, je monte à bord sans un mot. J'entends à peine l'adresse qu'il donne au conducteur.

Mon esprit est resté bloqué sur cette fraction de seconde où la peur m'a foudroyée, ravivant en un éclair la violence de l'agression, la douleur des coups, et l'angoisse d'être blessée… ou pire.

Ce n'est que lorsqu'Arthur pose délicatement une main sur mon bras, comme s'il craignait de me blesser, que je réalise que nous sommes arrivés devant l'hôtel.

Je le suis tel un automate sans prendre la mesure de la beauté des lieux. Ce n'est qu'en entrant dans le hall que je réalise le standing de l'établissement. Un détail, pourtant, me ramène brutalement à la réalité : les limites de remboursement de frais d'hôtel imposées par l'entreprise. Une semaine ici risque de me coûter une fortune, et mes économies risquent d'en prendre un coup.

Cette question très terre-à-terre a au moins le mérite de me faire retrouver mes esprits. Je balaye la pièce du regard : boiseries raffinées, drapés élégants, fauteuils en velours... L'endroit est somptueux... trop pour moi. Mais comment aborder la question sans paraître déplacée ?

— ... et mettez ça sur ma note, chambre 137.

Je lève les yeux, interloquée. Arthur Weber vient de régler la question sans même me consulter. J'ouvre la bouche pour protester, mais il m'arrête d'un simple regard, un de ceux qui ne laissent place à aucune négociation. Je ne sais si je dois être vexée ou flattée.

Il récupère les clés et me précède vers l'ascenseur, tandis qu'un employé de l'hôtel s'occupe de ma valise. Le luxe ambiant me met mal à l'aise et il ne faut pas longtemps à mon hôte pour s'en apercevoir. Alors que nous entrons dans la cabine, il se penche légèrement vers moi et d'un ton conspirateur me glisse à l'oreille.

— Monsieur Richards insiste pour que je loge dans cet hôtel hors de prix lorsque je fais une formation, autant lui en donner pour son argent...

C'est pire que tout, je passe du pâle à l'écarlate en une fraction de seconde et le clin d'œil qui appuie ses dires n'arrange rien à l'affaire. Monsieur Richards, le PDG, rien que ça.

Lorsque l'employé de l'hôtel ouvre la porte de ma chambre – ou plutôt de ma suite - je reste figée sur le seuil, impressionnée. La pièce est immense. Un lit king-size trône au centre, un coin salon occupe un côté, et la salle de bain est digne d'un palace. Tout est si parfait que je n'ose poser mon sac, de peur de perturber cet équilibre parfait.

Je me tourne vers Arthur, bien décidée à refuser cette extravagance, mais il ne m'en laisse pas le temps. Il congédie l'employé, et lui glisse un billet dans sa main avec une aisance naturelle qui me dépasse totalement. Même ça je ne suis pas capable de le faire.

— Écoutez, je ne peux décemment pas séjourner ici, c'est beaucoup trop… inapproprié.

— Considérez cela comme un dédommagement !

Je comprends qu'il est inutile d'insister, j'y perdrais mon énergie.

Résignée, je pose donc mon sac sur le lit et retire mon manteau. Chaque mouvement est un supplice, la douleur entravant mes gestes, me rappelant cruellement mon état. Je lutte contre une grimace alors que j'arrache péniblement la seconde manche.

Arthur est toujours là et lorsque je reporte mon attention sur lui. Je frissonne de voir son regard de nouveau assombri.

— Vous avez de quoi soigner vos plaies ?

Je secoue la tête en m'asseyant sur le lit, incapable de réprimer un bâillement. Je tombe de sommeil.

— Je n'ai pas vraiment eu le temps de passer à la pharmacie…

Sans un mot, il attrape le téléphone de la chambre et parcourt la carte du room service avec une assurance qui me fascine. Il a une prestance qui rend sa présence naturelle dans ces lieux. Il paraît dans son élément contrairement à moi.

— Chambre 143, Arthur Weber à l'appareil. Faite monter un repas pour Mademoiselle Leroux : un velouté d'automne, le suprême de volaille et le fondant au chocolat. Mettez ça sur ma note.

Je le fixe, bouche bée. Il aurait au moins pu me demander mon avis !

Devant mon air surpris, je décèle un léger sourire, faisant qu'empirer mon exaspération. Toujours au téléphone, il poursuit :

— Pouvez-vous envoyer quelqu'un récupérer une ordonnance pour aller chercher des médicaments ?

D'un geste autoritaire, il me tend la main pour que je lui donne l'ordonnance. Je m'exécute, sans protester, même si la moutarde commence à me monter au nez. Il en profite pour dicter au maître d'hôtel la liste de ce dont j'ai besoin pour changer mes pansements.

À peine a-t-il raccroché que je le toise, les bras croisés, agacée.

— Je vous remercie de votre sollicitude, mais je crois être parfaitement capable de me débrouiller toute seule…

Il imite ma position à cela près que mon agacement l'amuse.

— Je n'en doute pas une seconde, Mademoiselle Leroux.

Jetant un coup d'œil à sa montre, il s'installe tranquillement dans le salon. Je le regarde décontenancée. Mais qu'est-ce qu'il attend pour rejoindre sa chambre ?

— Vous devriez aller prendre une douche avant que le repas n'arrive.

— Vous ne partez pas ?

L'exaspération perce dans ma voix, mais cela ne semble ne pas le perturber. Sans lever les yeux de son téléphone, il tapote du bout des doigts sur l'ordonnance posée à côté de lui.

— Je veux juste m'assurer que tout est en ordre avant de vous laisser tranquille, ne vous inquiétez pas.

Je fulmine en attrapant ma valise et en filant dans la salle de bain. Quel culot ! Je verrouille la porte et fais couler l'eau de la douche.

Je commence à me déshabiller, mais mon regard est happé par mon reflet dans le miroir. Vêtue seulement de mes sous-vêtements, je ne peux détacher mes prunelles des hématomes qui marbrent mon flanc, ma clavicule et de la trace violacée laissée par la poigne brutale de mon agresseur sur mon avant-bras. Des bleus constellent mes jambes, et quelques éraflures témoignent de ma chute lorsqu'il m'a projetée au sol. Sans oublier les pansements qui couvrent mes blessures sur mon bras et sur le haut de mon épaule. Une boule se forme dans ma gorge, les larmes me montent aux yeux devant ce corps qui porte les stigmates de mon agression.

Non, je ne veux pas craquer. Je suis une femme forte, je vais faire face.

Je répète ce mantra en boucle tandis que je détache mes cheveux et me glisse sous l'eau chaude. L'eau ruisselle sur mon corps et lui laisse le temps de se réchauffer et de laver le mal que cet homme m'a infligé. Rassérénée, j'attrape une serviette d'une douceur exquise et m'enveloppe dedans. Je crois que je pourrais me faire à ce luxe.

J'ouvre ma valise pour en sortir des vêtements propres et reste confrontée à un dilemme de taille. Je n'avais pas prévu de croiser mon patron à la sortie de la douche et impossible d'enfiler une des tenues prévues pour cette semaine au travail.

À contrecœur, je me rabats sur mon pyjama : un pantalon à rayures bleu et blanc assorti d'un débardeur bleu marine. Je recouvre le tout du peignoir immaculé de l'hôtel et sèche rapidement ma chevelure blonde, qui retombe en boucles indisciplinées sur mes épaules.

Quelques coups à la porte de la chambre et des échanges de voix confirment que mon repas est arrivé. Je me dépêche de me démaquiller mais je remets tout de même un trait d'eye-liner et de mascara pour ne pas perdre la face devant mon patron, qui, si j'en crois les bruits qui proviennent de la pièce voisine, vient d'allumer l'écran de télévision.

M'enveloppant soigneusement dans mon peignoir, je finis par quitter la salle de bain.

Dans la chambre, la table est dressée pour une personne, les assiettes sont recouvertes par des cloches en argent pour garder les plats au chaud. Curieuse, je soulève l'une d'elles : un velouté fumant exhale une odeur délicieuse, me mettant immédiatement l'eau à la bouche.

Arthur se lève à cet instant, éteint la télévision et s'approche, un sachet à la main.

— Asseyez-vous, nous allons changer vos pansements.

Surprise, je recule d'un pas, resserrant instinctivement mon peignoir autour de moi.

— Il n'en est pas question, je peux très bien m'en occuper seule, Monsieur Weber.

Ma réaction le surprend. Son regard et son ton se durcissent.

— Ne faites pas l'enfant. Vous pourriez peut-être gérer celui de votre avant-bras, mais pour votre épaule, je ne vois pas comment. Demain matin, une infirmière viendra s'en charger, mais pour ce soir, vous devrez vous contenter de moi. Maintenant, asseyez-vous !

Je déteste qu'il me parle sur ce ton, mais je n'ai pas d'argument, il a raison.

Résignée, je m'installe sur la chaise qu'il me désigne, non sans lui lancer un regard glacial pour bien qu'il comprenne que je ne le fais pas de gaieté de cœur. D'un geste sec, je retrousse la manche de mon peignoir et lui tends le bras.

Il s'assoit à son tour, déballe le nécessaire pour désinfecter mes plaies et changer mes pansements. Avec une précaution surprenante, il retire l'ancien, imbibe un coton de désinfectant et marque une pause avant de reprendre la parole :

— Ça risque de piquer un peu.

J'acquiesce en détournant les yeux. Il prend mon bras avec douceur et le pose sur le sien pour le stabiliser. Son contact est léger, presque rassurant. Je me crispe légèrement lorsqu'il commence à tapoter le coton sur la plaie. Elle est superficielle, à peine quatre centimètres, mais le désinfectant enflamme la chair meurtrie. Je me force à ne rien laisser paraître, mais lorsque je reporte mon regard sur mon apprenti soignant, je surprends une lueur de colère dans ses yeux concentrés.

— Merci… pour tout.

Ses pupilles rencontrent les miennes. En un instant, son expression s'adoucit.

— C'est le moins que je puisse faire.

Un léger haussement d'épaules, un sourire sincère… L'espace d'un instant, toute arrogance semble s'être envolée.

— À l'autre maintenant…

Je me tourne légèrement, libérant mon épaule du peignoir. C'est très inconfortable comme situation… L'air entre nous se charge d'une tension étrange tandis qu'il repousse mes cheveux sur le côté.

Délicatement, il fait glisser la bretelle de mon débardeur. Un frisson me couvre l'échine et mes joues s'enflamment. Je fixe un point sur le mur devant moi, refusant de me laisser troubler par la sensualité incongrue de ce geste.

Il enlève le pansement souillé de mon sang et reste immobile… trop longtemps.

Inquiète, je tourne la tête vers lui. La blessure est plus profonde que l'autre, et a nécessité plusieurs points de suture.

— Vous permettez ?

Sans attendre ma réponse, il écarte légèrement le tissu, découvrant l'étendue des bleus qui marbrent mon dos. À sa réaction, je devine qu'il lutte pour contenir sa rage.

— Demain vous rentrez chez vous, vous n'avez rien à faire ici.

Je me retourne brusquement, serrant le tissu contre ma poitrine.

— Non, non, je ne veux pas.

Nos regards s'accrochent, chargés d'une tension nouvelle. Il passe une main nerveuse dans ses cheveux, cherchant à maîtriser sa frustration. Il se lève, visiblement à cran.

Je fais de même et intercepte son bras pour qu'il arrête de faire les cent pas.

— Je vous assure… Je vais bien. Si vous me renvoyez, c'est lui qui aura gagné.

Mes mots font mouche. Il cède, résigné, et nous regagnons nos places en silence.

Il termine son travail avec application, puis je le raccompagne jusqu'à la porte. Alors que je m'apprête à refermer derrière lui, il se retourne, plus sérieux.

— Alice… Au moindre problème, à la moindre douleur, je vous fais rentrer chez vous. D'accord ?

Ce n'est pas vraiment un ordre, son ton est plus doux, presque une demande.

— Promis.

Satisfait, il me souhaite une bonne nuit et s'éloigne.

Je referme lentement la porte et m'y adosse, l'esprit embrouillé par tout ce qui vient de se passer. Je m'avance pas à pas vers mon repas encore fumant, les joues brûlantes.

La façon dont il a prononcé mon prénom…

Je secoue la tête. Il est grand temps que j'aille me coucher, je commence à m'attarder sur des détails.

5

L'alarme de mon portable me tire brusquement du sommeil. À moitié éveillée, je l'éteins d'un geste maladroit avant de m'emmitoufler dans ces draps d'une extrême douceur.

Hier soir, j'ai sombré dès que ma tête a touché l'oreiller, épuisée et le ventre satisfait du fabuleux repas que Monsieur Weber m'avait commandé. Évidemment, je ne le lui dirai pas, mais c'était exactement ce dont j'avais besoin.

La sonnerie retentit de nouveau, implacable, me forçant à m'extirper de ce cocon douillet avec regret. Mes membres encore ensommeillés me tiraillent de douleur et je prends un temps interminable à sortir du lit. Je me rends directement à la salle de bain pour prendre mes antidouleurs avec un grand verre d'eau.

Un regard dans le miroir m'arrête net. J'ai une mine affreuse. Je ne dirais pas que j'ai mal dormi, mais mon sommeil a été agité, hanté par une ombre menaçante, effrayante et… par de grands yeux noirs. Sombres, envoûtants mais… rassurants.

Je secoue la tête et retourne dans la chambre pour commander un petit-déjeuner. L'idée de croiser les autres clients de l'hôtel ne m'enchante pas. Je ne suis pas surprise de voir qu'une infirmière accompagne le room service lorsque mon repas m'est servi. Docile, je la laisse inspecter mes blessures et refaire mes pansements. Avant de partir, elle me donne ses disponibilités pour les prochaines visites et me laisse ses coordonnées au cas de besoin.

Une fois prête, je m'attaque à ma valise. J'ai bien réfléchi en savourant mon café et les délicieuses viennoiseries qui l'accompagnaient : je ne peux pas rester ici. Ce luxe ostentatoire me met mal à l'aise. Ma grand-mère m'a appris la valeur des choses simples, l'importance du travail et de l'argent gagné à la sueur de son front. J'ai l'impression de duper mon monde en restant ici. D'accepter un luxe qui ne m'était pas destiné.

À la réception, valise en main, le maître d'hôtel me regarde, visiblement surpris. Est-ce parce que j'ai l'audace de porter mes propres affaires dans un établissement de ce standing ? Ou bien à cause de mon départ précipité alors que, selon lui, la chambre est réglée pour la semaine ? Il retrouve bien vite son professionnalisme, probablement habitué à des clients bien plus exubérants que moi, et m'informe qu'un taxi m'attendra d'ici quelques minutes devant l'hôtel.

Les trente minutes suivantes sont consacrées à régler de détails administratifs : la gestion de mon ordinateur avec le service informatique, l'organisation de mon hébergement pour le reste de la semaine avec l'équipe RH. Une fois l'assurance acquise qu'on me trouvera un nouvel hôtel avant la fin de la journée, je m'installe dans la même salle qu'hier avec mon PC portable fraîchement acquis.

À peine ai-je allumé l'écran que la porte s'ouvre sur Nicole, suivie de deux hommes les bras chargés de cartons. Elle me salue brièvement avant de leur donner des instructions. En moins de temps qu'il n'en faut pour le dire, un coin café prend vie au fond de la pièce : une machine à capsules, des gobelets à l'effigie de l'enseigne, un plateau garni de mini-viennoiseries, de cookies et autres douceurs. Avant de repartir, Nicole me propose une boisson chaude que j'accepte avec plaisir. Nous échangeons quelques banalités, puis elle retourne à son poste tandis que je me plonge dans la retranscription de mes notes.

Absorbée par ma tâche, je sursaute en entendant la porte s'ouvrir brusquement.

Monsieur Weber...

Lui-même ne semblait pas s'attendre à ce que quelqu'un soit déjà arrivé. À vrai dire, moi non plus. Je pensais que mes démarches matinales me prendraient plus de temps…et me voilà largement en avance sur l'horaire prévu.

— Mademoiselle Leroux.

Il me salue d'un simple signe de tête, un sourire en coin lorsqu'il aperçoit mon gobelet de café… et le cookie à moitié entamé que j'ai discrètement subtilisé sur la table derrière moi.

— Monsieur Weber.

Je lui rends son salut en l'imitant, mais le rouge me monte aux joues. Maladroitement, j'essaie de dissimuler l'objet de ma gourmandise, ce qui ne fait qu'accentuer son sourire. Sans un mot, il prend place à la même table qu'hier, installe son ordinateur, ouvre quelques dossiers, et nous nous plongeons chacun dans notre travail.

Le silence qui s'installe est studieux, à peine troublé par le cliquetis de nos doigts sur les claviers. Je suis absorbée par ma tache lorsqu'un bip quasi-inaudible m'interrompt. Une fenêtre de messagerie instantanée vient de s'ouvrir sur mon écran.

Je connais cet outil interne, mais je l'utilise rarement dans mes fonctions. Mon étonnement grandit lorsque je découvre l'identité de l'émetteur.

A. Weber : « Bien dormi ? »

Surprise, je lève les yeux au-dessus de mon écran. Il reste impassible, concentré sur le sien.

A. Leroux : « Oui merci »

Je ne vois pas les « … » qui annoncent une suite à la conversation. Je reprends mes notes, un peu distraite malgré moi.

A. Weber : « Bien mangé ? »

Le bip me surprend à nouveau. Cette fois, pour m'éviter d'autres sursauts inutiles, je coupe le son avant de répondre.

A. Leroux : « *Oui, merci, le repas était délicieux, le petit-déjeuner également* »

J'appuie sur « envoyer » et ne peux réprimer l'envie de jeter un nouveau coup d'œil vers Monsieur Weber. Mais rien. Son expression est toujours neutre, insondable.

Décidée à ne pas me laisser distraire davantage, je réduis la fenêtre et me remets à saisir mes données. Mais à peine quelques secondes plus tard, une petite notification apparaît en bas de mon écran.

Un nouveau message.

Mon doigt réagit avant même que je n'y réfléchisse et clique pour ouvrir le fil de discussion.

A. Weber : « *et vous avez pris votre café ?* »

Je marque une pause, réfléchis, puis tape rapidement ma réponse.

A. Leroux : « *… !* »

À cette réponse aussi brève qu'énigmatique, il lève enfin les yeux vers moi. Mon gobelet à la main, j'affiche un sourire amusé. Cette fois, il ne peut réprimer le sien et détourne le regard pour se reconcentrer sur son écran.

À peine ai-je le temps d'en faire autant qu'un nouveau message surgit.

A. Weber : « *Dommage !* »

Mes doigts restent suspendus au-dessus du clavier. *Dommage ?* J'essaie d'en comprendre le sens, les pupilles rivées sur les « ... » qui annoncent une suite imminente.

A. Weber : « Vous êtes d'une franchise et d'une honnêteté rafraîchissante lorsque vous n'avez plus vos filtres... »

A. Leroux : « C'est peut-être mieux pour votre égo »

Je suis moi-même soufflée par mon audace, mais je ne me démonte pas. Après tout, il l'a bien cherché.

Un sourire furtif éclaire son regard alors qu'il tape sa réponse.

A. Weber : « Je vois qu'il y a de l'espoir, mais ne finissez pas ce cookie, j'ai peur que vous perdiez de votre spontanéité... et n'ayez crainte pour mon égo, il est solide »

En bonne répartie, je saisis ostensiblement le fameux gâteau et le déguste lentement, savourant chaque bouchée avec exagération. Il ne me regarde pas directement, mais je perçois son léger hochement de tête et la façon dont il tente – sans succès – de masquer son amusement.

Ne voyant pas d'autre message arriver, je me replonge dans mon travail. Il se passe dix bonnes minutes avant qu'un nouveau « 1 » s'inscrive en bas de mon écran.

Je dois lutter pour ne pas ouvrir ce fichu message, mais je ne peux résister et clique finalement dessus à peine quelques secondes après qu'il soit apparu.

A. Weber : « Je constate que vous avez récupéré un ordinateur »

Je souris bêtement avant de lui répondre.

A. Leroux : « *Je constate que vous êtes observateur, ne l'avais-je pas annoncé hier ?* »

A. Weber : « *Si, c'est vrai. Et vous êtes à l'heure* »

A. Leroux : « *Je dirais même en avance* »

Je suis dopée par ces échanges surréalistes, et dois me rappeler qui est mon interlocuteur.

A. Weber : « *Quelque chose à vous faire pardonner Mlle Leroux ?* »

Je pourrais répondre par une phrase toute faite sur mon professionnalisme, affirmer que la ponctualité est une seconde nature chez moi… mais je préfère jouer la carte de l'honnêteté.

A. Leroux : « *Probablement pour redorer ma première impression…* »

A. Weber : « *Je ne changerais rien à la première* »

Mon cœur rate un battement. Heureusement, le reste du groupe choisit ce moment précis pour faire irruption dans la pièce. Sans réfléchir, je ferme précipitamment la fenêtre de discussion, les joues en feu, tentant de retrouve un semblant de contenance.

J'ai un peu de mal à comprendre la légèreté de ces échanges… et encore plus l'effet qu'ils ont sur moi.

La matinée s'écoule à toute vitesse, et après une pause déjeuner bien méritée, nous retrouvons nos places dans la salle.

— Bon maintenant vous allez travailler par groupe de deux. J'annonce Ben et Janice, Sylvain sera avec Célia et Alban avec Alice.

À cette annonce, mon sang ne fait qu'un tour. Travailler avec Alban ? Impossible.

— Je... Je peux peut-être travailler avec Sylvain ou avec Célia ? dis-je la voix à peine assurée. Nous avons déjà collaboré ensemble avec Alban sur une autre formation...

Le silence s'installe.

Je retiens mon souffle, attendant la réaction de Monsieur Weber. Il me fixe, intrigué, manifestement surpris par ma demande. Son regard glisse de moi à Alban, avant qu'il ne tranche :

— Dans ce cas, Sylvain sera avec Alice et Célia avec Alban. Cela convient à tout le monde ?

Un murmure d'acquiescement parcourt la salle, et sans plus de cérémonie, chacun se met au travail.

Aux alentours de 15h, je me lève pour me préparer un café. J'aperçois dans mon ombre qu'Alban fait de même. Une tension sourde s'installe en moi tandis que je me focalise sur le mince filet de liquide noir qui n'en finit pas de couler.

Je le sens s'approcher avant même qu'il ne pose sa main sur mon bras.

— Tu joues à quoi, là ? murmure-t-il entre ses dents, son ton chargé de reproches.

— Ne me touche pas ou je hurle, grondé-je en me dégageant brusquement de son emprise.

Ma menace semble calmer ses ardeurs. Il recule d'un pas, mais la colère continue de tordre ses traits.

— Tu cherches à me griller auprès de la direction ?

— Je ne veux simplement plus rien avoir à faire avec toi, rétorqué-je d'un ton glacial sans même daigner le regarder.

Mes mains tremblent tandis que je saisis ma tasse. Je refuse de lui donner la satisfaction de me voir vaciller.

— Tout va bien par ici ?

La voix de Monsieur Weber nous interrompt, manquant de me faire échapper ma tasse. Je me retourne précipitamment vers lui, essayant de retrouver une expression neutre.

— Oui, on échangeait simplement sur nos... divergences, lancé-je avec un sourire forcé.

Sans attendre de réponse, je fais volte-face délaissant le biscuit que j'avais initialement prévu de prendre, et rejoins Sylvain pour poursuivre les études de cas. Mais la confrontation avec Alban me pèse encore, m'empêchant de me concentrer pleinement.

Derrière mon écran, je perçois le regard de Monsieur Weber passer d'Alban à moi d'un air intrigué. Je m'efforce de ne rien laisser transparaître, et heureusement, la fin de journée approche rapidement.

Dès que Monsieur Weber annonce la fin de la session, je m'empresse de vérifier si la R.H. m'a envoyé un mail confirmant mon nouvel hôtel. Mais rien. Frustrée, je me précipite aussitôt auprès de Nicole à qui j'avais de nouveau confié ma valise.

— Nicole, auriez-vous eu des nouvelles de la R.H. au sujet de mon hébergement ?

— Oui...

Le soulagement sur mon visage n'est que de courte durée quand j'entends la fin de sa phrase.

— ...ils m'ont dit que la réservation de l'hôtel où vous étiez hier avait été maintenue.

Elle me tend le nom et l'adresse de l'établissement avec un sourire radieux. Je le prends, dépitée, et la remercie.

Une fois dans la rue, je m'apprête à héler un taxi, lorsqu'une présence discrète se fait sentir à mes côtés.

— Je vous propose de partager le taxi, Mademoiselle Leroux. À moins que vous ne vouliez que je vous en commande un autre ?

Je bafouille, prise au dépourvu :

— Non, non... Un taxi fera l'affaire.

Et voilà comment je me retrouve à patienter aux côtés de mon patron, les épaules raides, le regard fixé sur le trottoir. Je ne pouvais tout de même pas exiger qu'il paie deux courses pour une même destination. Je me renfrogne d'autant plus lorsque je me rends compte que, sur son visage, plane un air de satisfaction.

La voiture s'arrête devant nous, et avant que je n'aie le temps de protester, Monsieur Weber s'empare de ma valise et la range dans le coffre.

— Mademoiselle Leroux ? me dit-il en ouvrant la portière avec une courtoisie impeccable.

Je prends place. Il contourne la voiture, et le trajet démarre dans un silence pesant. Lui, absorbé par son portable. Moi, le regard perdu sur le paysage qui défile. Le trajet est court… mais bien trop long à mon goût.

À l'arrivée, Monsieur Weber, une fois encore, s'arroge le droit de récupérer ma valise. Je n'ai d'autre choix que de le suivre jusqu'à la réception.

— Chambre 143 pour Mademoiselle Leroux, et 137 pour moi, annonce-t-il naturellement.

— Bien sûr, Monsieur Weber. Thomas, veuillez prendre la valise de Mademoiselle Leroux.

Un jeune employé s'approche et s'empare de mes affaires. Nous le suivons jusqu'à ma chambre, et tandis que je cherche dans mon portefeuille pour lui laisser un pourboire, je réalise que je ne suis pas assez rapide. L'homme aux yeux sombres s'en est déjà chargé.

Cela m'agace profondément.

— Bonne soirée Mademoiselle Leroux, dit-il avec un sourire.

Je lui adresse un bref signe de tête avant d'entrer dans ma chambre… enfin dans ma suite, pfff.

6

Cela fait une demi-heure que je tourne en rond dans cette suite bien trop luxueuse. J'ai d'abord envisagé de me commander un plateau-repas, mais j'ai vite déchanté en découvrant les prix exorbitants affichés sur la carte de l'hôtel.

Pour ne rien arranger, j'ai été tellement obnubilée par cette histoire de réservation que je n'ai même pas pensé à récupérer les numéros de mes camarades de formation. Résultat : je suis condamnée à dîner seule ce soir.

Sans plus hésiter, j'enfile mon manteau, troque mes talons pour mes sneakers et quitte l'hôtel. Mes mouvements sont un peu moins entravés par la douleur, et d'après l'infirmière, ma cicatrisation suit son cours.

Dehors, l'air frais de ce mois de mars me fait du bien. Je m'éloigne des quartiers chics pour me retrouver dans une zone plus animée, où l'odeur des restaurants qui se succèdent me met immédiatement l'eau à la bouche. Je jette mon dévolu sur un bar à sushi qui me semble prometteur.

À peine ai-je franchi la porte qu'une voix familière m'interpelle.

Je me retourne et aperçois Ben, Janice et Sylvain attablés un peu plus loin. Ravie, je les rejoins.

— Hey, salut tout le monde !

— Viens, installe-toi ! lance Ben avec enthousiasme. Alban et Célia ne vont pas tarder.

Je tique légèrement à la mention d'Alban, mais tant que nous ne sommes pas seuls, ça me convient.

Nous discutons quelques minutes avant que nos deux autres collègues n'arrivent. Alban s'assied à côté de moi, Célia en face de lui. Aussitôt, une tension familière s'installe dans mes épaules. Je déteste cette proximité avec lui. Heureusement, Ben et ses pitreries parviennent peu à peu à me détendre.

Cela fait une demi-heure que nous sommes installés et que nos repas sont commandés quand Ben s'exclame soudainement :

— Hey, mais…c'est Monsieur Weber ! Hey, Monsieur Weber, venez nous rejoindre !

Je me fige légèrement alors que notre formateur s'approche de notre table.

— Je ne voudrais pas vous déranger, dit-il avec cette retenue élégante qui le caractérise.

Nous protestons tous à l'unisson, et il finit par s'installer à côté de Célia, la plus discrète d'entre nous. Elle devient rouge écarlate, et à en juger par son expression, je doute qu'on l'entende encore beaucoup ce soir.

Les conversations deviennent un peu plus posées, mais tout aussi intéressantes, chacun y allant de sa petite anecdote sur le travail.

— Et donc vous avez déjà fait une formation ensemble avec Alban ? me demande soudain Monsieur Weber.

Nos regards se croisent. A-t-il perçu mon malaise ?

Je détourne les yeux et fixe mon assiette.

— Oui… c'était lors de mon intégration en tant que manager.

— J'étais son tuteur, ajoute Alban en posant sa main sur la mienne.

Un frisson glacé me traverse instantanément.

Le contact de sa peau contre la mienne m'est insupportable.

D'un geste vif, je retire ma main et prétexte un appel avant de quitter précipitamment la table.

Dehors, l'air frais me fouette le visage et je prends une profonde inspiration pour me calmer.

Trois ans.

Trois ans que j'essaie de tourner la page, de laisser tout ça derrière moi. Et pourtant, cette angoisse est toujours là.

Lorsque je suis devenue manager, l'entreprise avait organisé quinze jours d'intégration avec un manager confirmé, Alban.

La première semaine s'était déroulée à merveille. Il m'avait montré les rouages du métier, les process, l'organisation. J'avais confiance en lui. Mais le lundi de la deuxième semaine, il m'avait demandé de rester un peu plus tard pour « finaliser deux trois choses ».

Sans méfiance, j'étais restée.

Le bureau s'était vidé au fil des minutes, et nous nous étions retrouvés seuls. C'est à ce moment-là que son comportement avait changé. Il était devenu beaucoup plus tactile, d'une manière bien différente de ce qu'il avait pu être auparavant. Surprise, j'avais immédiatement mis de la distance entre nous pour lui faire comprendre que je n'étais pas intéressée. Il avait semblé saisir le message et nous étions retournés au travail.

Pendant une demi-heure, tout était redevenu normal. Puis il m'avait demandé d'aller chercher un dossier posé sur le bureau.

Alors que je m'apprêtais à le prendre, il s'était approché derrière moi et avait plaqué son torse contre mon dos. J'étais prise entre le meuble et lui, prisonnière.

J'avais tenté de me dégager, mais il était bien plus fort que moi. Il m'avait basculée sur le bureau et enserré les poignets. De son autre main, il avait remonté ma jupe, parcourant mes cuisses, ses insultes me brûlant les oreilles : « salope », « sainte nitouche »...

Les larmes m'étaient montées aux yeux. J'aurais voulu hurler mais ma voix était bloquée dans ma gorge. J'avais juste réussi à balbutier des *non* étouffés, mais il ne m'écoutait pas.

Quand j'avais entendu le bruit de sa ceinture qui se défaisait, ce fût l'électrochoc. Dans un sursaut de panique, j'avais crié de toutes mes forces.

Il avait aussitôt plaqué sa main sur ma bouche, mais c'était trop tard. Mon cri avait alerté le vigile. En une fraction de seconde j'étais libre.

J'avais attrapé mes affaires et m'étais enfuie en croisant l'agent de sécurité qui, déconcerté, n'avait rien compris à la scène. J'avais prétexté une grippe pour éviter de retourner à la formation et de revoir cet homme.

Les semaines qui avaient suivi avaient été un enfer. Je n'en avais pas parlé à ma grand-mère, elle se serait effondrée. Je n'avais que ma meilleure amie, Sonia, mais qui était à Londres pour un nouveau job. Elle m'a bien proposé de tout plaquer pour venir me soutenir, mais je l'en avais dissuadée.

Nous avions passé des heures au téléphone pour me remonter le moral. Et moi, je tentais de me convaincre que ça aurait pu être pire... si le vigile n'était pas arrivé. Avec le temps, j'ai repris confiance en moi. J'avais cru que tout ça était derrière moi. Je n'avais pas pris conscience que me retrouver en sa présence referait tout ressurgir. Quelle idiote !

Perdue dans ces pensées malsaines, je sursaute en sentant qu'on me pose ma veste sur les épaules.

C'est Janice qui est sortie fumer sa cigarette.

— Ça va, ma belle ? J'ai remarqué que tu étais sortie sans ton manteau.

Je m'emmitoufle dans le tissu et lui adresse un sourire contrit.

— Merci, je ne m'en étais même pas rendu compte.

Je n'avais jamais rencontré Janice en personne avant cette formation, uniquement au téléphone. En la découvrant le premier jour, j'ai été surprise par son look : une chevelure noir de jais rehaussée d'un dégradé rose, impossible de la rater. Mais derrière cette apparence marquante, j'avais vite perçu sa fiabilité et son franc-parler.

— T'es sûre que ça va ? T'es partie comme une flèche.

— Oui, oui, merci, ça doit être la fatigue.

Elle me lance un regard sceptique mais ne pose pas plus de questions.

— D'ailleurs, je ne vais pas tarder à rentrer, je vais dire au revoir aux autres.

Elle me fait signe qu'elle finit sa cigarette, et je retourne dans le restaurant. Je m'excuse auprès du groupe en attrapant mon sac.

— Je suis fatiguée, je vais rentrer.

— Je vais vous raccompagner…propose Monsieur Weber.

— Non merci, Monsieur Weber, restez avec eux, ce n'est pas loin.

Il me scrute un instant, mais n'insiste pas.

Sur ce, je salue tout le monde et quitte le restaurant. Janice me fait un dernier signe avant que je reprenne le chemin de l'hôtel.

Il ne me faut pas longtemps pour sombrer dans un sommeil agité.

7

Me voilà pour ce troisième jour de formation. L'épisode d'hier soir m'a bouleversée, et j'ai passé la nuit à me tourner et me retourner, incapable de trouver le sommeil. Ce matin, j'ai la tête des mauvais jours. Moi qui suis habituellement d'humeur avenante, il ne va pas falloir que quelqu'un me casse les pieds aujourd'hui. Depuis mon réveil, je me répète en boucle : je suis une femme forte.

Autant dire que je suis remontée comme une pendule.

J'arrive en avance, comme hier, mais cette fois, Monsieur Weber est déjà là, absorbé par son travail. Je le salue brièvement avant de poser mes affaires à ma place. J'hésite un instant à lui proposer un café, mais il à l'air tellement concentré que je préfère m'abstenir. Je vais m'en chercher un, puis m'installe à ma table pour traiter mes mails et les urgences qui se sont accumulées.

Aujourd'hui, aucune messagerie instantanée ne vient perturber mon travail. Et, étrangement, ça me manque presque un peu.

Les autres finissent par arriver, et après un café de lancement de journée, chacun retourne à sa place.

— Bon, alors aujourd'hui, vous allez travailler individuellement sur des mises en situations, annonce Monsieur Weber.

Il se lève et nous distribue des feuilles contenant des codes d'accès. Je me connecte au site indiqué et me lance dans le premier exercice.

Deux heures passent dans un silence studieux. Les quatre premières questions sont bel et bien des études de cas, mais la suite m'intrigue. Je ne sais pas pourquoi, mais j'ai l'impression diffuse de passer… un test de recrutement.

Je termine le questionnaire avant les autres participants et jette un coup d'œil autour de moi : tout le monde est encore plongé sur son écran, concentré. Il n'y a que moi que cela semble perturber.

J'hésite encore quelques instants, puis n'y tenant plus, j'ouvre la messagerie instantanée.

A.Leroux : « Vous êtes en train de recruter ? »

Je lève la tête et observe la réaction de Monsieur Weber. Visiblement surpris, il se cale en arrière sur sa chaise et attend deux secondes avant de me répondre.

A.Weber : « *Mlle Leroux, terminez votre test* »

A.Leroux : « *Mais je l'ai terminé, et vous n'avez pas répondu !* »

Il se lève et fait le tour des participants, observant ainsi la progression de chacun. Arrivé à ma hauteur, il se penche sur mon épaule pour vérifier mes dires.

— Très bien, Mademoiselle Leroux, dit-il d'une voix si légère que je crois être la seule à l'avoir entendu.

— Bon, je vous laisse encore une demi-heure, annonce-t-il plus fort.

Il retourne s'asseoir, et moi, je fixe l'écran avec frustration. Cette messagerie instantanée me nargue par son silence. Je suis à deux doigts de craquer d'agacement quand, enfin, les « … » apparaissent, annonçant un nouveau message.

A.Weber : « *Vous aurez votre réponse en temps et en heure* »

Je le foudroie du regard. Ce n'est vraiment pas le jour pour jouer avec mes nerfs.

Plutôt que de répondre, je préfère me lever pour me préparer un thé, et au passage attraper un cookie. Un peu de douceur ne pourra que me faire du bien.

Quarante minutes plus tard, Monsieur Weber se lève et s'appuie contre son bureau pour nous faire face.

— Bon, alors comme certains d'entre vous l'auront peut-être deviné, la majeure partie des questions que vous venez de passer, faisaient partie d'un test de recrutement.

À en croire la tête de mes acolytes, il semblerait que j'aie été la seule à flairer le stratagème.

— Rassurez-vous, il ne s'agissait en aucun cas d'un piège. C'est une méthode de recrutement interne que j'ai expérimentée lors de mon passage dans notre succursale américaine. L'objectif est de rendre l'exercice moins anxiogène et de permettre aux candidats d'être plus à l'aise dans leurs réponses.

— C'est pour quel poste ?

C'est Alban qui vient d'intervenir, bien sûr. Toujours le premier à vouloir rayer le parquet. Il m'exaspère.

— Avant de parler du poste, je tiens à préciser que vous avez été sélectionnés parmi nos managers selon plusieurs critères : votre formation, votre expérience, votre parcours au sein de l'entreprise et vos initiatives.

En y réfléchissant, je réalise que nous avons tous, à un moment ou un autre, été à l'origine d'initiatives écologiques, marketing ou stratégiques.

À part Alban, il me semble… Mais comme il est là depuis bien avant mon arrivée, je n'en ai peut-être pas entendu parler.

— Quant au poste auquel vous pourriez prétendre, poursuit Monsieur Weber. Il s'agit de m'assister, de devenir mon bras droit, en quelque sorte.

J'en reste estomaquée, je ne m'attendais pas à ça.

— Vous êtes tout à fait libre de refuser le poste, et cela ne remettra pas en cause votre position actuelle ou vos futures évolutions dans l'entreprise.

Je ne sais même pas si j'ai envie de ce poste. C'est une opportunité incroyable, mais ai-je vraiment l'audace et les épaules pour l'assumer ?

— Il est 11h45, je vous retrouve ici à 16h. Pendant ce temps, je vais analyser vos tests et vos profils. Je vous annoncerai alors les quatre personnes retenues pour la suite du processus de sélection. Vous me direz en retour si vous souhaitez poursuivre.

Nous quittons la salle, sonnés par cette annonce. Pour déjeuner, nous décidons d'aller dans un restaurant italien.

Célia est troublée par la perspective de travailler avec Monsieur Weber. Elle, si douce et si discrète, je l'imagine difficilement en tant que bras droit d'un homme aussi charismatique et exigeant. L'idée semble même lui couper l'appétit.

Tandis que j'échange avec Ben et Janice sur cette opportunité, mon regard est attiré par Alban. Il se rapproche de Célia, pose son bras sur son épaule et lui murmure quelques mots à l'oreille. Un frisson de malaise me parcourt. Impossible de me concentrer pleinement sur ma conversation après ça.

Lorsque Célia se lève pour aller aux toilettes, je décide de l'accompagner.

— Comment ça va, Célia ? je lui demande alors qu'elle se lave les mains.

— Pff, j'en sais rien. Je ne suis pas sûre de vouloir accepter le poste si Monsieur Weber me le propose.

— Oui, je comprends. Mais, comme il l'a dit, rien ne t'y oblige. Moi non plus, je ne sais pas encore si j'accepterai s'il me le propose.

Elle me regarde, stupéfaite.

— Tu plaisantes ? Tu es une femme forte, regarde ton parcours dans la boîte ! C'est une vrai réussite.

— C'est gentil, merci…

J'hésite un instant, ne sachant comment aborder le sujet sans la brusquer. Puis, je me lance.

— J'ai vu qu'Alban s'était rapproché de toi…

J'essaie d'adopter un ton détaché, le visage neutre.

— Oui, me répond-elle avec un sourire. C'est un gentil garçon.

Aïe, c'est mal parti. Si elle est déjà sous son charme, comment la mettre en garde sans révéler ce qu'il m'a fait subir ?

— Tu sais, je le connais un peu… et je te conseillerais de rester prudente. Il n'a pas très bonne réputation avec les filles.

Voilà, c'est dit. J'attends sa réaction. Elle paraît surprise mais me promet qu'elle fera attention. Je me contente d'un sourire avant de lui proposer de rejoindre les autres.

Il est 16h. Nous sommes tous de retour dans la salle.

J'ai passé l'après-midi avec Ben et Janice dans un café de l'enseigne, à traiter nos urgences professionnelles. Les autres, eux, sont probablement retournés à leur hôtel.

Je scrute les visages autour de moi. L'ambiance est tendue. Célia, elle semble carrément fébrile.

Lorsque Monsieur Weber entre, un silence pesant s'installe. Il prend son temps pour déposer ses dossiers sur son bureau, puis s'adosse légèrement à ce dernier pour nous faire face.

— J'ai étudié vos profils avec attention et je dois avouer que le choix n'a pas été simple. Vous avez tous des compétences et des qualités qui seraient un véritable atout dans notre collaboration.

Il marque une pause avant de reprendre.

— Avant toute chose, y a-t-il quelqu'un parmi vous qui ne souhaite pas poursuivre ? Je rappelle que cela n'aura aucune incidence sur votre carrière au sein de l'entreprise.

Un silence de plomb s'installe. Nous nous observons les uns les autres jusqu'à ce que la main de Célia se lève lentement.

— Oui, Mademoiselle Granet ?

— Je… je ne préfère pas poursuivre la phase de recrutement.

— Très bien, j'en prends note.

Son ton est calme, bienveillant.

— Votre empathie et votre justesse dans les décisions font de vous une excellente manager. Je suis ravi de vous compter parmi nos forces vives.

J'apprécie la façon dont il la rassure sans laisser entendre si elle aurait été sélectionnée ou non.

Un silence plane toujours, alors il poursuit :

— Je ne vais pas faire durer le suspense plus longtemps… La personne que je n'ai pas retenue est… Monsieur Gauthier ?

Sylvain se redresse légèrement. Une lueur de déception traverse son regard, mais il conserve une expression digne.

— Oui, Monsieur Weber.

— Vos supérieurs m'ont vanté votre rigueur et votre esprit d'initiative, et je dois dire que ces trois jours passés en votre compagnie on confirmé vos qualités. J'avoue avoir apprécié travailler avec vous. Vous êtes un manager émérite et avez toute votre place dans notre réseau.

— Merci, Monsieur Weber.

— Bon, c'est tout pour aujourd'hui. Quant à vous… dit-il en désignant Ben, Janice, Alban et moi, je vous attends demain à 9h.

8

Il est tout juste 16h30, je vais pouvoir aller me balader, le temps est magnifique. Alors que je rassemble mes affaires, mon regard tombe sur Célia, assise sur sa chaise. Elle ne bouge pas, figée.

Je m'approche d'elle tandis que les autres quittent la salle.

— Ça va, Célia ?

Elle lève les yeux sur moi, visiblement troublée.

— Oui, oui, ça va ! me répond-elle d'une voix tremblante, au bord des larmes.

Je n'y crois pas une seconde. Sans attendre, je prends son manteau et le pose sur ses épaules.

— Viens, on va prendre un café… dis-je fermement en l'aidant à se lever.

Dehors, le soleil brille, les terrasses débordent de monde sur cet avant-goût de printemps.

Je l'emmène sous la devanture d'un café et commande deux boissons chaudes. Célia, elle, reste silencieuse, enfermée dans son mutisme.

Je l'observe tandis qu'elle triture nerveusement le papier du sachet de sucre. Elle évite mon regard.

— Célia, tu m'inquiètes. C'est à cause du job ? Tu regrettes de ne pas avoir postulé en fin de compte ?

Elle secoue la tête frénétiquement.

— Non, non ! De toute façon, ce n'était pas pour moi.

Je la sens fébrile, comme si elle luttait contre quelque chose. Et soudain, tout me revient, je crains d'avoir compris, je me revois trois ans en arrière. Un frisson me parcourt.

— Alors quoi ? Tu tremble comme une feuille… Il y a forcément quelque chose !

Elle me fixe, les larmes au bord des yeux.

— C'est… Alban…lâche-t-elle avant d'éclater en sanglots.

Oh mais je vais le tuer, cette ordure !

— Quoi ? Qu'est-ce qu'il t'a fait ?

Je m'approche et lui serre doucement l'épaule pour la calmer.

— Tout à l'heure, on est rentrés à l'hôtel, et il m'a proposé de monter dans sa chambre pour me montrer quelque chose. Au début, ça allait… Il m'a embrassé, c'était même agréable. Mais quand il a voulu aller plus loin, je lui ai dit que j'avais besoin de temps. Il a insisté… Il m'a déshabillée… Mais je ne voulais pas. Pas comme ça. Pas avec quelqu'un que je connais à peine…

— Il t'a violée ??

— Non, non… Ce n'est pas ça ! Mais j'aurais préféré attendre. Maintenant, je me sens… sale ! Comme une fille facile. Ce n'est pas moi. J'ai besoin de temps avant de faire l'amour avec un homme…

— Mais tu lui as dit non ?

— Oui… Mais je ne sais pas… C'est arrivé… Et puis après, il a été gentil. Mais ce n'était pas moi…

Mon cœur se serre. Ce type est une ordure, il me débecte. Comment lui faire comprendre qu'elle n'a rien à se reprocher ? Que lorsqu'elle a dit « non », il aurait dû s'arrêter ?

Et moi… Je me sens tellement coupable. Si j'avais eu le courage de porter plainte il y a trois ans, peut-être qu'elle ne serait pas là, en larmes, devant moi. Combien d'autres ont subi ça avant elle ?

— Pour moi, c'est un viol, il n'aurait jamais dû continuer.

Célia me lance un regard brûlant, puis se lève brusquement et attrape ses affaires.

— Laisse tomber, Alice. Je ne veux plus en parler.

Elle s'éloigne vers la sortie, mais avant de disparaître, elle se retourne et me fixe froidement.

— Et surtout, n'en parle à personne. Compris ?

Son ton est glacial, tranchant.

— Oui…promis, soufflé-je, résignée.

Je la regarde s'éloigner, la gorge nouée par un sentiment de culpabilité. Comment aurais-je pu deviner qu'il allait recommencer ?

Pour tenter d'éclaircir mon esprit, je marche le long des quais de Seine. Le soleil est là, chassant enfin la grisaille de ces dernières semaines. Mais peu importe la douceur de l'air qui réchauffe mon visage, ou la lumière dorée sur l'eau, une ombre plane toujours sur mes pensées. Alban. Toujours lui.

Lorsque je rentre enfin à l'hôtel, mon humeur est morose. Tout est impeccable dans ma chambre et s'en est presque déprimant. J'aime quand les choses ne sont pas parfaitement ordonnées, quand il y a un peu de folie, de vie.

Je décide de prendre une douche, puis j'attrape un livre que j'avais glissé dans ma valise. Installée confortablement dans le coin salon de ma « suite », je me plonge dedans, jusqu'à ce que le bip de mon téléphone me sorte de ma lecture. Un message de Ben.

Je l'aime bien. Il est très intéressant et surtout il ne complique jamais les choses. Mais en lisant son message, je me rembrunis. Je ne me sens pas d'humeur à être confrontée à Alban ce soir. Je décline son invitation à les rejoindre pour dîner.

À la place, je vais me commander une pizza et me blottir sous la couette avec mon livre. Un plan parfait.

Trois quarts d'heure plus tard, mon ventre me rappelle à son bon souvenir. Un coup d'œil à ma montre m'indique qu'il est grand temps que je passe commande. Je pianote sur mon téléphone et le tour est joué.

Après une demi-heure d'attente, je descends à la réception pour voir si le livreur est arrivé. Il ne me faut pas longtemps pour le repérer. Peu de gens doivent se faire livrer une pizza dans un endroit pareil.

— Bonjour, j'ai commandé une pizza.

Il fouille dans son sac de transport et me tend une boîte.

— Une Régina pour la demoiselle.

Hein, quoi ? Mais ce n'est pas du tout ce que j'ai commandé…

— Euh… non, il y a une erreur. J'avais commandé une Margherita, dis-je déjà résignée à devoir manger autre chose.

— La Régina est pour moi.

Je me fige. Cette voix…

Je me retourne lentement, priant pour que mes oreilles me trompent. Mais non, c'est bien Arthur Weber en personne qui vient de me piquer ma pizza.

Et je suis incapable de détourner les yeux de sa tenue décontractée.

Un tee-shirt blanc moulant, laissant deviner une musculature à se damner. Un jean qui épouse parfaitement ses formes, ne laissant aucune femmes insensible, à en juger par les regards qui fusent à la réception. Et assurément, il sort de la douche à en croire ses cheveux encore mouillée, ébouriffée et incroyablement sexy.

Oh stop Alice, tu t'égares.

Quand je réalise que je suis en train de *mater* mon patron, il est déjà trop tard. Un sourire amusé étire ses lèvres.

— Vous avez vu un OVNI, Mademoiselle Leroux ?

Il a clairement conscience de sa beauté d'Adonis. Ça a le don de calmer mes ardeurs immédiatement. Je me retourne droite comme un piquet, et m'adresse au livreur.

— Vous êtes sûr de ne pas avoir ma Margherita ?

Le gars hausse les épaules.

— Ah non, je n'ai rien pour vous. Vous êtes certaine d'avoir validé la commande ? Ça arrive tout le temps.

Je vérifie mon téléphone et découvre, consternée, que je n'ai effectivement pas validé ma commande.

Quelle nouille.

Je bouillonne intérieurement, mais me contente de remercier le livreur.

— On peut partager la mienne, propose Arthur, l'air décontracté. Si ça ne vous dérange pas de manger une Régina… Je ne la finirai pas de toute façon.

— Non, c'est gentil, je vais repasser une commande.

— À cette heure-ci ? Vous risquez d'attendre un bon moment… Allez, venez, on va s'installer dans le bar de l'hôtel.

Sans attendre ma réponse, il fait demi-tour vers le lounge. Je n'ai d'autre choix que de le suivre pour ne pas paraître impolie. Comment je fais pour toujours me retrouver dans ce genre de situations ?

Je n'avais encore jamais pris la peine de visiter cet endroit, et je suis immédiatement charmée. L'ambiance feutrée, les tables basses entourées de sofas en velours rouge, la lumière tamisée... Tout respire l'élégance et le confort.

Monsieur Weber pose la pizza au centre d'une table et fait signe à un serveur.

— Vous prenez quoi ? me demande-t-il.

— Hein ? Euh... Je ne sais pas... Un jus d'orange... dis-je au moment où le garçon se présente devant moi.

— Orange pressée ou orange sanguine ? me précise ce dernier.

— Orange sanguine, c'est parfait, merci.

— Et pour Monsieur ?

— Une bière pression...répond Arthur avant d'ajouter, comme s'il devinait la prochaine question : Blonde et peu importe laquelle.

Il ouvre la boîte et se sert une part avant de pousser le carton vers moi.

— Servez-vous.

L'odeur me fait immédiatement saliver. *Bon... juste une part.* Dès la première bouchée, c'est une révélation. *C'est délicieux.* Je ferme les yeux un instant, savourant pleinement la saveur de cette pizza. Et dire que je pensais préférer la Margherita.

Quand je rouvre les paupières, je surprends Arthur en train de fixer ma bouche avec intensité. Il détourne aussitôt le regarde, et, gênée, je m'empresse d'attraper une serviette pour m'essuyer les lèvres. Pas question de passer pour quelqu'un qui ne sait pas manger.

— Je vous remercie Monsieur Weber. Je vous rembourserai la moitié de la pizza.

— Appelez-moi Arthur, et il n'est pas question que vous me payiez quoi que soit, je vous invite…

La suite de la soirée est un vrai moment suspendu. Nous parlons de tout et de rien, mais surtout pas de travail. Il me raconte son enfance au Canada avec sa mère et ses missions aux Etats-Unis pour l'entreprise. Je lui parle de ma grand-mère et de ma meilleure amie. La conversation est fluide, naturelle, comme si nous nous connaissions depuis toujours. Le temps file à une vitesse folle en sa compagnie.

Lorsque je jette un coup d'œil autour de nous, je réalise que nous sommes les derniers clients du bar. Quant à la pizza… elle n'a pas survécu.

— Un dessert ? propose-t-il soudain.

Je n'ai pas le temps de protester qu'il a déjà attiré l'attention du serveur.

— Qu'avez-vous en dessert à nous proposer ?

Le serveur hésite avant de répondre.

— Je suis désolé, Monsieur, mais les cuisines sont fermées à cette heure-ci. Je peux tout de même voir avec le chef s'il peut improviser quelque chose.

— Non, non, vraiment, ce n'est pas nécessaire, je n'ai plus faim, m'empressé-je de dire.

Arthur, lui, affiche un air faussement déçu.

— Vous pourriez peut-être trouver un cookie ? suggère-t-il, joueur.

Le serveur esquisse un sourire.

— Ça, je peux vous le trouver sans problème, je vous demande un instant.

Je regarde Monsieur Weber, stupéfaite, avant d'éclater de rire.

— Vous exagérez ! Et je vous rappelle que je n'ai plus faim.

— Peut-être, mais au moins, j'aurais eu le plaisir d'entendre votre rire. Et ça, ça n'a pas de prix.

Aussitôt, mon rire s'éteint. Je sens mes joues virer au rouge écarlate. Il s'amuse visiblement de ma réaction et se met à s'esclaffer à son tour. Son rire est communicatif. Impossible de ne pas sourire face à un spectacle si charmant.

Le serveur revient avec le fameux cookie, et nous décidons qu'il est temps pour nous d'aller nous coucher. Arthur me raccompagne jusqu'à ma chambre.

Devant ma porte, il s'arrête et plonge son regard dans le mien.

— J'ai passé une très agréable soirée, Alice.

— Moi aussi, Monsieur Weber.

Il arque un sourcil, amusé.

— Arthur…

Je souris, légèrement embarrassée.

— Pardon. Moi aussi, j'ai passé une agréable soirée, Arthur. Et merci pour le cookie, dis-je en le montrant dans ma main.

J'entre dans ma chambre, mais avant de fermer la porte, je me retourne une dernière fois.

— Passez une bonne nuit.

— Bonne nuit, Alice.

9

L'alarme de mon téléphone me tire du sommeil. Je m'étire longuement, savourant la chaleur des draps. J'ai agréablement bien dormi. Encore un peu engourdie, je me tourne sur le côté, cherchant à prolonger cette douce torpeur quelques instants de plus.

Quand j'ouvre les yeux, mon regard tombe sur le fameux cookie d'hier soir, posé sur la table de nuit. Un sourire s'étire sur mes lèvres.

Cette soirée était… surprenante. Je n'aurais jamais cru qu'il serait si facile d'échanger avec lui. Plusieurs fois, au fil de la conversation, j'ai dû me rappeler qu'il s'agissait de mon patron. Et pourtant, je me suis sentie bien avec lui. Ça faisait bien longtemps que ça ne m'était pas arrivé avec un homme.

Je finis par me lever. L'infirmière ne devrait pas tarder. Je commande rapidement mon petit-déjeuner et file sous la douche. À peine ai-je le temps de m'habiller qu'on frappe à la porte : elle arrive en même temps que le serveur avec mon plateau.

Ma blessure à l'avant-bras est pratiquement cicatrisée. Quant à celle sur l'épaule, elle demandera encore quelques soins, mais c'est en bonne voie.

Je m'empresse d'engloutir mon repas et quitte l'hôtel d'excellente humeur, bien que toujours remontée contre Alban. Comment gérer cette histoire ? J'y réfléchis sur le chemin.

En entrant dans la salle, je ne suis pas surprise de voir Monsieur Weber. En revanche, la présence d'Alban, elle, me surprend... Enfin, non, pas tant que ça. Maintenant que cette « formation » représente un enjeu, il joue les lèche-bottes. Encore un trait de sa personnalité qui m'insupporte.

Je salue les deux hommes et vais m'asseoir. Monsieur Weber me gratifie d'un sourire, tandis qu'Alban ne daigne même pas lever la tête. *Tant mieux.* J'enrage intérieurement de ne pas pouvoir mettre les choses au clair avec lui immédiatement. Ça attendra la pause-déjeuner.

Soudain, Alban se lève et se dirige vers la machine à café.

— Je vous prépare un café, Monsieur Weber ? lance-t-il d'un ton mielleux.

— Non merci, si j'en veux un, je me le ferai.

La réponse est presque glaciale. Je lève les yeux, surprise. Pas autant qu'Alban, visiblement décontenancé.

— Très bien, murmure-t-il, penaud.

Je patiente le temps qu'il prépare son café et retourne à sa place, avant de me lever à mon tour.

J'attends que le liquide noir s'écoule dans ma tasse et dérobe un cookie dans le tas de viennoiseries. Je sursaute quand je sens une présence près de moi.

Je repose vivement le biscuit et me retourne précipitamment… pour me retrouver face à Arthur Weber, qui semble déconcerté par ma réaction. J'ai tellement craint qu'il s'agisse d'Alban que mes réflexes ont pris le dessus.

— Hey, ça va ? demande-t-il, intrigué.

Ma main se pose instinctivement sur ma poitrine, tentant de calmer mon cœur affolé.

— Oui, excusez-moi…J'étais perdue dans mes pensées, je ne vous ai pas entendu approcher.

Il attrape alors le cookie que j'avais mis de côté et me le tend avec un sourire léger.

— Un biscuit pour vos pensées ?

Je le prends, croise son regard perçant et murmure :

— Je ne pense pas qu'elles vous plairaient… dis-je en baissant les yeux. Mais merci.

Puis, sans attendre, je retourne à ma place, laissant Arthur Weber planté là, intrigué.

Janice et Ben nous rejoignent bientôt, et je ressens immédiatement la tension dans l'air.

Maintenant que nous ne sommes plus que quatre en lice, chacun cherche inconsciemment à se démarquer, quitte à le faire au détriment des autres. Ce système de recrutement à l'américaine prend tout son sens.

— Vous n'êtes plus que quatre, commence Monsieur Weber en se levant. Il marque une pause avant d'ajouter : je vais maintenant vous expliquer en quoi consiste exactement le poste.

Son ton est nettement plus froid que ces derniers jours, et l'ambiance s'en ressent immédiatement.

— Comme je vous l'ai dit, vous serez mon bras droit. Je supervise toute la partie anglophone de notre marque, ce qui implique des déplacements au Royaume-Uni ou aux États-Unis. Vous devrez m'assister dans la préparation des réunions, l'organisation des plannings, et participer aux brainstormings marketing. Est-ce clair ?

Nous acquiesçons d'un même mouvement.

— Est-ce que ces déplacements remettent en question votre candidature.

Un regard furtif s'échange entre nous, mais personne ne se dégonfle. Nous secouons la tête en silence.

— Très bien. Sur les deux prochains jours, vous serez mis en situation réelle. Nous allons rencontrer des fournisseurs ou des partenaires. Vous serez répartis en binômes : pendant qu'un duo m'accompagnera, l'autre travaillera sur des dossiers en cours.

Il marque un temps avant d'annoncer :

— Alice et Alban vous serez avec moi ce matin. Benoit et Janice, je vais vous distribuer les dossiers.

Je me crispe. J'aurais préféré être associée à n'importe qui d'autre qu'Alban, mais je n'ai d'autre choix que d'acquiescer.

— Ah, et appelez moi Arthur, c'est plus simple, conclue-t-il en s'attardant un instant sur moi.

— Arthur, voulez-vous que je vous aide ?

C'est Alban qui vient d'intervenir. Il n'a pu s'en empêcher.

Arthur lui adresse un regard glacial.

— Non, ce ne sera pas nécessaire.

Visiblement, il ne supporte pas la flatterie. Et il sait clairement le faire comprendre.

Nous le suivons ensuite jusqu'à une salle où une quinzaine de personnes sont réunies autour de mange-debout élégants, sur lesquels sont disposés des toasts et des verres de cocktail. Avant d'entrer, Arthur nous glisse à voix basse :

— Vous allez rencontrer certains de nos partenaires. J'attends de vous une approche professionnelle.

Nous acquiesçons et pénétrons dans la pièce. Pour ma part, une pointe d'appréhension me gagne.

J'aperçois un homme d'un certain âge, isolé du reste du groupe. Sans hésiter, je m'approche et engage la conversation :

— Bonjour, je suis Alice Leroux.

L'homme relève la tête avec un sourire chaleureux.

— *Oh, hello, nice to meet you Alice. Gordon Smith. Sorry but I don't speak French.*

C'est à cet instant que je réalise que toute l'assemblée parle exclusivement anglais.

Un large sourire s'étire sur mon visage en réponse au sien, et nous nous lançons dans une conversation animée. Mr Smith a un humour piquant et une multitude d'anecdotes fascinantes. Je ris franchement à plusieurs reprises, attirant malgré moi d'autres invités qui viennent se joindre à nous.

Bientôt, Arthur s'approche.

— Hey Arthur, vous devriez faire attention, je suis à deux doigts de proposer un poste à Alice, plaisante Mr Smith en anglais.

Arthur esquisse un sourire avant de rétorquer, le regard pétillant :

— Si vous faites ça Gordon, je pense que je saurais trouver les bons arguments pour la convaincre de rester.

Les rires fusent tandis que mon visage vire au rouge pivoine. Je ne sais pas exactement à quoi il fait allusion, mais cela ne m'empêche pas d'avoir des pensées inavouables. Un sourire gêné aux lèvres, je m'excuse et m'éclipse vers les toilettes pour me rafraîchir.

Alors que je m'apprête à retourner dans la salle, j'aperçois Alban sortir des toilettes pour homme. L'occasion est trop belle pour la laisser passer. Je fonce vers lui, bouillonnante de colère.

— Qu'est-ce que tu as fait à Célia ? craché-je, furieuse.

Surpris par mon attaque, il marque un temps d'arrêt avant d'afficher un sourire narquois.

— Rien qui ne te regarde.

Il pivote, prêt à s'éloigner, mais je lui saisis le bras. D'un geste brusque, il attrape ma main et me plaque contre le mur de son autre bras.

— Ne joue pas à ça, tu t'en mordrais les doigts, murmure-t-il d'un ton menaçant.

Je suis paralysée. Les souvenirs de mon agression resurgissent violemment, me coupant la respiration. Ma voix reste bloquée dans ma gorge. Heureusement, un couple passe dans le couloir, forçant Alban à reculer. Il me lance un dernier regard chargé d'avertissement avant de rejoindre la salle.

Je prends quelques instants pour me remettre de mes émotions et rejoins le groupe d'invités. J'affiche un sourire de façade, mais mon esprit est ailleurs. Petit à petit, la salle se vide et nous nous retrouvons finalement à trois.

— Alban, pourriez-vous aller chercher les autres ? Nous allons déjeuner ensemble. Nous vous attendons à l'accueil, annonce Arthur.

— Oui, bien sûr Arthur.

Il ne manque pas une occasion de dire son prénom, comme s'ils étaient les meilleurs amis du monde. Je détourne le regard pour ne pas montrer à quel point je le hais.

Sans un mot, je suis Arthur jusqu'au rez-de-chaussée, encore secouée par ce qui vient de se passer. Lui aussi reste silencieux, absorbé par son portable. De toute façon, mieux vaut ne pas parler, je ne serais pas de très bonne compagnie.

Après un moment, il range son portable et se tourne vers moi.

— Dites-moi, vous n'avez pas appris un Anglais aussi fluide à l'école, je me trompe ?

Sa question me prend au dépourvu, mais elle a au moins le mérite de détourner mon esprit de mes préoccupations. Je sens mes joues s'échauffer légèrement.

— Non, en fait… J'ai eu un petit ami anglais. Nous avons vécu ensemble pendant deux ans après mes études.

— Je vois…

Un silence s'installe, puis un sourire malicieux étire ses lèvres.

— …Oserais-je vous demander si vous parlez d'autres langues.

Là, c'est certain, je suis en train de virer écarlate.

— Euh, oui… admets-je en baissant les yeux vers le sol pour cacher mon trouble. Je parle plutôt bien l'Espagnol et j'ai quelques notions d'Italien.

— Je ne vous demanderai pas comment vous les avez apprises, plaisante-t-il.

— Non, non, surtout ne me demandez pas ! m'exclamé-je précipitamment, ce qui le fait éclater de rire.

Au même moment, les autres sortent de l'ascenseur, et avant qu'ils n'arrivent à notre hauteur, Arthur me glisse dans un murmure :

— Vous êtes surprenante, Alice.

Sa remarque me fait sourire et envoie un tourbillon de papillons dans mon ventre. En quelques mots, il a su dissiper la tension qui me pesait depuis mon altercation avec Alban.

10

Après la pause-déjeuner, nous retournons dans la salle pour qu'Arthur nous distribue les dossiers sur lesquels nous allons travailler.

À peine Ben, Janice et Arthur partis, une sensation d'oppression m'envahit. L'idée de rester seule avec Alban, me glace le sang. Après quelques respirations pour me calmer, je me lève, attrape ma sacoche, mon ordinateur et mes dossiers, puis enfile ma veste avant de me diriger vers la porte.

— Hey, mais tu vas où comme ça ?

Je me retourne et lui lance un regard glacial.

— Si on te demande, tu diras que tu n'en sais rien.

Sans attendre de réponse, je claque la porte derrière moi et descends en toute hâte. Une bouffée d'air frais m'accueille à l'extérieur, apaisant un peu ma tension. Je prends une grande respiration, puis hèle un taxi. Quelques minutes plus tard, je suis de retour à l'hôtel, dans ma chambre.

Je m'installe dans le coin salon et me plonge immédiatement dans mon travail. Le premier concerne la préparation d'une réunion. Il est dense, mais passionnant. J'ouvre Canva sur mon ordinateur et commence à élaborer une présentation.

Vers 16h, un gargouillement de mon estomac me rappelle à l'ordre. Une pause s'impose. Mon regard se pose sur le cookie toujours intact sur ma table de chevet. Je me lève, l'attrape et le contemple un instant, comme s'il s'agissait d'un talisman. Il m'évoque un réconfort inexplicable, au point que je ne sais si je dois le manger. Après une longue hésitation, je le repose et commande un encas à la réception.

Une fois rassasiée, je me plonge dans le deuxième dossier, orienté marketing. J'adore, c'est mon domaine de prédilection et je me laisse absorber par le travail au point d'en perdre la notion du temps. Ce n'est qu'en entendant frapper à la porte que je réalise qu'il est déjà 18h.

Je me lève et vais ouvrir. Arthur se tient devant moi.

— Je ne vous ai pas vue à la salle, tout va bien ?

Son regard scrutateur me trouble.

— Oui, oui, tout va très bien, merci, dis-je, un peu déstabilisée.

Je réalise alors que j'ai troqué ma tenue de travail pour un jean et un débardeur, et je suis pieds nus.

— Très bien, c'est juste qu'Alban m'a dit que vous aviez du mal à gérer la pression.

Mon sang ne fait qu'un tour. Je sens mon visage trahir mon émotion et je dois puiser dans mes réserves pour retrouver un air impassible.

— Il a dû mal comprendre… je trouvais simplement l'ambiance de ma chambre plus chaleureuse.

— Je n'en doute pas, répond-il avec un léger sourire.

Après une brève pause, il ajoute :

— Je venais surtout vous prévenir que j'ai invité tout le monde à dîner au restaurant de l'hôtel. Je compte sur vous à 20h.

Il ne me laisse pas le temps de répondre et s'éloigne déjà. Je referme la porte, et aussitôt, une seule pensée me traverse l'esprit : qu'est-ce que je vais bien pouvoir porter ? Cet hôtel est un établissement de standing, hors de question d'y aller en jean-baskets.

Après avoir terminé mon dossier, j'ouvre ma valise et repère rapidement la petite robe noire que j'avais emportée « au cas où ». Une douche plus tard, je l'enfile et m'attaque à mes cheveux. J'opte pour un chignon bas, légèrement décoiffé, laissant quelques mèches ondulées encadrer mon visage. Une touche de maquillage, juste de quoi mettre en valeur mes yeux bleus et ma peau nacrée, et me voilà prête.

À 19h50, je descends en direction du restaurant.

Alors que j'approche, j'aperçois Arthur et Alban attablés au bar, plongés dans une conversation. Je ralentis le pas lorsque la voix d'Alban me parvient.

— Alice ? Vous devriez vous méfier d'elle.

Instantanément, je me fige et me glisse dans un renfoncement. Je peux entendre sans être vue.

— Ah bon ? Dites-moi tout, réplique Arthur d'un ton neutre.

Je ne peux voir son expression, mais j'aimerais savoir ce qu'il pense en cet instant.

— Elle a les dents longues. Elle ferait n'importe quoi pour réussir, et la promotion canapé ne lui fait pas peur. J'en ai moi-même fait les frais il y a quelques années. Elle joue la fille gentille et fragile, mais ne vous y trompez pas...

— Mmmh...

— Et c'est une menteuse, poursuit Alban. Elle m'a même fait des avances quand j'étais son tuteur, il y a trois ans. Bien sûr, j'ai refusé. Depuis, elle fait courir des rumeurs sur moi. Non, franchement, je m'en méfierais à votre place.

Un hoquet de stupeur m'échappe. Mon cœur bat à tout rompre. Comment ose-t-il médire sur mon compte ? Un flot d'émotions me submerge – colère, humiliation, impuissance. Je vais me trouver mal. J'ai juste le temps d'entendre la réponse d'Arthur avant de rebrousser chemin.

— Je crois que je suis apte à me faire ma propre opinion.

Les larmes me montent aux yeux. Une fois aux toilettes, je m'appuie sur le lavabo et tente de maîtriser les sanglots qui menacent d'éclater. Je me passe de l'eau froide sur la nuque pour reprendre contenance. Mon reflet dans le miroir me renvoie une image qui ne me plaît pas : celle d'une femme blessée, sur le point de flancher.

Je fais les cent pas, la rage au ventre. Comment Alban ose-t-il salir mon nom de cette façon ? Comment vais-je pouvoir regarder Arthur dans les yeux sans me sentir mal ? Quoi que je dise, j'aurai l'air de me justifier.

Après dix bonnes minutes à me torturer, je décide de retourner auprès des autres. Un trait d'eye-liner, un peu de blush, on ne voit même plus que j'ai pleuré. Je prends une profonde inspiration et me rends au restaurant.

J'ai dix minutes de retard et tout le monde est déjà installé. Je m'excuse brièvement et prends place, évitant soigneusement de croiser le regard d'Arthur ou d'Alban. Nous passons commande, et je me force à participer à la conversation, mais le cœur n'y est pas. Arthur non plus ne semble pas dans son assiette. Il est redevenu ce qu'il était le premier jour : froid et distant.

Quand le serveur revient pour les desserts, je décline. Arthur aussi. Il s'excuse et quitte la table pour passer un appel.

— Je vais aller me coucher, annoncé-je aux autres.

— Aller, reste, il n'est pas tard, insiste Ben

Je lui adresse un sourire, mais secoue la tête.

— Non, je suis fatiguée, la journée a été longue. À demain.

Je me lève, prends ma veste et quitte le restaurant sous leur « au revoir ».

Dans le hall, j'aperçois Arthur, toujours en ligne. Je patiente quelques instants qu'il termine son appel, puis m'approche.

— Je monte me coucher, je vous souhaite une bonne soirée.

— Très bien, bonne soirée, répond-il avant de tourner les talons et de retourner au restaurant.

Je ne sais pas à quoi je m'attendais. Peut-être à un sourire. Mais certainement pas à cette mine glaciale dont il a fait preuve.

Une fois dans ma chambre, je m'effondre derrière la porte. Il ne faut que quelques secondes pour que j'éclate en sanglots. Que doit-il penser de moi, maintenant ?

Je finis par me traîner jusqu'à mon lit. J'ôte ma robe et mes escarpins, puis me glisse sous la couette. Mon regard se pose sur le cookie resté intact à côté de moi. Une larme solitaire roule sur ma joue.

11

Lorsque je me lève ce matin, j'ai une mine affreuse. Mes yeux bouffis trahissent les larmes de la veille, et mon mascara qui a coulé, laisse de vilaines traces noires sur mes joues. Quant à mes cheveux, ils forment une masse informe qui défie toute loi de la physique.

Sans perdre de temps, je file sous la douche. L'eau chaude a au moins le mérite de me réchauffer et de me réveiller un peu.

Je ne commande pas de petit-déjeuner et m'empresse plutôt de faire ma valise. C'est notre dernière journée de « formation - recrutement », et je n'ai qu'une hâte : en finir.

Lorsque je descends dans le hall pour remettre ma clé au réceptionniste, mon regard se pose sur Arthur, qui attend un taxi devant l'hôtel. Aujourd'hui, je ne me sens pas de partager la voiture avec lui. Alors je patiente, immobile, jusqu'à ce que son taxi disparaisse au coin de la rue, avant de sortir à mon tour.

Heureusement, un autre véhicule ne tarde pas à s'arrêter devant moi. À mon arrivée au siège, je confie ma valise à Nicole, échange quelques mots avec elle, puis me rends directement dans la salle.

Sans surprise, Arthur et Alban sont déjà là. Je les salue rapidement, mais leur réponse est à peine audible. Je ne m'attarde pas et vais me servir un café, accompagné d'un croissant. Pas de cookie ce matin, je n'ai pas le cœur à ça.

Un fois tout le monde installé, Arthur nous demande de présenter les dossiers sur lesquels nous avons travaillé la veille. Chacun y met sa touche personnelle : Ben adopte un style décalé mais efficace, Janice apporte une touche rock'n'roll, tandis qu'Alban reste dans un registre plus classique. Quant à moi, je trouve ma présentation élégante… mais peut-être ne suis-je pas la plus objective.

Après les exposés, Arthur nous distribue des tests à compléter, précisant qu'il annoncera cet après-midi les deux personnes qui poursuivront le processus de recrutement.

Un silence studieux s'installe immédiatement. Seuls le cliquetis des claviers et le froissement des pages brisent la torpeur ambiante. Aucune fenêtre de messagerie instantanée ne s'ouvre et l'ambiance est morose. Même Ben, d'ordinaire si jovial, semble s'être enfermé dans une bulle de concentration.

Midi arrive à toute vitesse et je pars déjeuner avec Ben et Janice, heureuse d'échapper à la compagnie d'Alban, qui a visiblement d'autres plans.

— Pfiou, c'était chaud hier avec les partenaires de la boîte... lâche Ben en croquant dans son sandwich.

— Ah bon ? Pourquoi ?

Janice et lui échangent un regard amusé avant d'éclater de rire.

— Aucun d'eux ne parlait français, explique Janice entre deux bouchées de frites. Je baragouine un peu, mais de là à tenir une conversation...

— Pareil ! ajoute Ben. Franchement, j'ai fait de mon mieux, mais j'ai bien vu qu'ils ne comprenaient pas grand-chose... et moi non plus d'ailleurs.

Être manager dans notre boîte ne requiert pas nécessairement de parler anglais, mais cette difficulté risque de leur porter préjudice. Je réalise que je n'ai pas fait attention hier à la façon dont Alban s'en était sorti...j'espère que c'est une bille en anglais !

Après le déjeuner, nous retournons dans la salle, où Arthur nous attend, assis sur le bord de son bureau.

— Bon, je ne vais pas y aller par quatre chemins, commence-t-il d'un ton neutre. Benoit, Janice, je suis désolé, mais vous n'avez pas été retenus. Vos approches sur les dossiers étaient excellentes, mais votre niveau d'anglais constitue un frein trop important.

Il marque une pause, avant d'ajouter :

— Cependant, Janice, j'ai été impressionné par votre rigueur et votre ténacité. Quant à vous, Benoit, votre esprit d'équipe et votre dynamisme sont des qualités précieuses. Vous êtes tous les deux d'excellents managers, et je suis heureux de vous avoir parmi nos équipes.

Ils le remercient, et je crois percevoir dans leur regard un léger soulagement. Peut-être n'avaient-ils pas réellement envie de ce poste finalement.

Arthur se tourne vers moi et Alban.

— Quant à vous deux, je vous attends lundi prochain à 9h. Vous pouvez y aller.

Nous échangeons un regard. Il n'est que 14h…

Arthur ajoute, en me regardant directement :

— Et n'oubliez pas vos ordinateurs, n'est-ce pas, Mademoiselle Leroux ?

Ah tiens, c'est de nouveau « Mademoiselle Leroux » et non plus « Alice », j'en prends note.

— Bien sûr, Monsieur Weber.

Je n'ai pas le temps de m'attarder sur sa réaction que je sors mon portable et pianote déjà dessus pour changer l'heure de mon train. Si je me dépêche, je peux attraper celui de 14h50.

Après un dernier salut à mes collègues, je me précipite pour récupérer ma valise et sauter dans un taxi.

Bientôt, je suis installée dans mon siège, le regard perdu à travers la vitre du train. Le paysage défile sous mes yeux, tandis que mes pensées s'égarent sur tout ce qui vient de se passer cette semaine…

12

« *Home sweet home* » ! On n'est jamais mieux que chez soi. Je dépose ma valise dans un coin et m'affale sur le canapé. Les vibrations de mon portable me réveillent en sursaut, j'ai dû m'assoupir. Sonia s'affiche sur l'écran. Un sourire aux lèvres, je décroche.

— Ah ma belle, j'ai tellement envie de te voir, soufflé-je.

— Et ben, tu ne crois pas si bien dire, je suis chez toi dans exactement treize minutes si je me fie au GPS.

— Aaaah, c'est pas vrai, tu es là ! Dépêche-toi d'arriver, je te prépare un cocktail.

— Sans faute, ma belle, à tout de suite, répond-elle avant de raccrocher.

D'un bon, je me lève et file vers le bar… enfin le meuble que ma grand-mère avait transformé en bar.

Je sors les bouteilles et nous prépare deux piña coladas. Ma valise attendra, je la viderai plus tard. En attendant, je guette par la fenêtre : elle ne devrait plus tarder.

On s'est très souvent eu au téléphone, mais cela fait des mois que je ne l'ai pas vue. Alors, dès que sa voiture de location se gare et qu'elle en sort, je lui saute dans les bras. L'émotion me submerge, les larmes me montent aux yeux. Ça me fait tellement de bien de la voir. Elle me gratifie d'un câlin et nous rentrons bras dessus bras dessous dans la maison de ma grand-mère, qui est devenue la mienne à son décès.

— Tu es là pour combien de temps ?

— Pour le week-end, mais je peux rester quelques jours de plus si tu veux. Je ne savais pas si tu étais dispo, je voulais te faire la surprise, choupette.

— Le week-end, c'est parfait. Et lundi, je ne peux pas, j'ai un entretien…

— Quoi ? Un entretien ? Tu changes de boîte ?

— Non, non, ce n'est pas ça…

Je lui raconte alors ma semaine : le vol de mon ordinateur, l'accueil mitigé de Monsieur Weber, mon altercation avec Alban… et tout le reste.

— Attends… Cette pourriture d'Alban est toujours dans la boîte ?

— Oui, malheureusement. Après, je ne sais pas exactement ce qui s'est passé avec Célia, ce n'était pas clair… Peut-être que je me monte la tête, j'en sais rien.

— Ah non, tu ne vas pas recommencer à lui chercher des excuses ! Non, c'est un pourri, un point c'est tout.

Je la regarde avec affection.

— Ça me fait du bien que tu sois là ! lui confié-je en la serrant de nouveau dans mes bras.

— Bon, parlons d'autre chose… Alors, cet Arthur machin truc, il est comment ?

Je pouffe de rire en voyant ses sourcils se lever et son regard s'agrandir d'un air malicieux.

— Il est très sympa finalement… enfin jusqu'à ce qu'Alban s'en mêle.

Elle me tapote sur la tête, faussement exaspérée.

— Non, mais elle n'a rien compris… Je veux dire comment ? insiste-t-elle en mimant une silhouette exagérément sexy.

Sa gesticulation est tellement comique que je peine à reprendre mon souffle tellement je ris.

— Il n'est pas mal, avoué-je, sentant mes joues s'empourprer.

Je pianote sur mon portable et tombe sur une photo de lui. Je constate qu'il y en a des dizaines. Je lui tends l'écran, guettant sa réaction.

— Attends… c'est lui ton patron ? Canonissime ! Putain, il n'a pas besoin d'une deuxième assistante ? Parce que moi, je veux bien faire le taf !

— Je te rappelle que tu es déjà bien servie à Londres.

Sonia est partie en Angleterre il y a trois ans pour perfectionner son anglais. Elle a décroché un poste en intérim dans une boîte de communication…

avant d'être embauchée. Et cerise sur le gâteau, son collaborateur le plus proche correspond en tout point à son mec idéal.

— Tu parles ! Avec Steeve, on est coincés dans la *friend zone* depuis bien trop longtemps… Je pense qu'il ne se passera jamais rien. En plus, une fille de la compta lui tourne autour en ce moment… Je crois que je vais jeter mon dévolu ailleurs.

— Oh ma belle !

— Non, mais vraiment, haut les cœurs ! s'exclame-t-elle en levant son verre à moitié vide pour trinquer avec moi.

— Allez, finis ton verre, que je t'en reserve un.

— À la bonne heure… Bon pour en revenir à ton patron, il n'est quand même pas mal, non ?!

— Oui, mais tu connais la règle : *pas touche au patron*…soufflé-je, un brin déçue.

13

« Vous êtes surprenante, Alice »

Arthur s'approche, son regard chargé de désir, il écarte délicatement une mèche de mes cheveux avant de glisser ses doigts sur mon épaule. Un frisson me parcourt, mais je reste immobile, de peur de briser cet instant. Sa main se pose dans mon dos, m'attire contre lui. Un soupir m'échappe.

Il murmure un « chut » à peine audible avant de poser ses lèvres sur les miennes. J'en veux plus, je m'accroche à sa veste. Il dézippe ma robe d'un geste assuré, la laissant glisser à mes pieds. Mon soutien-gorge subit le même sort, et bientôt, sa bouche descend lentement sur ma peau nue. Il embrasse mon cou, s'attarde sur mes seins…

BIP BIP BIP

Je me réveille en sursaut, trempée de sueur. Je tâtonne à la recherche de mon téléphone et coupe l'alarme. Encore à moitié dans mon rêve, il me faut quelques secondes pour reprendre mes esprits. Et soudain, je me rends compte que je viens de faire un rêve érotique, avec en prime, comme objet de tous mes fantasmes : Arthur Weber.

Un cri étouffé m'échappe alors que j'enfonce un oreiller sur mon visage, espérant calmer le feu qui me consume.

Alertée par le bruit, Sonia débarque en trombe dans ma chambre.

— Qu'est-ce que tu fais ? Un suicide par asphyxie ? Je suis pas sûre que ça fonctionne si tu veux mon avis !

Sa remarque me fait rire, bien que je garde toujours la tête sous l'oreiller. Je la sens s'asseoir sur le lit, attendant mon explication.

— J'ai rêvé d'Arthur…

— Attends… un rêve coquin ?

Je pousse un gémissement et rabat l'oreiller sur ma tête en hochant la tête. Elle éclate de rire et s'écroule sur le lit.

— Tu parles ! ironise-t-elle entre deux éclats de rire. « Pas touche au patron », hein ?

Furieuse mais hilare, je lui balance mon oreiller en pleine tête. On rit jusqu'aux larmes, incapables de nous arrêter.

Finalement, le calme revient, et nous nous retrouvons assises contre la tête de lit, savourant le silence. Au bout d'un moment, elle me dit avec un sourire malicieux :

— J'espère que c'était bien, au moins.

Je l'entends pouffer tandis que les images de mon rêve me reviennent en mémoire.

— Mieux que bien… Mais comment je vais faire lundi pour le regarder sans y repenser ?

Sonia se redresse brusquement, un air déterminé sur le visage.

— Allez, on se bouge… On va trouver des tenues incroyables pour la semaine prochaine. Allez, hop, hop, hop, on file faire les boutiques !

Notre samedi est entièrement consacré au shopping, suivi d'une soirée à vider une ou deux bouteilles de vin autour d'un plateau télé improvisé. Le dimanche est plus calme. On flâne sur la plage, on profite du soleil en terrasse d'un restaurant, refaisant le monde autour d'un délicieux repas.

Mais à 16h, l'heure des adieux arrive déjà.

— Allez, haut les cœurs, dit Sonia en m'enlaçant. La prochaine fois, j'espère que tu auras emménagé à Paris. Ça me fera moins loin que Perpignan !

— Arrête, tu adores Perpignan.

— C'est vrai… mais tu viens me voir la prochaine fois, promis ?

Je lui souris, elle va vraiment me manquer, encore une fois, je la serre fort dans mes bras.

— Promis !

Je la regarde s'éloigner, un pincement au cœur. La maison me semble soudain bien vide sans elle.

Je refais ma valise, sans oublier les deux tenues que Sonia a insisté pour m'acheter. Après un brin de ménage et un dîner rapide, je file me coucher.

Demain, une nouvelle semaine commence, et il faut que je sois au siège à 9h.

Et surtout… que j'arrive à croiser Arthur sans que mon rêve me revienne en tête.

14

Ce petit week-end avec Sonia m'a fait un bien fou, je suis remontée à bloc en ce lundi matin.

Vendredi, alors que j'étais dans le train, j'ai reçu la confirmation de ma réservation d'hôtel. Un établissement classique, mais idéalement situé à deux pas du siège, ce qui m'évitera de prendre un taxi.

Je m'y arrête pour récupérer ma clé et y déposer ma valise dans ma chambre, qui s'avère être tout à fait à mon goût. Puis, je me mets en route pour le bureau.

Lorsque j'arrive, Nicole m'informe que nous ne serons pas dans la même salle que la dernière fois. Nous sommes attendus directement dans le bureau de Monsieur Weber, au dernier étage.

L'ascenseur s'ouvre sur un espace lumineux, offrant une vue imprenable sur la ville. En avançant, je croise une jeune femme.

— Le bureau de Monsieur Weber, s'il vous plaît ?

— Tout droit, vous ne pouvez pas le manquer.

Je la remercie et poursuis mon chemin. Les bureaux, séparés par des parois vitrées, laissent entrevoir des employés affairés. Enfin, j'arrive devant une porte en verre opaque, portant une plaque discrète : *A. Weber* . Je frappe et attends l'autorisation d'entrer.

En pénétrant dans la pièce, je découvre un vaste bureau baigné de lumière, avec une vue incroyable sur les toits de Paris.

— Alice, bonjour, venez nous rejoindre.

Arthur se lève d'une petite table de réunion située à l'autre bout de la pièce. Le « Alice » est de retour, mes épaules se détendent légèrement, mais pas pour longtemps. Alban est déjà là, bien qu'il soit encore tôt. Je prends soin de laisser une chaise entre lui et moi avant de m'installer.

— Alors aujourd'hui, vous allez faire la présentation que vous avez préparée la semaine dernière au CA.

Je le fixe, incrédule. Le Conseil d'Administration ? Mon cœur rate un battement.

— Ne vous inquiétez pas, ils savent que vous êtes en phase de recrutement, ils ne s'attendent pas à quelque chose d'exceptionnel. En revanche, je veux du professionnalisme. Ne me décevez pas.

— Bien sûr Arthur, répond Alban avec assurance.

— Alban commencera ce matin, Alice, vous serez en observation. Nous ferons un débrief en fin de matinée. Puis on inversera cet après-midi. C'est clair ?

J'acquiesce en même temps qu'Alban, qui sort déjà ses notes.

— Bien, nous avons trois quarts d'heure avant la réunion. Allons prendre un café, et vous pourrez finaliser vos présentations.

Nous le suivons au coin café où plusieurs employés sont déjà installés, gobelets en main. Quelques banalités sont échangées, mais Arthur reste professionnel et distant, bien que moins glacial que la dernière fois. J'espère que son humeur s'adoucira au fil de la journée. J'évite soigneusement de croiser trop longtemps son regard… de peur que certaines images de mon rêve ne me reviennent en mémoire.

Après une demi-heure de préparation, nous nous dirigeons vers la salle de réunion. Le Conseil d'Administration est déjà réuni. À la place d'honneur, Monsieur Richards, le PDG du groupe.

Arthur échange brièvement avec lui avant le début de la présentation. Leur interaction me semble étrange : Arthur paraît tendu, son attitude plus froide qu'à l'accoutumée. À l'inverse, Monsieur Richards affiche une expression plus ouverte, mais avec une pointe d'agacement.

Je prends place sur une chaise en fond de salle, tandis qu'Arthur s'installe à la table ovale, au côté des membres du conseil.

— Alban, nous vous écoutons.

Il se lance dans sa présentation, et je dois reconnaître qu'elle est bien structurée. En revanche, il en fait des tonnes : grands gestes, intonations théâtrales, et il interpelle régulièrement les membres du conseil, ce que je n'oserais jamais faire. Une fois terminé, quelques questions lui sont posées, auxquelles il répond... tant bien que mal.

De retour dans le bureau d'Arthur, nous faisons un débrief de la réunion. J'apporte une analyse objective et pertinente de la situation. La discussion se poursuit quelques minutes, jusqu'à ce que le téléphone d'Arthur sonne. Il décroche et se met à l'écart pour poursuivre sa conversation. Au bout de quelques instants, nous l'entendons dire « j'arrive ».

Puis, il se tourne vers nous.

— Je suis désolé, mais je ne pourrai pas déjeuner avec vous. Je vous dis à 13h30 ici, la réunion commence à 14h.

Sur ces mots, il attrape son manteau et quitte la pièce, nous laissant en plan. Je jette un regard furtif à Alban avant de me lever à mon tour et d'enfiler ma veste.

— On mange ensemble ? me demande-t-il avec un sourire mielleux.

Je le fixe, abasourdie. Non, mais il plaisante.

— Je ne préfère pas ! lancé-je en quittant la pièce.

N'ayant pas envie de manger seule au restaurant, j'opte pour un sandwich à emporter et pars me balader dans ce quartier d'affaire. Visiblement, je ne suis pas la seule à avoir eu cette idée : les bancs sont occupés par de petits groupes qui discutent en déjeunant sur le pouce.

Je trouve un banc libre et sors mon portable pour passer le temps. J'en profite pour envoyer un message à Sonia, qui m'appelle dans la foulée. Nous passons bien trois quarts d'heure à bavasser.

— Bon allez, il faut que j'y aille…

— À plus, ma belle, et pour ta présentation, si tu stresses, imagine-les tous nus… Enfin surtout un en particulier, ajoute-t-elle en riant.

— Génial, maintenant je ne vais penser qu'à ça !

— Parfait ! Allez, bises !

— Bises.

Je raccroche, un sourire aux lèvres, puis retourne dans le bureau d'Arthur. Alban n'est pas encore arrivé, j'en profite pour relire mes notes. Quelques minutes plus tard, Arthur et lui entrent, café en main.

Mince, j'ai oublié d'en prendre un…ça m'aurait sûrement aidée à me détendre.

Alors que je me replonge dans mes fiches, un gobelet apparaît devant moi.

— J'ai pensé que vous en auriez besoin, me dit Arthur avec un sourire.

Je l'observe avec étonnement. Son attitude a changé, il est à nouveau avenant avec moi. Je ne sais sur quel pied danser avec lui... Nos regards se croisent, et aussitôt, des flashs de mon rêve me reviennent en tête.

Rouge écarlate, je balbutie un « merci », avant de me concentrer sur mes notes.

Reprends-toi, Alice !

Nous retournons dans la salle du Conseil d'Administration. Je mets ma présentation sur l'écran et attends le signal d'Arthur.

D'un signe de tête, il me donne le feu vert.

— Bonjour, je suis…

— En anglais, s'il vous plaît.

Surprise, je me tourne vers Arthur, mais ce n'est pas lui qui a parlé. C'est Monsieur Richards, le PDG. Il m'observe avec attention.

Je prends une profonde inspiration et me lance.

— *Good afternoon, welcome to all of you. I wich to thank you for attending this presentation today*[1]…

Malgré la difficulté de jongler entre un support en français et un discours en anglais, je m'en sors bien. Quelques mots m'échappent, mais je contourne habilement le problème.

— *Thank you for having listened so attentively. Do you have any questions ?*[2]

Les questions fusent immédiatement. Le dossier étant dense, les membres du conseil veulent des précisions. J'y réponds avec assurance et précision. Je suis fière de moi, j'ai le sourire aux lèvres.

— Merci, Mademoiselle Leroux. Excellente présentation.

---

[1] Bonjour, bienvenue à tous, je vous remercie d'assister à cette présentation aujourd'hui.
[2] Je vous remercie d'avoir écouté si attentivement. Avez-vous des questions ?

Je remercie Monsieur Richards pour son compliment et ose un regard vers Arthur. Son visage est impassible, difficile de savoir ce qu'il pense.

Nous retournons dans son bureau, suivi d'un Alban qui tire une tête de dix mètres de long.

— Bon Alban, qu'avez-vous pensé de la présentation d'Alice.

Je remarque qu'il n'a presque rien noté. *Voyons ce qu'il va inventer...*

— Et bien, je dois admettre que c'était plutôt pas mal. Il marque une pause avant d'ajouter, faussement critique : Mais j'ai trouvé que le rythme et l'intonation auraient pu être mieux travaillés. Quant aux réponses aux questions, elles étaient assez... basiques.

Je le fixe, stupéfaite. *Sérieusement ?* J'ai répondu à vingt questions avec précision, alors qu'il en a eu à peine trois.

Arthur tranche rapidement :

— Je ne suis pas de votre avis. J'ai trouvé la présentation très bien menée, et les réponses, justes et pertinentes. Excellent travail, Alice, je vous félicite.

Un sourire radieux s'affiche sur mon visage. J'apprécie son compliment. Alban, lui, ne cache pas sa frustration et me fusille du regard.

Arthur reprend la parole :

— Ce soir, je me rends à une soirée de gala, j'aimerais que vous m'y accompagniez.

Alban et moi acquiesçons.

— Je vous envoie les invitations par mails. Tenue de soirée exigée. Cela pose-t-il un problème ? Si besoin, je peux vous faire fournir un smoking, Alban, et une robe de soirée pour vous Alice.

— Ce ne sera pas nécessaire, je lui réponds immédiatement.

— Moi, je veux bien un smoking, intervient Alban.

— Parfait. Venez avec moi, Alban, nous allons régler ça. Alice, rendez-vous à 20h.

Sur ces mots, il disparaît avec Alban, me laissant seule avec l'excitation – et une pointe d'appréhension – quant à la soirée qui m'attend…

15

À 20h, je me tiens sur le perron de l'hôtel particulier privatisé pour l'occasion. Des voitures de luxe se succèdent au bas des marches, tandis que des invités, tous plus élégants les uns que les autres, franchissent les grandes portes de cet endroit somptueux.

J'ai passé mon après-midi dans une friperie spécialisé dans les vêtements de soirée, découverte sur internet. Les robes y étaient splendides, et j'ai jeté mon dévolu sur une robe longue bleu nuit. Son bustier ajusté met en valeur ma silhouette, tandis que ses fines bretelles glissent délicatement sur mes épaules. La jupe fendue révèle ma jambe à chacun de mes pas. Elle est élégante et sensuelle, je l'adore. J'ai relevé mes cheveux en un chignon haut, laissant deux mèches encadrer mon visage. Mon maquillage, plus charbonneux que d'ordinaire, s'accorde parfaitement avec la petite pochette dorée que j'ai dégotée dans ce magasin. Je suis ravie du résultat.

En pénétrant dans ce lieu majestueux, une légère appréhension me gagne. Je ne connais personne et les convives discutent déjà en petits groupes. Je saisis une coupe de champagne pour me donner une contenance et observe les lieux.

— Vous me semblez perdue, lance une voix d'homme près de moi.

Je lui rends son sourire.

— Non, je cherchais quelqu'un.

— Nous pouvons converser le temps que vous le trouviez, ce serait dommage de laisser une aussi jolie jeune femme seule.

Il est réellement charmant, et je me tourne vers lui pour engager la conversation.

— Je suis Jasper Dubois.

— Alice Leroux, me présenté-je alors qu'il me fait un baisemain.

Surprise, je sens mes joues s'empourprer. Je n'ai pas le temps de réagir davantage qu'Arthur fait irruption.

— Laisse tomber, Jasper.

Son ton est agressif, je ne l'ai jamais vu ainsi.

— Oh, Arthur, du calme. Je ne faisais que discuter avec cette délicieuse jeune femme. Je ne savais pas qu'elle était chasse gardée. Mademoiselle, me salut-il en s'inclinant légèrement avant de s'éloigner.

Arthur se tourne vers moi, visiblement beaucoup plus calme.

— Vous êtes ravissante, Mlle Leroux.

Son regard intense me trouble au point que j'en perds mes mots un instant. Dans son smoking, parfaitement taillé, il est plus séduisant que jamais. Et je dois me concentrer pour répondre.

— Merci, vous êtes très élégant également.

— J'espère qu'il ne vous a pas importunée.

Il fixe froidement Jasper, désormais absorbé par la foule.

— Non, pas du tout.

Je ne sais quel différend les oppose, mais il est clair qu'ils ne sont pas amis.

— Allons retrouver Alban.

Je le suis et aperçois Alban. Son smoking, bien trop grand pour lui, semble emprunté à son père, ce qui m'arrache un sourire. Il se rend compte de mon œil moqueur quand nous arrivons à sa hauteur. Il pose alors sur moi des yeux furibonds.

— Venez Alban, je vais vous présenter quelques personnes.

Nous suivons Arthur vers un groupe d'invités. Il fait les présentations, puis après quelques échanges, il m'entraîne vers un autre cercle. Mais contrairement à Alban, Arthur reste à mes côtés. Les discussions sont intéressantes, et j'y participe volontiers.

Je sens parfois le regard d'Arthur se poser sur moi, mais je préfère ne pas y prêter attention, il doit m'évaluer.

Au bout d'un moment, je m'excuse pour aller me rafraîchir.

Arrivée devant les toilettes, la file d'attente est longue. Je décide d'aller explorer les lieux en attendant. L'endroit est immense, et je m'éloigne de la foule pour admirer un tableau dans un couloir.

— Alors comme ça, tu joues les allumeuses ?

Cette voix me glace le sang. Je me retourne et découvre Alban, appuyé contre le mur. Il s'en détache et s'approche. J'observe les environs : personne à l'horizon. Je n'aurais pas dû m'éloigner autant.

— Laisse-moi tranquille ! dis-je d'une voix peu assurée.

Je tente de partir, mais il me bloque le passage, un bras en travers. Son visage se rapproche du mien, et je détourne la tête, écœurée.

— Je t'ai dit de me laisser tranquille, murmuré-je en essayant de me dégager.

Je tente de le frapper, mais il attrape mon poignet et le serre violemment. Je le supplie d'arrêter, la douleur devenant insupportable.

— C'est ça que tu veux, salope ? susurre-t-il en plaquant son bassin contre le mien et en caressant ma cuisse par la fente de ma robe.

Il est totalement fou. Les larmes me montent aux yeux, et je répète « non, non, non », mais il ne m'écoute pas. Alors que je sens le malaise m'envahir, je suis subitement libérée.

Arthur maintient fermement un Alban terrorisé contre le mur.

— Vous êtes viré, je ne veux plus voir dans ma boîte, et croyez-moi, vous allez entendre parler de nous.

Fou de rage, il jette Alban à terre. Ce dernier déguerpit sans demander son reste.

Tremblante, je peine à retrouver mes esprits. Arthur s'approche de moi et examine mon bras, déjà meurtri lors de ma précédente agression. Mon corps frissonne de peur.

— Ça va aller, Alice, nous allons rentrer.

Son regard inquiet contraste avec sa détermination. Il m'accompagne jusqu'au vestiaire pour récupérer ma veste, puis remet son ticket au voiturier. La berline s'arrête aux bas des marches et il m'ouvre la portière passager. Je m'y installe sans mot dire, encore sous le choc. Dans le silence de l'habitacle, je repose ma tête contre la vitre et observe les lumières des réverbères défiler, trouvant un apaisement dans cette tranquillité retrouvée.

16

Je crois m'être assoupie, car lorsque j'ouvre les yeux, je me retrouve dans les bras d'Arthur, qui me porte jusqu'à une maison. La chaleur de son corps contre le mien est réconfortante, et je m'y abandonne quelques secondes.

— Je peux marcher…

Nos visages sont si proches que je distingue chaque détail de son expression lorsqu'il me sourit.

— Je vais vous déposer juste devant la porte.

Alors qu'il fouille dans sa poche à la recherche de ses clés, je murmure :

— Où sommes-nous ?

La porte s'ouvre, et d'un geste, il m'invite à entrer.

— Chez moi… Après ce qui vous est arrivé, je ne pouvais pas vous laisser seule dans une chambre d'hôtel. Je me suis dit qu'il était préférable de vous amener ici, m'explique-t-il à voix basse.

L'idée qu'il ait pensé à moi de cette façon me touche. Supposant qu'il y ait peut-être quelqu'un à ne pas réveiller, je le suis en silence dans la cuisine. La pièce est magnifique : un îlot central entouré de chaises hautes, des placards en bois blanc. L'ensemble respire l'élégance et le raffinement.

Je m'installe sur l'une des chaises pendant qu'il sort deux verres et une bouteille de whisky. Il nous en sert une dose généreuse et me tend mon verre.

— Buvez, ça vous fera du bien !

Je n'ai pas l'habitude de boire des alcools aussi forts. Je trempe à peine mes lèvres, et la brûlure dans ma gorge est immédiate, mais la chaleur qui s'ensuit est réconfortante. Je tousse légèrement.

— C'est… c'est bon, mais c'est fort ! dis-je en sentant déjà la chaleur me monter aux joues.

Il attend un moment avant de reprendre la parole.

— Comment vous sentez-vous ?

Je me crispe malgré moi, incapable de masquer ma tension.

— Je ne sais pas trop, je me sens… vulnérable… salie.

Je ferme les yeux pour retenir les larmes qui menacent de couler et inspire profondément pour me calmer.

— Je suis désolé de vous demander ça, mais… ce n'était pas la première fois, n'est-ce pas ?

Mon dos se raidit. Je croise brièvement son regard avant de détourner les yeux pour fixer le liquide ambré dans mon verre, le faisant tourner d'un geste nerveux.

— Il y a trois ans… Il a essayé de me violer… Heureusement, un vigile est arrivé, et j'ai pu m'échapper.

Le bruit sec de sa main frappant l'îlot me fait sursauter. En voyant mon expression effrayée, il se reprend immédiatement.

— Excusez-moi… Je ne voulais pas vous faire peur. Cet homme est un monstre ! lâche-t-il, la rage à peine contenue.

Je garde le silence sur Célia, qui m'a suppliée de ne rien dire, mais je sais qu'il faut qu'il soit au courant.

— Je… je ne pense pas être la seule.

— Oui, je sais, dit-il, la mâchoire serrée. J'avais des soupçons. Je l'ai fait venir exprès pour l'observer. Trop de jeunes femmes ont quitté sa boutique sans explication, et quand on a tenté de les contacter, elles ont refusé de nous répondre.

Je reste figée, abasourdie. Il savait…

— Arthur ?

Je me retourne en entendant une voix douce et familière.

— Violette ? dis-je, surprise, en reconnaissant la vieille dame du train.

— Oh, Alice, ma belle… Comme le monde est petit !

Je descends de ma chaise et m'approche d'elle. Elle m'ouvre les bras, et je m'y réfugie avec soulagement.

— Vous vous connaissez ? demande Arthur, intrigué.

— C'est la jeune femme du train dont je t'ai parlé, voyons.

Arthur me jette un regard entendu, puis secoue la tête avec un sourire amusé.

— Bon, grand-mère, je vais montrer sa chambre à Alice. Vous vous reverrez demain matin, d'accord ?

Il embrasse tendrement Violette sur la joue, puis me fait signe de le suivre. Je lui adresse un petit signe de la main avant de quitter la pièce.

— Je vous apporte quelques vêtements pour cette nuit et demain matin, dit-il en s'éloignant.

La chambre dans laquelle j'entre est accueillante, décorée avec goût. Des voilages légers encadrent les fenêtres, un petit bureau d'écriture trône dans un coin. L'endroit est simple et apaisant.

Arthur revient avec une pile de vêtements dans les bras.

— Je suis désolé, ça risque d'être un peu grand, dit-il en se grattant la tête maladroitement.

C'est la première fois que je le vois déstabilisé, je trouve ça charmant. Dans son autre main, il tient un tube de pommade.

— C'est pour votre bras, ajoute-t-il en s'approchant du lit.

Il s'assoit près de moi et tend la main pour que je lui confie mon bras. Je pourrais le faire moi-même, mais je cède sans protester, je n'ai pas envie de lutter. Ses gestes sont doux, pleins de délicatesse. L'inquiétude se lit sur son visage.

Une fois terminé, il se lève et se dirige vers la porte. Avant de sortir, il me regarde, je ne sais ce que je lis dans ses yeux. Il secoue légèrement la tête et franchit le seuil.

— Bonne nuit, Alice.

17

Je me sens oppressée, j'ai du mal à respirer. Tout autour de moi, je ne vois qu'ombre et obscurité. J'essaie de fuir cette noirceur, mais mes mains sont paralysées, comme entravées. Je me débats, en vain. Je suis prisonnière. Une respiration proche effleure mon visage, mais ma voix reste bloquée dans ma gorge. Soudain je le vois : Alban. La panique me submerge. Je tente de reculer, mais je ne peux pas, prise au piège. Je lutte pour me dégager, mais il se rapproche. Alors qu'il s'apprête à me toucher, je pousse un hurlement…

Je me réveille en sursaut, assise dans la chambre d'amis d'Arthur. Des sanglots m'échappent alors que je porte mes mains à mon visage. La porte de la chambre s'ouvre brusquement. Arthur, inquiet, entre et allume la lampe de chevet.

— Ça va ? demande-t-il, la voix douce mais tendue.

Un pli soucieux barre son front. Dès qu'il voit dans quel état je suis, il se lève et se rend dans la salle de bain attenante. Il revient avec un verre d'eau.

— Tenez, buvez ça, ça devrait vous calmer.

Je prends le verre, essuie mes larmes et avale deux gorgées. Peu à peu, ma respiration se calme.

— Je suis désolée… Je ne voulais pas vous réveiller, parviens-je à articuler entre deux hoquets de sanglots.

— Ne vous inquiétez pas pour ça, murmure-t-il en s'asseyant près de moi. Vous êtes en sécurité ici. Essayez de vous recoucher.

Sa main se pose doucement sur mon épaule. Ce simple geste me rassure. Je hoche la tête et me rallonge. Il se lève, mais dans un élan de panique, je lui saisis la main.

— Vous… pourriez rester ? Juste jusqu'à ce que je me rendorme…

Ma voix est suppliante, mes yeux embués de larmes. Il acquiesce et s'installe à mes côtés. Je garde sa main serrée contre moi comme un talisman, et peu à peu, je sombre dans un sommeil plus paisible.

Au petit matin, le lit est vide à côté de moi. Je me sens encore épuisée. Je me souviens m'être réveillée plusieurs fois dans la nuit, mais à chaque fois, sa présence près de moi, et sa main dans la mienne, m'avaient apaisée. Il avait su calmer mes peurs.

Je jette un œil à mon téléphone et la panique monte : il est déjà 9h, l'heure où je devrais être au travail. D'un bond, je me lève, prends le jogging et le tee-shirt qu'Arthur m'a prêtés, puis file sous la douche. Quand j'enfile les vêtements, ils sont bien trop grands, alors j'utilise la ceinture du peignoir pour ajuster le pantalon avant de descendre.

Avec l'esprit plus clair, je remarque enfin la beauté de cette maison. C'est un ancien corps de ferme rénové avec goût, mariant le moderne des structures métalliques au charme rustique de la pierre et des poutres apparentes. Des bruits de cuisine m'attirent, et je m'y rends.

Violette, affairée à préparer des pancakes, m'accueille avec un grand sourire.

— Ah, ma petite Alice. Viens, je te prépare le petit-déjeuner.

Je m'installe sur une chaise haute.

— Vous savez où est Arthur ?

— Il est parti de bonne heure ce matin. Il a laissé un mot pour dire de te reposer aujourd'hui. Ah, et un coursier a déposé ta valise et ta sacoche, elles sont dans l'entrée.

Je file récupérer mes affaires et découvre que tout est là. Comment a-t-il fait ? Rien ne lui semble impossible. Je m'excuse un instant et monte me changer. Non pas que je n'aime pas les vêtements d'Arthur, j'adore sentir l'odeur de sa lessive et de son parfum brut. Mais je me sentirai plus à l'aise avec mes propres vêtements. J'opte pour un jean, un débardeur et une veste et redescends rejoindre Violette pour savourer un délicieux petit-déjeuner.

Plus tard, Violette me propose d'aller faire un tour dehors. L'air s'est rafraîchi, et nous baladons jusqu'en fin de matinée. Nous parlons peu d'Arthur, je pense qu'elle veut préserver son intimité et je lui en suis reconnaissante. J'aurais été gênée de savoir trop de choses sur mon patron, à ses dépens. De retour, nous préparons et partageons un repas chaleureux.

Le repas terminé, elle me dit vouloir faire une sieste, et me laisse seule dans le salon. Je ne sais pas trop quoi faire alors je décide d'explorer la maison et tombe sur une immense bibliothèque. J'y choisis un livre et m'installe dans un coin confortable. Je m'endors sans m'en rendre compte, réveillée en sursaut par des bruits.

Je pense d'abord à Violette, mais en entrant dans la cuisine, je trouve Arthur, appuyé sur l'évier, le regard sombre. Je toque doucement sur le chambranle de la porte. Il relève la tête, visiblement surpris.

— Alice… vous êtes là.

Oui, je ne sais pas où je devrais être… Je me demande soudain s'il ne pensait pas que j'allais rentrer chez moi.

— Oui, désolée, je…

— Non, excusez-moi. Je vous croyais encore dans la bibliothèque… Comment vous sentez-vous ?

Je me détends légèrement, mais il a encore le regard obscur et son attitude est distante, quelque chose le chagrine.

— Beaucoup mieux, merci !

— Bon, très bien. Je pense que vous devriez rentrer chez vous, prenez la fin de la semaine pour vous organiser. On se revoit lundi prochain…. si vous êtes toujours d'accord pour le poste.

— Je… euh… oui bien sûr.

Je suis décontenancée par son changement d'attitude, mais ça ne serait pas la première fois. J'indique l'étage et lui dis :

— Je vais chercher ma valise, si ça ne vous dérange pas de m'emmener à la gare.

Il acquiesce et sort son portable. En sortant de la cuisine, je croise Violette. Elle regarde son petit-fils avec un air affectueux mais inquiet. Alors que je passe près d'elle, elle attrape ma main et me glisse tout bas.

— Il n'est pas méchant… Il n'a simplement pas toujours eu une vie facile…

Je lui souris, touche sa joue d'un baiser et grimpe jusqu'à ma chambre puis redescends mes affaires.

Arthur charge ma valise dans le coffre de sa berline. Je monte dans la voiture et attends qu'il démarre. Le trajet jusqu'à la gare se fait dans un silence assourdissant.

Arrivés, il me tend mes affaires.

— À lundi… Prenez-soin de vous, dit-il en se passant la main dans les cheveux, visiblement troublé.

Il semble déstabilisé, et ça me rassure un peu. Je le regarde s'éloigner, le cœur serré. Il y a une heure d'attente avant mon train. Assise sur un banc, je laisse les émotions me submerger.

18

Le trajet du retour m'a semblé interminable. Tout au long du chemin, mes pensées n'ont cessé de tourner en boucle. J'ai cette désagréable impression qu'Arthur m'a pratiquement jetée à la porte de chez lui. Est-ce que c'est à cause de cette nuit ? Aurais-je dû m'abstenir de lui demander de rester ? Pourtant, à ce moment-là, je ne voyais pas d'autre solution…

C'est étrange. Après la première agression d'Alban, il m'a fallu beaucoup de temps avant de pouvoir supporter la proximité d'un homme. Au moindre geste, j'avais un mouvement de recul, et je sursautais dès qu'on m'approchait. Pourtant, cette nuit, dès qu'Arthur a posé la main sur mon bras, je me suis sentie en sécurité. Comme si c'était la seule ancre à laquelle je pouvais m'accrocher.

De retour chez moi, je défais ma valise. En rangeant mes affaires, je tombe sur un tee-shirt qui ne m'appartient pas. C'est celui d'Arthur, probablement glissé par mégarde dans mes bagages. Je m'assieds sur le lit, le porte à mon nez et respire cette odeur qui lui est propre. Des frissons me parcourent.

Doucement, ma belle, il faut te ressaisir.

Je dépose le tee-shirt sur le lit et termine de ranger mes affaires. La fatigue pèse sur moi, et je décide de me préparer un repas simple : des macaronis au fromage. Ce plat est ma madeleine de Proust, celui que ma grand-mère me cuisinait quand j'avais le cafard. Et j'avoue, j'ai connu de meilleurs jours. Après le dîner, je file sous la douche avant d'aller me coucher.

En revenant dans ma chambre, enveloppée dans mon peignoir, une serviette nouée sur la tête, mon regard se pose sur le tee-shirt d'Arthur. Après une brève hésitation, je l'enfile et me glisse sous les draps. À défaut de ses bras, il me reste au moins son odeur. J'éteins la lampe de chevet et je m'endors, bercée par cette présence réconfortante.

À mon réveil, je me sens reposée. En repensant à ma nuit, je me souviens d'ombres et surtout de grands yeux noirs, profonds, intenses… et terriblement séduisants.

Lorsque j'arrive au café, mes collègues m'accueillent avec des félicitations. Je reste interloquée : je ne leur ai pourtant rien dit au sujet de la séance de recrutement. Comment sont-ils au courant ?

Mon second m'explique qu'il a reçu un mail de la RH lui annonçant qu'il reprendrait mon poste en raison de ma promotion. Je suis bouche bée. J'aurais aimé être la première à partager cette nouvelle. Malgré tout, je suis ravie pour lui, il a travaillé dur et mérite cette opportunité. Nous allons devoir nous activer pour qu'il soit prêt à assumer ses nouvelles responsabilités.

Dans mon bureau, j'allume mon ordinateur et découvre quatre mails de la RH. Le premier est une note de félicitation, accompagnée de détails sur ma période probatoire de trois mois. C'est plutôt rassurant, si le poste ne me convient pas, je pourrai toujours revenir à mon ancien emploi. Le second mail m'annonce le montant de mon augmentation. Je reste figée devant l'écran. Mon salaire est multiplié par 2,5… Il doit y avoir une erreur ! Comment est-ce possible. Je décide de contacter la RH plus tard pour clarifier la situation. Les deux autres mails contiennent l'avenant à mon contrat de travail et les modalités de logement de fonction, pour les six prochains mois. Je suis logée dans un appartement près du siège, dans un quartier hors de prix. Si je reste à Paris, il faudra rapidement trouver une solution plus adaptée à mon budget.

Tout cela me semble irréel. Les événements s'enchaînent à une vitesse vertigineuse. Pourtant, c'est l'opportunité que j'attendais depuis des années. Hors de question de passer à côté.

Un message du commissariat de police attire ensuite mon attention. Ils souhaitent que je vienne compléter le dépôt de plainte déposée par Arthur avec mon témoignage. Mon estomac se noue… Mais il a raison : si d'autres femmes ont subi ce que j'ai vécu, il faut arrêter ce monstre.

Je compose le numéro indiqué et tombe sur une jeune femme au ton chaleureux. En expliquant que je ne pourrai me présenter que la semaine suivante, je reçois un accueil compréhensif et bienveillant. En raccrochant, je suis soulagée d'un poids. Cela fait trois ans que j'aurais dû franchir cette étape.

Je contacte ensuite la RH. Une dame d'un certain âge me certifie qu'il n'y a aucune erreur concernant mon salaire. J'ai beau insister, elle m'interrompt sèchement : si j'ai des réserves, je dois en discuter directement avec Monsieur Weber. Puis elle raccroche. Pour l'amabilité, on repassera. Une chose est sûre, je compte bien en parler à Arthur. Cette rémunération me semble démesurée pour un poste sur lequel je débute.

Le reste de la semaine passe à toute vitesse. Je consacre mes journées à former Damien et à lui transmettre toutes les clés pour reprendre mon rôle. Le dernier jour, mes collègues me réservent une belle surprise : ils se sont cotisés pour m'offrir une magnifique sacoche en cuir, je l'adore. Émue, je les invite à boire un verre après la fermeture. Lorsque je rentre, tard dans la nuit, je suis épuisée mais reconnaissante.

Mais j'ai besoin d'avoir une amie à mes côtés. J'attrape mon téléphone, si je pars tôt demain matin, je peux prendre l'Eurostar à 11h et être à Londres pour le déjeuner. Je réserve mes billets et prépare ma valise.

J'envoie un message à Sonia, et sa réponse enthousiaste, accompagnée d'un grand smiley, achève de me donner le sourire.

19

À mon arrivée à Londres, le temps est radieux. Sur le quai de la gare, j'aperçois Sonia qui m'adresse de grands signes. Je crois qu'elle est aussi excitée que moi. Nous nous jetons dans les bras l'une de l'autre, et elle m'aide à porter mes valises.

— Allez, bichette, je t'ai organisé un week-end aux petits oignons.

— Ouh là, tu me fais peur. Mais avant de commencer les hostilités, j'aimerais manger, j'ai une faim de loup…

— T'inquiète pas, j'ai tout prévu !

Après avoir déposé mes affaires chez elle, nous nous retrouvons dans un gastropub, toute l'atmosphère d'un pub, avec des plats plus raffinés. Je me laisse tenter par un Sunday roast, tandis que Sonia opte pour un fish and chips.

Même si elle est ravie de me voir, elle ne tarde pas à me poser la question fatidique.

— Je ne pensais pas te revoir si vite… Il s'est passé quelque chose ?

Je pose mes couverts et je fixe mon assiette, hésitante.

— Je… Il y a eu un problème avec Alban.

— Quoi ? Qu'est-ce qu'il a encore fait, celui-là ?

Je déglutis, tentant de contenir mon émotion. Je prends une grande inspiration et me lance dans mon récit. Sonia pose sa main sur la mienne pour me rassurer, son regard rempli d'inquiétude.

— Heureusement qu'Arthur était là ! Dieu sait ce qu'il aurait pu te faire…

J'y ai beaucoup réfléchi, et je ne pense pas qu'Alban serait allé plus loin, pas dans un endroit où il risquait d'être surpris. Mais il voulait me faire peur, et il a réussi.

Je lui raconte ensuite comment Arthur m'a ramenée chez lui, la crise de la nuit et la journée du lendemain.

— Peut-être qu'il voulait juste que tu sois en sécurité, dans un endroit où te sentes bien.

— Oui, probablement…

Sa réflexion me laisse pensive, c'est sûrement ça. Peut-être que je me suis inquiétée pour rien. Quand je lui parle de l'augmentation de salaire, elle éclate de rire.

— Tu ne vas quand même pas te plaindre d'être augmentée, quand même !

J'ai bien envie de lui lancer un morceau de pain tant elle se moque de moi.

— Ce n'est pas ça, c'est juste que le montant est exagéré…

— Attends de voir le boulot qu'il te réserve et on en reparle après !

Elle met le doigt sur une de mes angoisses : je ne sais pas exactement ce qui m'attend, et ça commence à m'inquiéter.

Après ce repas copieux, nous nous baladons à Leicester Square, comme nous avons pris l'habitude de le faire à chaque fois que je viens la voir. J'aime l'ambiance animé et plein de vie de cet endroit. Quand la nuit tombe, nous rentrons à son appartement. Il est petit, mais très confortable. Elle transforme le canapé en lit, et nous nous installons pour regarder « Lady Hamilton » avec un bol de pop-corn sucré. Le sommeil finit par me rattraper et je ne vois même pas la fin du vieux film.

Le lendemain, Sonia nous a réservé un soin détente dans un spa. Je me laisse complètement aller à la relaxation et ressors beaucoup plus détendue. Pendant cette petite heure volée, je réussis à ne penser à rien : ni à Alban, ni au nouveau poste qui m'attend demain et presque pas à Arthur. Cette parenthèse m'a fait un bien fou.

La journée passe à une vitesse folle, et me voilà déjà en train de refaire ma valise. Je dois me lever tôt demain pour prendre l'Eurostar. Avant de me coucher, je serre Sonia dans mes bras.

— Tu vas me manquer, lui dis-je avec une moue boudeuse.

— Toi aussi ma belle, il faut qu'on se refasse ça plus souvent.

Alors que je me glisse dans le lit, elle ajoute en riant :

— Sympa, ton nouveau style de pyjama !

Je baisse les yeux sur le tee-shirt d'Arthur que je porte.

— Oui très sympa ! Bonne nuit !

— Bonne nuit !

Et je m'endors avec le sourire.

20

En ce lundi matin, je retrouve le siège avec une boule au ventre. Pleine d'appréhension, je salue rapidement Nicole et monte directement au bureau d'Arthur. Je frappe à la paroi vitrée, mais aucune réponse ne vient. Décontenancée, devant cette porte close, je scrute les alentours, m'attendant sûrement à le voir surgir d'un instant à l'autre, mais rien ne se passe. Finalement, je me décide à aller me chercher un café.

Devant le distributeur, je croise quelques futurs collègues et engage la conversation. Il y a Emma et Justin du service comptabilité et Séverine de la gestion administrative du personnel. Tout en discutant, je me place stratégiquement pour garder un œil sur le bureau d'Arthur.

Après cinq bonnes minutes, je le vois enfin apparaître. Je m'excuse auprès des autres et me précipite vers lui.

— Alice, venez, je vais vous montrer votre bureau, me dit-il sans préambule dès que j'arrive à sa hauteur.

Ok, pas de « bonjour », pas de formule de politesse. Je l'observe plus attentivement : il a l'air épuisé et tendu. Je le suis dans le bureau attenant au sien, où une montagne de dossiers m'attend déjà.

— J'ai préparé des dossiers à traiter. Sur chacun d'eux, un post-it vous indique ce qu'il faut faire. Si quelque chose n'est pas clair, vous pourrez demander à Gabriella, dans le bureau voisin.

Son ton est très professionnel et direct. Je sais à quoi m'attendre.

— Tout est bon pour vous ?

— Euh… oui, je pense ! dis-je un peu hébétée. Juste… j'aurai besoin de m'absenter dans la journée…

— Pour quelle raison ? me reprend-il, le regard soudain plus froid.

Je reconnais cet air distant, le même que lors de la première journée de formation.

— Je dois me rendre au commissariat pour faire ma déposition.

En l'espace d'une micro seconde, je crois voir la glace se fissurer.

— Je vais vous accompagner…

Avant que je puisse répondre, son téléphone sonne. Il regarde l'émetteur de l'appel et décroche.

— Oui, Monsieur Richards…

Alors que je m'éloigne pour le laisser discuter, il me fait signe de rester.

— Ça ne peut pas attendre ? demande-t-il visiblement agacé. Non ? Très bien !

Il consulte sa montre, puis reprend.

— Je prends l'avion dans la matinée. Ok, ça sera fait !

Dès qu'il raccroche, il pianote rapidement sur son portable avant de relever les yeux vers moi.

— Je suis désolé, je ne vais pas pouvoir vous accompagner. Je dois m'absenter toute la semaine pour un dossier urgent à New York.

Je hoche la tête. Je suppose que je vais devoir m'habituer à ses déplacements fréquents. Alors qu'il s'apprête à partir, je l'interpelle.

— Arthur… je voulais vous parler de quelque chose…

Son air pressé me fait hésiter.

— Euh… Non, laissez tomber, ça peut attendre votre retour, dis-je en m'installant à la chaise de bureau derrière la montagne de dossiers.

— Alice, dites-moi !

Je prends mon courage à deux mains et me lance.

— C'est au sujet de la rémunération pour le poste.

Il me dévisage, clairement surpris. Il me toise d'un regard glacial.

— Je crois que la rémunération est largement à la hauteur des responsabilités. Je doute de pouvoir faire mieux.

À ces mots, je sens le rouge me monter au visage.

— Non, ce n'est pas ça... Je trouve au contraire que cette rémunération est trop importante, je ne peux pas accepter un tel salaire.

À ma grande surprise, il éclate de rire. Lorsqu'il retrouve son calme, son regard se fait plus doux, et un frisson me parcourt.

— Vous êtes surprenante, Alice.

J'aime la manière dont il prononce mon prénom, sa voix chaude et grave résonne encore en moi. Je baisse les yeux, gênée par des images de mon rêve qui me reviennent en mémoire.

— Je pense au contraire que cette rémunération est juste, au vu des responsabilités qui vous attendent. Et puis nous sommes à Paris, le coût de la vie n'a rien à voir avec celui de Perpignan.

Sur ce point, il n'a pas tort. Rien que trouver un logement ici sera un défi. Je n'ose pas insister et acquiesce avec un sourire qu'il me rend. Je le sens plus détendu qu'à son arrivé. Il me laisse quelques instructions pour la semaine avant de partir, déjà absorbé par un nouvel appel.

J'entreprends d'étudier les dossiers l'un après l'autre pour comprendre les tâches à accomplir. Le premier est volumineux, avec un post-it indiquant « résumé ». Le suivant porte la mention « présentation réunion », et un autre encore est marqué « enquête concurrentielle ». Je m'arrête là, je crois que j'ai du travail pour les deux prochains jours, je verrai le reste ensuite. Connaissant l'organisation d'Arthur, je suis certaine qu'il les a classés par ordre de priorité.

Vers 11h, je décide de me rendre au commissariat de police. Après avoir consulté le plan du métro, je constate que le trajet durera une vingtaine de minutes. À cette heure-ci, bien que ce ne soit plus l'heure de pointe, il y a quand même foule. Je fais le trajet sans encombre et arrive devant un bâtiment moderne, bien loin des vieux immeubles gris qu'on voit souvent dans les films policiers.

À l'accueil, la jeune femme avec qui j'avais échangé au téléphone me rejoint et m'accompagne dans une salle au calme. Je lui raconte en détail ce qu'il s'est passé au gala lundi dernier. Les souvenirs affluent avec une précision troublante - les sensations, les odeurs – et la tension monte en moi. Je suis à deux doigts de pleurer. S'apercevant de mon état, elle me tend une boite de mouchoirs.

— Excusez-moi, dis-je, c'est encore très frais dans mon esprit.

— Ne vous inquiétez pas, c'est tout à fait normal.

Je lui parle ensuite de la tentative de viol survenue il y a trois ans, et cette fois, je ne peux me retenir, une larme coule sur ma joue.

— Le vigile pourrait témoigner, vous pensez ?

— Non, malheureusement. Nous l'avons entendu arriver, c'est pour ça qu'Alban m'a lâchée. Je crains qu'il n'ait rien vu, à part moi fuyant en courant.

— Nous le convoquerons tout de même, on ne sait jamais.

J'acquiesce, déboussolée. J'ignore si nos témoignages suffiront à inculper Alban.

— Et maintenant, qu'est-ce qu'il va se passer pour Alban ?

— Et bien, nous allons l'interroger, enfin si nous parvenons à lui mettre la main dessus. La semaine dernière, il n'était ni chez lui, ni sur son lieu de travail, comme vous vous en doutez.

Ces nouvelles ne me rassurent pas du tout. Où peut-il bien être ?

— Nous vous tiendrons informée dès que nous aurons du nouveau.

Je la remercie, et quitte le commissariat. Sur le chemin du retour, l'inquiétude ne me quitte pas. Je me sens un peu paranoïaque, persuadée d'être suivie. C'est donc avec soulagement que je regagne enfin mon bureau. En chemin, j'ai acheté un sandwich que je grignote en consultant mon ordinateur. En fin de journée, j'ai presque terminé le premier dossier, je dois finir de le mettre au propre et je l'enverrai demain matin à Arthur.

Lorsque je quitte le siège pour rejoindre mon nouvel appartement, je suis épuisée. Situé au troisième étage sans ascenseur, l'effort pour monter mes deux valises est intense. Mais en découvrant l'intérieur, je suis charmée. C'est un petit appartement parisien, avec un salon ouvert sur une cuisine fonctionnelle et une verrière séparant le coin nuit, occulté par un grand rideau beige. La chambre est petite, le lit occupant presque tout l'espace, mais cela me convient parfaitement.

Après avoir posé mes affaires, je fais le tour de l'espace salon-cuisine. La cuisine est simple et bien équipée : un petit frigo, des rangements en hauteur. J'ouvre les placards, tout y est, vaisselle, couverts. Il y a même un kit de secours sur la table basse avec du thé, des dosettes de café, des biscottes et un sachet de pâtes. Que demander de plus ?

Ayant repéré une supérette dans la rue, je sors faire quelques courses. De retour, je me change pour enfiler des vêtements confortables, me sers un verre de vin blanc fraîchement acheté et me prépare le dîner. Je mange sur le canapé tout en repensant à cette journée chargée. Après le repas, je m'installe sous une couverture devant la télévision. Après avoir zappé quelques instants, je me décide à aller me coucher. Le lit est confortable et je m'endors rapidement, épuisée.

21

Au réveil, il me faut quelques instants pour me rappeler où je suis. Je m'étire longuement avant de m'asseoir sur le lit.

— Je suis à Paris, dans mon appartement, prête pour une nouvelle vie ! dis-je à voix haute.

Pleine d'énergie, je me prépare rapidement pour aller au bureau. Ce matin, j'ai envie de me sentir jolie, alors j'opte pour la combinaison noire que Sonia m'a aidée à choisir. Avec ma silhouette fine, elle me va parfaitement.

En arrivant à mon poste, je dépose mes affaires et file directement à la machine à café. Là je retrouve Justin, Séverine et Emma, accompagnés de Salima et de Thierry. Je me sers une boisson chaude et échange quelques mots avec eux. Ils me proposent de déjeuner ensemble à midi, j'accepte avec plaisir.

De retour dans mon bureau, je finalise le résumé et l'envoie à Arthur. À peine ai-je ouvert le dossier suivant qu'une fenêtre de messagerie instantanée s'affiche sur l'écran.

A.Weber : « Merci Alice »

Surprise, je fixe l'écran. Il doit faire nuit à New-York. Curieuse, je vérifie le décalage horaire sur mon portable : il est trois heures du matin là-bas.

A.Leroux : « Vous ne dormez pas ? »

A. Weber : « Jet lag »

Je vois les « … » qui apparaissent signalant qu'il écrit, mais ils disparaissent sans qu'aucun message n'arrive. Après cinq minutes d'attente, je suppose qu'il s'est peut-être décidé à aller dormir.

À midi, je rejoins le groupe pour le déjeuner. Ils m'emmènent dans une petite brasserie proche du bureau, chaleureuse et animée. Le patron, très sympathique, semble bien connaître mes collègues. Installée près de Salima et Emma, je sympathise rapidement avec elles. Salima, comme moi, est en période probatoire de six mois pour son nouveau poste au service formation. Logée dans le même immeuble que moi, elle me confie que son pays basque natal lui manque parfois. Nous nous échangeons nos numéros et décidons de rentrer ensemble après le travail.

Après le déjeuner, nous retournons tous à nos bureaux respectifs. L'après-midi passe vite. Je termine la présentation du deuxième dossier et l'envoie à Arthur, espérant peut-être une réaction de sa part. Mais rien ne vient. Je me lève, prends mes affaires et me décide à explorer les locaux. Les couloirs sont nombreux, certains bureaux ont des vitres teintées, d'autres non. Devant une porte portant l'écriteau « Formation », je frappe avant d'entrer. Salima est là, en plein discussion avec deux collègues. Après les présentations, elle récupère ses affaires pour me suivre.

Sur le chemin, nous discutons de nos régions natales. Originaire de Biarritz, elle me confit que l'océan lui manque, surtout après avoir commencé son travail à Paris en plein hiver.

Arrivées à notre immeuble, je lui propose de passer boire un verre une fois ses affaires déposées. De retour chez moi, je sors deux verres à pied et quelques chips. Elle ne tarde pas à me rejoindre, et nous nous installons sur le canapé. En pleine discussion, elle finit par me demander.

— Ce n'est pas trop dur de travailler avec monsieur Weber ? Il n'a pas l'air commode !

— Non, non, pas vraiment. Il est un peu bourru parfois, mais au fond, il est plutôt gentil.

Elle me regarde, stupéfaite.

— Tu es sûre qu'on parle du même homme ? Depuis que je suis là, il me fait froid dans le dos. Quand il entre dans la pièce, tout le monde se tait.

Je suis à peine surprise de ce qu'elle me dit, mais je sais qu'au fond, il peut être attentionné. Je l'ai vu lorsqu'il s'est occupé de moi, ou encore lors de notre dîner pizza.

— Je ne sais pas, c'est peut-être le boulot qui veut ça.

— Eh ben, bon courage à toi !

Elle consulte l'heure et se lève brusquement.

— Je file, j'ai un *facetime* avec mon petit ami, à plus.

Elle prend sa veste et se dirige vers la porte. Avant de sortir, elle me prévient :

— Je ne serai pas au bureau demain, je fais une formation avec une collègue sur site. Je t'envoie un message pour qu'on se cale un déjeuner.

Je la regarde disparaître comme une flèche, puis me prépare un dîner rapide avant d'aller me coucher, pas trop tard.

22

Le lendemain, en ouvrant mon ordinateur, je m'attends à trouver un mail ou un message instantané d'Arthur, mais rien. Silence radio. Un peu déçue, je me plonge dans le troisième dossier. Il s'agit de faire une enquête concurrentielle sur un nouveau produit que nous allons lancer dans les prochains mois. Il faut analyser les prix, les ingrédients utilisés, et repérer nos points de différenciation. J'adore ce genre de mission.

Absorbée par mon travail, je ne vois pas le temps passer. Quand je relève la tête, il est déjà treize heures et je n'ai toujours pas mangé. Je prends mes affaires à la hâte et descends acheter un sandwich. Je crois que si je me laisse aller, je vais être abonnée à ce type de nourriture pour un moment. Finalement, j'opte pour un croque-monsieur avant de retourner au bureau. Le temps s'est rafraîchi et je ne veux pas tomber malade en traînant dehors.

En remontant, je croise Nicole et échange quelques mots avec elle. Quand je plaisante sur le fait qu'avec ce régime alimentaire, il va falloir que je trouve le temps de faire du sport, elle m'apprend qu'il y a justement une petite salle au sous-sol, réservée aux salariés. Je la remercie et lui dis que je pourrais bien me laisser tenter.

Après le déjeuner, je reprends mes recherches. La grille de comparaison fournie m'aide beaucoup à avancer efficacement. Je suis concentrée sur mon étude quand quelqu'un frappe doucement au chambranle de la porte que j'ai laissé ouverte.

— Toc, toc, bonjour belle demoiselle !

Je lève la tête, surprise, et découvre Jasper Dubois. Son sourire charmeur et son attitude désinvolte me déstabilisent.

— Bonjour, je ne savais pas que vous travailliez ici.

Il entre sans se faire prier et s'installe en face de moi.

— Je suis le pendant d'Arthur sur la zone France, c'est tout récent.

— À je vois... Je peux vous aider ? dis-je désarçonnée.

Il se penche légèrement en avant, appuie ses coudes sur ses genoux et soutient sa tête de ses mains avec un sourire séducteur.

— Je suis sûr qu'on trouvera bien quelque chose à vous faire faire...

Je n'ai pas le temps de réagir que le téléphone sonne. Je décroche aussitôt et reconnais la voix d'Arthur. Un rapide coup d'œil à ma montre me permet de deviner qu'il est environ 11h30 à New York.

— Alice, j'ai besoin que vous vous occupiez du dossier rouge en priorité.

Je dis « oui » en même temps que je cherche le fameux dossier. Jasper continue de me parler, mais je ne l'écoute pas.

— Vous n'êtes pas seule ? demande Arthur, sa voix se faisant plus tendue.

Je jette un regard à Jasper, consciente qu'Arthur ne le porte pas dans son cœur.

— Si… Enfin non… Monsieur Dubois est là !

Je n'ai pas le temps de rajouter quoi que ce soit qu'il raccroche brusquement. Cinq secondes plus tard, c'est le portable de Jasper qui se met à sonner. Il le consulte, sourit et quitte la pièce en me lançant un clin d'œil.

— Arthur, mon ami ! dit-il en répondant avec un air satisfait.

Je suis fébrile, alors que je n'ai pourtant rien fait de mal. Il est bientôt 18h, je décide de rentrer. Je m'occuperai du dossier rouge demain matin.

En rentrant chez moi, une étrange sensation me suit. À plusieurs reprises, j'ai l'impression d'être observée. Je me retourne, mais ne remarque rien d'anormal. Sans doute la fatigue, ça ira mieux demain.

23

J'arrive tôt au travail aujourd'hui, décidée à m'occuper sans tarder du dossier rouge, qui semble prioritaire. Sur la couverture, un post-it indique simplement « présentation ». J'ouvre donc mon application et commence à explorer les documents associés. Il me faut une bonne heure pour tout parcourir, relire et finaliser la présentation, avant de l'envoyer à Arthur.

À peine l'ai-je expédiée qu'une fenêtre de messagerie instantanée s'ouvre.

A.Weber : « Merci Alice »

Je jette un œil à ma montre, il doit être à peine deux heures et demie du matin à New York.

A.Leroux : « Allez vous coucher !!! »

Je vois les fameux « … » apparaître puis disparaître. Je me dis qu'il a abandonné sa réponse, mais les « … » reviennent finalement.

A.Weber : « À vos ordres ! »

Ah, j'aime mieux ça. Je souris, amusée par son ton léger. Il est décidément plus loquace au milieu de la nuit, je le note !

Je me plonge dans le dossier suivant, qui s'avère être un résumé complexe basé sur une montagne de documents. La tâche promet d'être longue et fastidieuse. Quand la pause déjeuner arrive, les collègues m'invitent à les rejoindre, mais je décline. J'ai prévu d'aller au centre commercial pour acheter une tenue de sport. Dans un magasin spécialisé, je trouve un sac, un leggings, un tee-shirt de fitness et des baskets, le tout dans un rayon deuxième main. Ravie de mes achats, je profite de l'occasion pour flâner un peu et grignoter en faisant du lèche-vitrines avant de retourner au bureau sur les coups de quatorze heures.

De retour à mon poste, une nouvelle fenêtre de messagerie s'ouvre.

A.Weber : « Très beau travail »

Je ressens une bouffée de satisfaction. J'étais assez fière de cette présentation et je suis heureuse qu'il l'apprécie.

A.Leroux : « Merci »

Cette fois, aucun « … » ne suit. Je suppose que j'en ai fini des messages instantanés pour aujourd'hui. Je me concentre de nouveau sur mon résumé, mais la tâche est ardue. À l'approche de 18h, je décide de rentrer, j'y verrai plus clair demain. Je rassemble mes affaires et me dirige vers la sortie.

Nicole m'intercepte au moment où je passe devant elle.

— Alice, quelqu'un à laissé ça pour vous, me dit-elle en me tendant une enveloppe.

Intriguée, je la prends et discute brièvement avec elle en l'ouvrant. À l'intérieur, une simple feuille avec des mots inscrits en lettres capitales « SALE PUTE TU VAS ME LE PAYER ».

Le choc me coupe le souffle et je blêmis, prise d'un vertige. Je m'appuie sur le bureau de Nicole pour ne pas vaciller. Inquiète, elle contourne son poste et me prend doucement par les épaules.

— Alice, ça va ? Vous êtes toute pâle…

Son regard tombe sur le message que je tiens encore dans la main.

— Oh, mon Dieu, mais qui a pu vous envoyer ça ?

Je respire un bon coup pour retrouver mon calme. Je me ressaisis et me tourne vers Nicole.

— Je pense savoir de qui ça vient…

— Ça va aller ? Vous voulez que j'appelle quelqu'un ?

— Non, ça va, je vous remercie. Bonne soirée, Nicole, dis-je en m'éloignant.

Je repars chez moi en pilote automatique, encore sous le choc. Une fois chez moi, installée sur le canapé, mes mains tremblent. Je me lève, vais dans la cuisine et essaie de me calmer avec un verre de vin blanc, mais le malaise persiste. Dois-je prendre cette menace au sérieux ou n'est-ce qu'une tentative pour m'effrayer ?

Je m'étais noté le numéro de la policière dans mon portefeuille, et décide de l'appeler. Malheureusement, on m'informe qu'elle ne sera disponible que demain. Résignée, je raccroche.

Cette nuit-là, malgré l'odeur rassurante du tee-shirt d'Arthur, je me tourne et me retourne, incapable de trouver le sommeil.

24

Nous sommes vendredi et j'ai une tête de déterrée. Je n'ai presque pas fermé l'œil de la nuit.

En arrivant au siège, Nicole me demande comment je me sens. Je lui assure que tout va bien et monte rapidement à mon bureau. Je tente de me replonger dans le dossier d'hier, mais la concentration me fait défaut. Après une demi-heure à tourner les documents dans tous les sens sans avancer, je me décide d'aller chercher un café, j'en aurai bien besoin. Il est plus tard que d'habitude, tout le monde est déjà sur son poste, ce qui me permet de me servir rapidement et de retourner à mon bureau.

En attendant que mon café refroidisse, je prends mon téléphone et rappelle la policière. Je lui parle du mot anonyme que j'ai reçu.

— Vous avez bien fait de nous contacter. Si vous pouviez nous l'apporter, ce serait parfait.

Je me sens un peu soulagée, j'avais peur qu'elle me prenne pour une folle à lier.

— Très bien, je vais essayer de passer dans la journée. Avez-vous pu interroger Alban ?

— Non, il est aux abonnés absents, mais nous finirons bien par le trouver.

Cette réponse m'oppresse, mais je la remercie et raccroche. Mon esprit est cependant plus libre et je parviens enfin à me concentrer sur mon travail. Avant même la fin de matinée, j'ai bouclé le résumé et l'envoie à Arthur. J'attends quelques minutes, espérant un message en retour, mais rien. Mon moral est au plus bas.

Je profite de la pause-déjeuner pour me rendre au commissariat. Ça ne me prend pas longtemps, mais j'en ressors épuisée. Je retourne travailler, un sandwich à la main. En mangeant, je me fais la promesse de me remettre au sport dès la semaine prochaine. Il est temps d'essayer cette fameuse salle au sous-sol. Revigorée par cette décision, je me remets au travail.

Il est 17h lorsque j'ai soudain l'impression d'être observée. En levant les yeux, je découvre Jasper, adossé au cadre de la porte. Je sursaute.

— Vous m'avez fait peur ! dis-je la main sur la poitrine.

— Oh, pardon, jolie demoiselle, vous étiez si absorbée que je n'ai pas voulu vous interrompre.

Il avance dans la pièce et s'installe sur la chaise face au bureau, comme la dernière fois. Je prie pour qu'Arthur ne téléphone pas à cet instant.

Je l'observe. Ses cheveux châtains clairs et ses yeux noisette en font un bel homme, mais son attitude trop séductrice me met mal à l'aise. Il dégage cette assurance propre aux hommes qui ont trop confiance en eux.

— Vous aviez besoin de quelque chose ?

— Non, rien de spécial. Je voulais simplement voir si vous vous faisiez bien à votre nouvel environnement de travail.

— Oui, merci, tout est parfait.

— Et puis, je me disais qu'on pourrait aller boire un verre ensemble, histoire de faire plus ample connaissance.

Je me ferme instantanément. Je croise les bras sur ma poitrine et me renfonce dans mon siège.

— Je vous arrête tout de suite, je ne suis pas intéressée !

Je n'en reviens pas d'avoir été aussi directe. Pourtant, Jasper ne semble pas affecté. Il me sourit et se penche légèrement en avant.

— Je ne vous ai pas dit, mais mon nom complet est Jasper Dubois-Richards.

Je le fixe, interloquée. Quoi ? Dubois-Richards ? Serait-il lié au patron ? Peut-être son fils ? Je le dévisage, outrée.

— Ça ne change rien, Monsieur !

Son sourire s'élargit, et bizarrement, il semble satisfait.

— C'est parfait, Mademoiselle Leroux. Je pense qu'on va pouvoir partir sur de bonnes bases. Nous deviendrons sûrement amis, vous verrez. D'ailleurs, je vous propose d'aller boire ce verre au retour d'Arthur.

— Euh… oui, dis-je, déconcertée.

Je doute qu'Arthur apprécie cette idée. Jasper se lève et quitte mon bureau, mais avant de fermer la porte, il ajoute :

— Ah et merci de garder mon nom pour vous. Ce sera notre petit secret.

Il ponctue sa phrase d'un clin d'œil.

Je reste abasourdie par cet échange. À peine a-t-il quitté mon bureau que je saisis mon téléphone et fais quelques recherches sur Google. Je trouve bien des articles mentionnant que le couple Richards avait attendu un enfant il y a une trentaine d'année, mais la mère est morte en couches. Après cela, aucune mention de cet enfant. Même dans les années qui ont suivi. Peut-être est-il un neveu ou un parent éloigné.

En voyant l'heure, je réalise que je vais rater mon train. Je rassemble rapidement mes affaires et attrape ma valise. Juste à temps, je monte dans le wagon. Épuisée par cette semaine, je m'affale sur mon siège. Trop de choses se bousculent dans ma tête, entre Alban, Jasper et… Arthur.

25

Le week-end est passé si vite, que je suis déjà de retour à Paris. Je n'ai eu que le temps de faire deux trois emplettes et de me reposer un peu. J'ai tout de même pris le temps de faire de la course à pieds sur le front de mer. Ça m'a fait un bien fou, j'ai pu me vider la tête.

Quand j'arrive au bureau, je toque à la porte d'Arthur. Sans surprise, il m'invite à entrer. Je suis ravie de le revoir, et ça se lit sur mon visage.

— Bonjour Alice, comment allez-vous ?
— Très bien, dis-je en souriant. Et vous ?
— Bien, merci.

Il ne me regarde pas, absorbé par ses dossiers. Je ne sais pas dans quel état d'esprit il est aujourd'hui. J'aimerais tant qu'il soit plus détendu et moins distant.

— Je vous ai mis de nouveaux dossiers sur votre bureau. Vous finirez d'abord ceux de la semaine dernière, puis vous attaquerez la nouvelle pile.

— À vos ordres !

C'est sorti tout seul, il est tellement directif que je n'ai pas pu m'en empêcher. Du coup, il lève les yeux vers moi, un léger sourire aux lèvres.

— Un peu trop autoritaire à votre goût, peut-être ?

Je deviens rouge écarlate, je crois que je suis allée un peu loin… Mais au moins, il m'a souri.

— Je crois que je vais me prendre un café…

— Oui, je crois que c'est préférable… pour vos filtres !

Je tourne les talons et me dirige vers la machine à café, avec un sourire gravé sur mes lèvres.

— Je vous accompagne, annonce-t-il derrière moi.

À la machine, nous retrouvons Séverine, Emma et Salima. À notre approche, les conversations s'arrêtent, et j'entends un « Bonjour Monsieur Weber ». Salima me jette un regard de biais, sans dire un mot.

J'ai beau essayer d'entamer une conversation, mais leurs réponses se limitent à des monosyllabes. Je remarque qu'Arthur se referme et son attitude devient glaciale. Il s'excuse rapidement et retourne dans son bureau. À cet instant, je sens que l'atmosphère des autres se détend. Je n'arrive pas à comprendre comment Arthur peut créer une telle appréhension parmi ses propres collaborateurs.

Salima me propose d'aller manger avec eux à midi, mais je lui dis que je verrai sur le moment.

Devant le bureau d'Arthur, j'hésite deux minutes, puis je toque et entre.

— Oui, Alice ?

— Je voulais juste savoir si vous aviez d'autres consignes.

— Non, ce sera tout !

— Très bien, dis-je en sortant du bureau.

Je n'ai pas fermé la porte que je l'entends m'interpeller.

— Je tenais à vous dire que vous aviez fait du très bon travail la semaine dernière, me félicite-t-il en se passant la main dans les cheveux.

Je lui murmure un « merci » accompagné d'un large sourire. Il me fixe intensément, puis secoue la tête, un léger sourire aux lèvres.

Je ferme la porte, et me plonge dans mes dossiers, reboostée à bloc.

À midi, je vais voir si Arthur veut se joindre à nous, mais il n'est pas dans son bureau. Je vais donc retrouver les autres et nous parlons de tout sauf du boulot. Justin et Séverine se chamaillent comme un vieux couple, c'est très amusant et nous passons un agréable moment.

Quand je reprends mon poste, j'entends qu'Arthur est en ligne. Je reprends mes dossiers et j'y passe toute l'après-midi. À 17h30, je décide de partir. Je prends mon sac de sport et descends au sous-sol pour essayer la salle. La porte d'Arthur est entrouverte et je constate qu'il n'est pas occupé.

— Bonne soirée, dis-je en passant la tête par l'entrebâillement de la porte.

— Bonne soirée, Alice, me répond-il après un regard.

Je descends au sous-sol et découvre une porte avec un écriteau « Salle de sport ». Je l'ouvre et me retrouve dans un grand espace avec des machines de toutes sortes. Dans un coin, il y a deux tapis de course, à côté, deux rameurs, puis deux vélos elliptiques. Il y a également toute une série de matériels de musculation.

Au fond de la salle, un grand miroir est fixé au mur, donnant une impression de profondeur et d'espace. Sur ma droite, deux portes attirent mon attention, l'une pour les dames, l'autre pour les hommes. J'entre dans celle qui m'est destinée. C'est un vestiaire avec une douche au fond. Je me change rapidement, puis retourne dans la salle.

J'allume un tapis de course, mets mes écouteurs et je me lance pour une petite heure de course. Alors que je suis en plein effort, je perçois une ombre du coin de l'œil. Je sursaute et descends précipitamment du tapis, retirant mes écouteurs.

— Désolé, je ne voulais pas vous effrayer. Je vous ai appelée, mais vous ne m'avez pas entendu.

Je lève les yeux, c'est Arthur, en tenue de sport. Il est diablement sexy avec son tee-shirt qui laisse deviner sa musculature. La chaleur me monte aussitôt aux joues.

— Non, c'est moi… Je suis désolée, j'ai juste été surprise.

— Vous permettez ? me demande-t-il en désignant le rameur.

— Oui, bien sûr.

Je le regarde s'installer, puis me remets à courir. Cette fois, je baisse le volume de ma musique, histoire d'éviter une nouvelle frayeur. Malgré moi, je lui lance quelques œillades furtives. Sa musculature, se tend et se relâche au rythme de ses mouvements, et cette vision me trouble bien plus que je ne le voudrais. Des frissons parcourent ma peau, et je me force à fixer les yeux droit devant moi pour ne pas perdre pied.

Après une demi-heure, j'en ai assez. Je retourne au vestiaire, me douche rapidement, puis laisse mes cheveux détachés sur mes épaules après les avoir séchés. Je me remets un peu de maquillage, et reviens dans la salle. Arthur a disparu, il doit être sous la douche.

Alors que je m'apprête à quitter la pièce, sa voix m'interpelle :

— Alice, attendez, je vous raccompagne.

Nous sortons ensemble sur le trottoir. Je l'observe discrètement, il a l'air un peu tendu.

— Vous trouveriez cela déplacé si je vous proposais d'aller boire un verre ? demande-t-il en se grattant la tête avec une maladresse touchante.

Je suis à la fois surprise et flattée.

— Non, non, balbutié-je.

— Dans ce cas, allons-y ! dit-il avec un sourire plus assuré en m'indiquant le chemin.

Nous nous installons dans un petit bar à l'ambiance agréable, bien que bruyante. À la table ronde où nous prenons place, il commande une bière, et moi, un verre de vin. Le brouhaha nous oblige à nous pencher l'un vers l'autre pour nous entendre. À chaque fois que son souffle effleure mon cou, des frissons me parcourent. Je sens mes joues s'enflammer, et je bénis les lumières tamisées du lieu.

La conversation est fluide et agréable. Il me plaît… même plus qu'il ne faudrait. Il me semble à la fois curieux d'en savoir plus sur moi et retenu, comme s'il s'empêchait d'aller plus loin.

Après nos verres, il me propose de me raccompagner à mon immeuble. Sur le perron, il paraît enfin détendu et souriant.

— Vous savez, vous devriez être plus comme ça au bureau. Les gens vous apprécieraient davantage.

Il me dévisage, surpris par ma remarque.

— Comme quoi ? Dites-moi ! me demande-t-il plus sérieux, un léger sourire au coin des lèvres.

— Je ne sais pas, comme ça, détendu… souriant.

— Très bien, Mademoiselle Leroux, j'y penserai… Bonne soirée Alice, j'ai passé un agréable moment !

— Moi aussi, dis-je en lui rendant son sourire. Bonne soirée.

En entrant dans l'immeuble, je me sens légère, comme sur un nuage. Dans mon appartement, je m'écroule sur le sofa, le cœur battant, des papillons dans le ventre.

Attention ma belle, tu es en train de tomber amoureuse.

J'essaie de me répéter le mantra « pas touche au patron, pas touche au patron » mais rien n'y fait. Mon sourire ne me quitte plus, et mes yeux pétillent encore.

Quand vient l'heure de me coucher, des images troublantes me reviennent : Arthur sur le rameur, ses muscles en action, puis à la sortie de la douche, les cheveux en bataille, outrageusement sexy. La tension est insoutenable.

Je ne peux que me laisser aller pour me libérer de cette tension charnelle, glissant mes mains sur mon corps comme si c'étaient les siennes. Mon souffle s'accélère, et quand enfin le plaisir m'emporte, je m'abandonne à cette sensation, alanguie et apaisée, prête à sombrer dans le sommeil.

26

Ce matin, je me lève encore étourdie par ce que j'ai fait hier soir. Ça ne me ressemble pas de fantasmer sur un homme... encore moins sur mon patron. Il faut que je me reprenne avant que ça ne prenne des proportions incontrôlables.

En arrivant au bureau, bien en avance, je m'installe à mon poste et me plonge dans un nouveau dossier. Je suis tellement concentrée que je sursaute presque en voyant Arthur apparaître dans l'entrée de mon bureau.

— Bonjour, Alice.

— Oh... bonjour, je ne savais pas que vous étiez déjà là.

— Un café ?

Je sens mes joues s'enflammer sous son regard.

— Euh... non merci, j'irai plus tard.

— Très bien, répond-il avant de s'éloigner.

Je pousse un soupir de soulagement en portant ma main à mon visage brûlant. Il faut vraiment que je garde mes distances si je veux rester professionnelle.

Quelques minutes plus tard, il est de retour, debout dans l'encadrement de la porte.

— Je dois me rendre à Londres jeudi et vendredi…

— Très bien.

— … et j'aimerais que vous m'accompagniez.

Voyant mon air surpris, il rajoute.

— Cela fait partie des responsabilités du poste. Vous devez être à même de me remplacer sur certaines missions à l'étranger, si besoin.

— D'accord, dis-je tout de go.

Il retourne dans son bureau, me laissant interdite. Je sais que c'est strictement professionnel, mais l'idée d'être seule avec lui dans un hôtel à des milliers de kilomètres, me fait perdre pied.

Il va vraiment falloir que je reste concentrée.

À midi, Salima m'envoie un message pour m'inviter à déjeuner avec les collègues. J'accepte et, sur un coup de tête, leur demande si ça les ennuierait qu'Arthur se joigne à nous. La réponse ne tarde pas : un simple « ok » suivi d'un smiley boudeur. Visiblement, l'idée ne les emballe pas.

Quand je propose à Arthur, il m'indique qu'il a un déjeuner d'affaire.

Je rejoins les collègues dans un restaurant chic qui vient d'ouvrir. L'endroit est bondé, mais on parvient à trouver une table. À peine avons-nous été servis que mon cœur rate un battement : Arthur vient d'entrer... accompagné d'une jeune femme sublime. Grande, brune, élancée, elle n'a d'yeux que pour lui.

Le serveur les installe à une table en retrait, mais j'ai une vue parfaite sur eux. Leur complicité est évidente, et leurs sourires sont bien trop appuyés pour un simple repas professionnel.

Je fais de mon mieux pour suivre la conversation avec mes collègues, mais mon regard retourne sans cesse vers eux. La jalousie me serre le ventre, même si je refuse de l'admettre.

En sortant du restaurant, nous passons près de leur table. Nos regards se croisent, et l'intensité de celui d'Arthur me déstabilise au point que je détourne les yeux, troublée.

De retour au bureau, j'essaie de me concentrer sur le dossier en cours, mais la scène continue de me hanter. Arthur apparaît alors dans l'encadrement, l'air presque... gêné.

— C'est une amie de longue date, elle travaille pour l'un de nos fournisseurs.

Je reste figée, les yeux rivés sur mon écran.

— Je ne vous ai rien demandé.

— Non, c'est vrai, répond-il calmement avant de retourner dans son bureau.

Je soupire, déconcertée. Suis-je vraiment jalouse de cette fille ?

Non mais arrête ma cocotte, ça devient n'importe quoi.

Je termine mon résumé et l'envoie à Arthur, qui se contente d'un laconique « merci » par mail. J'enchaîne sur un autre dossier, mais la frustration monte. J'ai l'impression d'être sa secrétaire plutôt que d'être son « bras droit » comme il le disait si bien. Non pas que le travail me déplaise, mais je ne sais pas à quoi je m'attendais.

En ouvrant le fichier suivant, je découvre un mémo sur une recherche d'idée pour les fêtes de Pâques aux Etats Unis. Je ne suis pas sûre de ce que je dois faire, je décide d'aller demander des précisions auprès d'Arthur.

— Oui !

— Excusez-moi, j'aurais besoin de quelques précisions sur ce mémo…

Il le prend, le consulte brièvement.

— Il s'agit simplement de trouver des idées pour nos cafés aux Etats Unis pendant les fêtes de Pâques. Voir ce qu'on peut leur proposer.

— Ah d'accord… C'est du brainstorming en quelque sorte.

— Exactement !

Alors que je m'apprête à quitter la pièce, il m'interpelle à nouveau :

— Et Alice… pour tout à l'heure… je suis désolé si je vous ai froissée.

— Non, non, c'est moi. Ça ne me regarde pas… Vous êtes libre de faire ce que vous voulez sur vos pauses-déjeuner. J'ai… sur réagi. Je vous demande pardon.

Son sourire satisfait me désarme totalement. J'en perds mes mots et deviens rouge pivoine en quittant la pièce.

L'après-midi passe vite, je me plonge avec plaisir dans la recherche sur les traditions de Pâques aux États Unis. Quand la fin de la journée approche, mes yeux oscillent entre l'heure et mon sac de sport. J'hésite à descendre dans la salle, mais l'idée de me défouler l'emporte.

En passant devant le bureau d'Arthur, je le salue d'un signe. Il est au téléphone et me répond d'un léger hochement de tête.

La salle est vide, comme toujours. À croire que nous sommes les seuls à l'utiliser. Après quarante-cinq minutes de vélo elliptique, je vais prendre ma douche, et en remontant, je constate que les bureaux sont désormais déserts, les lumières éteintes.

Sur le chemin du retour, une drôle de sensation me serre la poitrine. J'ai encore l'impression d'être suivie. Je me retourne plusieurs fois, mais il n'y a personne.

Il va vraiment falloir que je me détende.

27

Nous sommes déjà jeudi. Mercredi est passé sans que je m'en rende compte. Je n'ai presque pas vu Arthur hier, il était accaparé par d'interminables conférences téléphoniques. Et me voilà maintenant sur le quai de l'Eurostar, à l'attendre.

J'aperçois Arthur qui s'approche, sa valise dans une main, son portable dans l'autre, pianotant je ne sais quoi. Dans son costume impeccable et avec cette assurance naturelle, il attire tous les regards féminins. Il a un tel sex-appeal, un tel magnétisme que je ne peux détacher mes yeux de lui. Quand il relève enfin les siens vers moi, je me sens prise en faute, et saisis mon portable, pour me donner une contenance.

— Bonjour, Alice.

— Bonjour.

Difficile de deviner son humeur du jour. Son visage reste impassible, même lorsqu'il me prend ma valise pour monter dans le train.

Nous nous installons. Tandis qu'il continue à naviguer sur son portable, je me perds dans le paysage qui commence à défiler. Au bout d'une demi-heure, je n'y tiens plus, ce silence m'insupporte.

— Je peux vous poser une question ?

Il délaisse enfin son portable, le pose sur la table et me fixe intensément.

— Je vous écoute, Alice !

S'il savait à quel point ça me chamboule lorsqu'il prononce mon prénom de cette manière. Je déglutis.

— Pourquoi avoir logé à l'hôtel alors que vous aviez une maison à moins de trois quart d'heure du siège ?

Je le vois se tendre instantanément. Il détourne les yeux vers la fenêtre, semblant se murer dans le silence.

— Excusez-moi, ça ne me regarde pas, ajouté-je aussitôt, gênée.

— Non, non, dit-il en me regardant de nouveau. Cette maison est à moi, mais je n'y vis pas.

— C'est un cadeau empoisonné… ajoute-t-il, amer.

Je suis désarçonnée, il a l'air tellement en rage contre quelque chose que je ne maîtrise pas.

— Comme ma grand-mère est venue me rendre visite, j'ai rouvert la maison pour qu'elle y séjourne. Et puis, les semaines de formation, je commence à travailler très tôt, presque au milieu de la nuit… Il n'était pas raisonnable que je fasse plus d'une heure de trajet jusqu'à mon appartement.

— Très bien, je comprends… C'est dommage, cette maison est charmante, vous devriez en profiter plus souvent.

Il relève les yeux sur moi, cette fois avec un léger sourire, secouant la tête.

— Pourquoi êtes-vous toujours aussi positive ?
— Parce qu'on n'a pas le temps d'attendre. La vie est trop courte pour être gâchée.

Ma réponse le plonge dans ses pensées. Moi aussi je m'égare. Mes parents sont morts alors que j'étais encore trop jeune. J'ai quelques souvenirs de la nuit où le téléphone a sonné, de ma grand-mère en pleurs que j'avais serrée très fort pour apaiser sa douleur. Mes parents m'avaient laissée chez elle le temps d'une soirée chez des amis. Ce n'est que le lendemain matin qu'elle avait trouvé la force de me dire que mes parents étaient partis rejoindre les étoiles. Depuis ce jour, chaque été, quand on apercevait une étoile filante, elle me disait que c'étaient mes parents qui me faisaient un signe. Malgré la tristesse, j'ai toujours préféré voir la vie du bon côté. Parce qu'on n'a pas de temps à perdre…

Le silence entre nous deviens plus apaisé, presque complice, jusqu'à notre arrivée. Pourtant, une question me taraude : qui a bien pu lui offrir cette maison. Elle doit bien valoir des centaines de milliers d'euros.

À Londres, sous un ciel gris, nous déposons nos valises à l'hôtel avant de nous rendre directement à notre succursale. Arthur repassant en mode professionnel, m'explique notre programme : un rendez-vous avec un fournisseur ce matin, puis un déjeuner d'affaires et ensuite, nous aurons deux entretiens avec des potentiels franchisés. La marque développe ses propres boutiques, mais le fait occasionnellement via des entrepreneurs sous franchise.

Le premier rendez-vous se déroule sans accroc. Je me contente d'observer, admirant la maîtrise avec laquelle Arthur mène les négociations.

Arrive ensuite l'heure du déjeuner d'affaires. Arthur me laisse entrer la première dans le restaurant, un lieu chaleureux aux boiseries élégantes et aux couleurs accueillantes. Un serveur nous conduit jusqu'à une table où deux hommes nous attendent déjà. Je reconnais aussitôt Mr Smith, l'homme âgé que j'avais rencontré lors de la semaine de recrutement.

— Oh Alice ! Ravi de vous revoir.

— Moi de même, dis-je en acceptant son accolade avec plaisir.

— Laissez-moi vous présenter Jared, mon petit-fils, qui est destiné à prendre ma suite.

— Enchantée, dis-je en serrant la main du jeune homme.

Jared a à peu près mon âge, avec un charme très *british* et un sourire irrésistible. Le déjeuner est convivial, rythmé par les anecdotes savoureuses de Mr Smith. Jared, plus réservé, n'en est pas moins charmant.

Sur le chemin du retour à la succursale. Arthur est absorbé par son portable. J'en profite pour sortir le mien, laissant mes pensées vagabonder.

— Il vous apprécie beaucoup.

Je le dévisage, surprise. Il n'a pas levé les yeux de son écran.

— C'est réciproque, il est charmant, répliqué-je en me concentrant de nouveaux sur mon téléphone.

— Et je pense que vous n'avez pas laissé le jeune Smith indifférent.

Je me tourne vers lui. Cette fois, il me fixe avec intensité.

— Non, je ne crois pas. Il voulait se montrer poli, répondis-je précipitamment.

— Oui, bien sûr… en vous donnant une carte de visite.

— C'était un rendez-vous professionnel, je vous rappelle, dis-je, agacée en sortant la carte de mon portefeuille.

D'un geste rapide, il me la prend des mains et la retourne.

— Avec son numéro personnel au dos ?

Je lui arrache la carte, la retourne à mon tour… et deviens rouge écarlate, ce qui le fait éclater de rire.

J'ai d'abord envie de le frapper, mais finis par rire avec lui. Cette complicité inattendue allège l'atmosphère et nous arrivons au bureau beaucoup plus apaisés.

Nous enchaînons sur les rendez-vous des deux franchiseurs potentiels. Pour le premier, je reste en observation, le second, je le mènerai.

Le premier candidat est un homme corpulent, les cheveux noirs gominés et une moustache bien taillée. Il nous accueille avec de grands gestes, et des phrases pompeuses, il m'est tout de suite antipathique.

Nous nous installons autour de la table et après quelques minutes de présentation, il se tourne vers moi :

— Vous pouvez me faire un café, ma petite dame !

Je le dévisage, stupéfaite. Je jette un regard à Arthur, qui reste impassible.

Je me lève donc, prépare trois cafés et les rapporte. J'attends au moins un merci, mais rien ! Arthur patiente encore une minute puis se tourne vers moi et me dit un « merci, Alice » d'un ton appuyé. L'homme finit par marmonner un vague merci avant de poursuivre.

À la fin de l'entretien, Arthur me demande mon avis.

— Je suis désolée, mais j'ai un peu de mal avec les gros lourds !

Je porte ma main à ma bouche, consciente d'être allée trop loin. Il m'a tellement agacée que je n'ai pas pu me retenir,

Arthur sourit et trace un trait définitif sur le dossier.

— Moi aussi !

Voyant mon air surpris, il rajoute :

— On a une image de marque à préserver. Un misogyne ne nous représentera pas.

Le deuxième entretien se passe à merveille. Le candidat est courtois, dynamique, et bien préparé. Je termine en lui assurant que nous le recontacterons rapidement.

— Alors, qu'en pensez-vous ? demande Arthur après son départ.

— Je trouve que c'est un excellent candidat, il est sérieux, motivé, plein d'énergie. Il manque un peu d'expérience, mais il est déterminé.

— Je suis d'accord.

Arthur range les dossiers et se tourne vers moi.

— Je vous propose de rentrer à l'hôtel pour nous rafraîchir, puis de nous retrouver pour dîner.

Je suis un peu embarrassée :

— J'ai déjà prévu quelque chose ce soir.

— Avec votre ex-petit ami ? me demande-t-il d'un ton distant.

Je souris, amusée. Serait-il… jaloux ?

— Non, ma meilleure amie vit à Londres, on a peu d'occasions de se voir.

— Ah… très bien.

Je crois voir ses épaules se détendre, je trouve ça touchant.

— Mais venez avec nous. Elle sera ravie de vous rencontrer.

— Non, non, je vais vous laisser entre amies.

— Vous plaisantez, allez, venez ! On se dit à 19h dans le hall de l'hôtel.

— Ok, à 19h, c'est noté.

28

Sonia me rejoint quelques minutes avant l'heure convenue à la réception de l'hôtel. Je la serre dans mes bras, à l'anglaise.

— Ouah, tu es canon ! me complimente-t-elle en me faisant tourner sur moi-même.

J'avoue avoir fait un effort : une robe noire patineuse, décolleté en V, des cheveux lâchés en boucles savamment maîtrisées, et un maquillage discret qui met en valeur mes yeux clairs.

— Toi aussi, tu es superbe !

Avant qu'Arthur n'arrive, je la préviens :

— J'ai invité Arthur à se joindre à nous, ça ne t'ennuie pas ?

— Tu plaisantes, je vais voir le bel Arthur !! me dit-elle toute excitée.

— Mesdemoiselles !

Nous nous retournons d'un bloc pour voir Arthur dans toute sa splendeur. Dans sa tenue décontractée, il est encore plus canon, j'en perds mes mots. Aussitôt, j'essaie de me souvenir de ce qu'on disait juste avant qu'il n'arrive, je sens mes joues s'échauffer, mais me reprends.

— Arthur, voici Sonia, ma meilleure amie, Sonia voici Arthur mon…

— Son collègue, coupe-t-il avec un sourire. Enchanté Sonia.

— Moi de même. Bon alors, si on allait manger, ça vous dit ?

Nous acquiesçons et la suivons pour nous rendre dans le restaurant qu'elle a choisi.

— Vous allez voir, l'endroit ne paie pas de mine et le patron est un peu bourru, mais les plats sont succulents.

Quand nous entrons, il est vrai que l'endroit est peu accueillant. Le restaurant est bas de plafond et le mobilier sombre n'arrange rien à l'affaire. Un homme trapu, l'air peu engageant, s'approche. Mais à la vue d'Arthur, son visage s'illumine :

— Hey, Arthur, mon ami, ça fait un bail, dit-il en faisant une accolade à Arthur.

— Oui, Charlie ! Ravi de te revoir ! Je te présente Alice, ma collègue et Sonia, son amie.

— Bienvenue, je vais vous installer, annonce-t-il avec un sourire qui le rend tout de suite sympathique.

Sonia me regarde avec de gros yeux, elle ne s'attendait pas à un tel accueil.

— Bon ben, je retire ce que j'ai dit, murmure-t-elle une fois assise, il n'a pas l'air si bourru !

— C'est sa marque de fabrique, plaisante Arthur. Il peut paraître désagréable au premier abord, mais au final, il est très sympathique.

— Ah, ben, vous devez bien vous entendre, alors !

Je lance un regard noir à Sonia, horrifiée, elle n'a pas osé ! Je tente un coup de pieds sous la table… Sauf qu'avec ma chance, c'est la jambe d'Arthur que je frappe.

— Oh, pardon, m'excusé-je rouge de honte.

Il esquisse un sourire.

— Ne vous en faites pas, je survivrai. Mais la prochaine fois, je penserai à mettre des genouillères.

La suite du repas est très détendu et les plats sont délicieux. Nous buvons quelques verres de vin. Sonia et moi parlons beaucoup, sous le regard attentif d'Arthur, qui rit de nos anecdotes. Je dois calmer Sonia à plusieurs reprises pour éviter qu'elle n'en dévoile trop.

Sur le chemin du retour, un peu enivrée, je rigole toute seule de nos bêtises dans le taxi. Arthur m'observe de cette intensité qui me trouble toujours. Lorsqu'il se rend compte que j'ai retrouvé mon calme et que je le regarde à mon tour, il détourne les yeux sur la route qui défile.

Arrivés à l'hôtel, il me raccompagne jusqu'à ma chambre. Je cherche ma carte magnétique sans succès.

— Attends, laisse-moi faire, dit-il en la récupérant dans mon sac.

Dans les limbes de mon ivresse, ce « tu » inattendu me fait sourire.

Il ouvre la porte, me rend mon sac, puis s'approche pour replacer une mèche de cheveux derrière mon épaule.

— Bonne nuit, Alice.

Il dépose un baiser sur ma joue, sa peau effleurant la mienne. Je frissonne, troublée.

— Bonne nuit, murmuré-je, le cœur battant.

Je referme la porte, complètement chamboulée.

29

Je me réveille de très bonne humeur ce matin. Impatiente, je me prépare rapidement et descends au restaurant de l'hôtel pour prendre mon petit-déjeuner. Installée à une table face à l'entrée, je ne peux m'empêcher de guetter l'arrivée d'Arthur. Mais après avoir terminé mon repas sans l'apercevoir, je décide de me diriger vers la réception.

— Bonjour, vous savez si Monsieur Weber est descendu prendre son petit-déjeuner ?

— Oui, il est parti très tôt ce matin, Mademoiselle. Il nous a laissé la consigne de vous appeler un taxi dès que vous seriez prête.

— Très bien, je vais chercher mes affaires. Je suis en bas dans cinq minutes.

— Parfait, votre taxi vous attendra.

Je remercie le réceptionniste et remonte dans ma chambre récupérer mes affaires. Une pointe de déception me saisit de ne pas avoir vu Arthur ce matin, mais je me rassure en me disant que ce n'est que partie remise.

Arrivée à notre succursale, je monte directement au bureau que nous occupions la veille. Arthur est déjà là, entouré de dossiers, visiblement très concentré.

— Bonjour.

— Ah bonjour Alice, vous êtes là.

Ah, alors retour au vouvoiement. Je me crispe en tentant de masquer ma contrariété, mais au fond de moi, j'enrage. Dès qu'il fait un pas vers moi, il recule aussitôt de deux.

— J'ai une réunion avec les managers des cafés cet après-midi. J'aurai besoin que vous me prépariez la présentation de ce dossier en anglais avant midi.

Sans un mot de plus, il me tend le dossier. Je le prends et commence à le feuilleter, cherchant à garder mon calme.

— Je vais vous montrer où vous installer.

Ah… Donc nous n'allons même plus partager le même bureau. Sans protester, je le suis en silence, essayant de comprendre ce revirement d'attitude. Hier encore, il était tellement charmant, et aujourd'hui, il se montre rustre et autoritaire. Il me conduit jusqu'à un bureau voisin du sien, c'est moindre mal, je suppose. Je m'y installe et allume mon ordinateur, bien consciente que mon humeur se reflète dans mon attitude. Je n'y peux rien, c'est mon mauvais caractère qui refait surface. Arthur est sur le point de quitter la pièce, mais se ravise.

— Vous pouvez aller vous chercher un café, si vous voulez !

— Non, ce ne sera pas nécessaire ! refusé-je d'un ton sec.

Une fois seule, je me prends la tête entre les mains. Avais-je rêvé ce tutoiement, ce baiser sur la joue ? Je ferme les yeux. Non, c'était bien réel... Mais alors pourquoi cette distance soudaine ? Pourquoi ai-je l'impression qu'il lutte contre quelque chose. Je secoue la tête, je ne vais pas m'agacer pour ça. Et puis, rappelons-le, c'est mon patron. Il ne doit rien se passer entre nous. Sur cette sage résolution, je me mets au travail.

Vers 11h, la présentation est presque prête. Je me décide enfin à aller me chercher un café. Alors que la machine termine de remplir ma tasse, une voix me surprend derrière moi.

— Vous avez terminé la présentation ?

Je sursaute et me retourne.

— Presque… Je dois encore la relire, mais je vous l'envoie d'ici quelques minutes.

— Très bien, faites ça !

Sans attendre de réponse, il s'éloigne. Je le regarde partir, frustrée. Je m'empresse de récupérer mon café et de retour à mon bureau, je peaufine ma présentation et la lui envoie. Cinq minutes passent sans réponse. N'y tenant plus, je me rends dans son bureau.

Quand j'entre, il est au téléphone, le ton monte. J'hésite à faire demi-tour, mais reste finalement plantée sur le seuil. Lorsqu'il raccroche, visiblement à bout, il se prend la tête entre les mains. Je toque doucement.

Il lève les yeux sur moi. Dans son regard, une impression de rage et d'épuisement. Il souffle et dit.

— Ah Alice… Vous pouvez disposer. On se retrouve à 13h30 pour la réunion.

Très bien, donc on ne mange pas ensemble, de mieux en mieux. Je me mords la lèvre, agacée. Il évite mon regard et je quitte la pièce sans insister.

Je vais donc prendre mes affaires et me retrouve dans la rue, seule. Je respire un bon coup, j'ai les nerfs à fleur de peau. J'ai bien besoin d'une dose de « Sonia ». Je lui envoie un message pour lui demander si elle est disponible pour le déjeuner. Sa réponse enthousiaste me met du baume au cœur. Dix minutes plus tard, nous nous retrouvons et décidons d'aller manger dans un parc.

— Attends… il t'a embrassé… sur la joue ? me demande-t-elle avec une moue sceptique.

— Oui, d'accord… Dit comme ça, ça semble insignifiant !

— Je ne te le fais pas dire. Et pour le tutoiement… On avait tous un peu bu hier soir, ça lui a sûrement échappé.

Je pousse un soupir, la tête entre les mains.

— Pffffff… Oui, tu as raison, je me fais des films.

— T'inquiète, ma belle ! N'empêche, je l'ai trouvé plutôt sympa hier.

— Si tu le dis ! dis-je dépitée à la fois par mon comportement, mais aussi par le sien, à lui.

On finit de manger en essayant de parler d'autre chose. Avant de nous séparer, je lui demande si je peux rester le week-end chez elle. Elle accepte avec joie, et je retourne au bureau le cœur un peu plus léger.

Quand j'arrive, l'ensemble des managers est déjà là. Tous installés autour de la table de réunion, ils ne disent mot, on entendrait une mouche voler. Je rejoins Arthur qui prépare le matériel. Il ne me regarde pas et m'indique d'un signe de tête une chaise près de la sienne.

— Installez-vous là.

J'ai presque envie de lui faire un salut militaire tellement il se montre autoritaire, mais je me ravise, je pense qu'il est d'assez mauvais poil comme ça.

Je salue d'un signe de tête les personnes autour de la table et m'installe. Arthur se lève pour faire sa présentation.

— Bonjour à tous, nous allons commencer la réunion, mais avant ça, je voudrais vous présenter Alice Leroux, ma collaboratrice, qui me secondera et avec qui vous aurez de nombreux contacts.

Je me lève à mon tour et salue l'assemblée, puis Arthur enchaîne sur sa présentation. Il est impressionnant : posé, charismatique, convaincant. Même lorsqu'il parle de chiffres et d'objectifs exigeants, il parvient à captiver son auditoire. Et son public lui est entièrement dévoué. Je comprends pourquoi il occupe ce poste, il a une telle aura.

Après la réunion, je prends le temps d'échanger avec les managers. Une fois tout le monde parti, je rejoins Arthur dans son bureau.

— Quelle est la suite du programme ?

Il tourne son visage vers moi, il a les traits tirés, il semble fatigué. Il jette un coup d'œil à sa montre.

— Il est presque dix sept-heures, nous allons rentrer sur Paris.

— Je vais rester le week-end ici. Je rentrerai dimanche soir.

— Ah…Très bien. Dans ce cas, vous pouvez y aller.

Je sens qu'il est préoccupé, et ça m'embête de le laisser comme ça.

— Si vous voulez, je peux vous accompagner à la gare.

— Ne soyez pas ridicule, allez, filez ! répond-il avec un sourire.

Son sourire m'apaise. Je préfère le voir comme ça. Je vais chercher ma valise et repasse lui dire au revoir. Il est au téléphone, mais me salue d'un signe de tête. Je quitte la succursale et vais m'installer dans un café en attendant Sonia.

30

Le week-end avec Sonia est passé à une vitesse folle, comme toujours quand on est ensemble. Je suis rentrée assez tôt hier soir, ce qui m'a laissé le temps de lancer une machine et d'étendre le linge.

Ce matin, j'arrive de bonne heure au bureau pour entamer une troisième semaine. Quand je toque à la porte d'Arthur, il m'invite à entrer. Il est déjà en pleine conversation téléphonique. Je le salue en silence et lui fais signe que je vais me chercher un café. Quand je reviens avec deux gobelets, il est toujours en ligne. Je pose sa boisson sur son bureau et m'éclipse discrètement pour rejoindre mon poste et allumer mon ordinateur.

À peine deux minutes plus tard, on frappe à la porte. Arthur entre et vient s'asseoir face à moi.

— Bonjour, Alice. Votre weekend s'est bien passé ? demande-t-il avec un sourire.

— Très bien, merci ! Et le vôtre ?

— Très bien, merci !

Il a l'air beaucoup plus détendu, presque de bonne humeur.

— Bon, cette semaine devrait être beaucoup plus calme que la semaine dernière, en tout cas pas de voyage en perspective.

— Très bien ! Mais vous savez, les voyages ne me dérangent pas !

— Oui, c'est ce qu'on dit au début…

Il me lance un regard amusé avant d'ajouter.

— Bien, j'ai déposé des dossiers supplémentaires sur votre bureau. Et j'aimerais qu'on se retrouve cet après-midi pour discuter des idées que vous avez eues pour les fêtes de pâques aux Etats-Unis.

— Parfait, répondis-je avec enthousiasme.

Alors qu'il s'apprête à quitter la pièce, il se retourne :

— Ah, et vous avez fait forte impression auprès des managers.

C'est idiot, mais à chaque fois qu'il me dit une chose gentille, je suis reboostée. C'est donc souriante que je prends le premier dossier de la pile.

Je me plonge dans les dossiers et le temps passe sans que je m'en rende compte. Deux heures plus tard, j'entends Arthur s'agiter dans son bureau. Il parle fort, visiblement contrarié. Puis soudain, un bruit sourd retentit. Je me précipite et découvre Arthur, le poing serré, face au mur qu'il vient manifestement de frapper.

Je m'avance tout doucement dans la pièce.

— Vous allez bien ? demandé-je, inquiète.

Il se retourne vers moi, tenant sa main blessée.

— Oui, ça va !

Mais quand je vois le sang qui commence à couler, je n'en crois rien.

— Non, ça ne va pas du tout, vous saignez ! Asseyez-vous, je reviens ! dis-je en sortant précipitamment.

Je file chercher la trousse de secours dans les toilettes et reviens en toute hâte. Arthur me laisse soigner sa main en silence, les yeux détournés.

— Mais qu'est-ce qu'il vous a pris ! soufflé-je en désinfectant la plaie.

— Ça ne vous regarde pas !

Je le toise, il est gonflé. Je termine le bandage et me redresse, agacée par sa froideur.

— Très bien, mais à l'avenir, faites ça en silence, le bruit me dérange pour travailler.

Je sors droite comme un piquet, remontée comme une pendule. Prête à quitter la pièce, il me retient par la manche.

— Excusez-moi. Vous n'y êtes pour rien.

Son ton est sincère, et malgré moi, je me laisse attendrir.

— D'accord, mais évitez de démolir les murs, la prochaine fois, d'accord ?

Je désigne la trace visible de son poing, et il pousse un léger soupir en passant sa main valide dans ses cheveux.

— Promis.

Je retourne dans mon bureau, décontenancée. Je tente de me reconcentrer mais les images de sa colère et de sa détresse ne cessent de me revenir en tête.

À la pause de midi, Arthur est introuvable. Je rejoins les collègues et nous déjeunons dans la brasserie où nous avons nos habitudes. Je suis moins bavarde que d'ordinaire, et Salima s'en inquiète mais je la rassure du mieux que je peux.

L'après-midi, je retrouve Arthur pour notre réunion sur les projets de Pâques. Il est encore au téléphone quand j'entre, mais m'indique de m'installer à la petite table ronde dans un coin du bureau. En attendant qu'il termine, je m'avance près de la baie vitrée et me perds dans la contemplation de la vue splendide sur les toits de Paris, baignée par la lumière du soleil.

— C'est beau, n'est-ce pas ?

Je sursaute en entendant Arthur. Je n'avais pas fait attention qu'il avait fini sa discussion.

— Oui, c'est magnifique.

Nous nous installons, et je lui expose mes idées avec enthousiasme. J'ai procédé à une étude approfondie et j'en suis fière. J'ai préparé une analyse détaillée des coûts et des marges, et je vois à son regard qu'il est impressionné.

— Je savais que le marketing vous passionnait, mais là, je suis admiratif. Vous avez fait un excellent travail. Préparez une présentation des deux premières propositions, je les soumettrai au service communication.

Rougissante, je me lève d'un bond.

— Très bien, je m'en occupe tout de suite.

Alors que je m'apprête à sortir, il m'interpelle à nouveau.

— Ah, Alice.

— Oui ?

— Merci pour ça ! m'indique-t-il en montrant sa main bandée.

— Y'a pas de quoi, dis-je avec un sourire.

Je passe le reste de la journée sur les présentations, concentrée et motivée. À 17h30, je décide de descendre à la salle de sport. Je salue Arthur en passant et m'y rends le cœur léger.

Après un quart d'heure de course, j'entends quelqu'un entrer. Je n'avais pas mis ma musique à fond pour ne pas me faire surprendre comme la dernière fois. Arthur me fait un petit signe et se dirige vers les vestiaires pour hommes. Cinq minutes plus tard, il réapparaît dans sa tenue de sport qui lui sied à merveille. Je me concentre sur mon tableau de bord pour ne pas manquer de tomber. Je cours encore une demi-heure et je sens que j'en ai bien assez. Je vais prendre ma douche et lorsque je sors du vestiaire, je vois Arthur toujours sur le rameur. Je le salue de la main et retourne à mon appartement.

Sur le chemin du retour, je m'arrête devant une boutique d'affiches et de cadres. À travers la vitrine, une photo en noir et blanc attire mon attention : une main tenant un café latté, avec un motif hypnotique dessiné dans la mousse. Séduite, j'entre et découvre deux autres clichés, dans le même style, probablement du même photographe. Je les achète, ravie de mes trouvailles, et rentre chez moi avec le sourire.

31

Je crois que je ne suis jamais arrivée aussi tôt au travail. En même temps, je voulais être là avant Arthur pour lui faire la surprise. J'ai emballé les trois cadres photos dans du papier kraft et je me suis empressée de les déposer sur son bureau avec un petit mot.

Après ça, je lance mon ordinateur et pars me chercher un café. À cette heure, il n'y a personne devant la machine. J'attends que le liquide noir remplisse mon gobelet, puis retourne à mon poste. Je relis les présentations qu'Arthur m'a demandées et lui envoie dans la foulée. Travailler sur cette étude marketing m'a vraiment plu - j'espère qu'il y en aura d'autres. Ça me rappelle mes années d'études, où j'étais sortie major de ma promo, pleine d'idéaux. Mais le marché de l'emploi étant ce qu'il est, j'avais galéré plusieurs mois avant de me résigner à prendre un boulot alimentaire. C'est comme ça que j'avais débuté dans la boîte. Finalement, avec le recul, je me dis que ce n'était pas une si mauvaise chose.

Un bruit me tire de mes pensées. Arthur vient d'arriver.

— Hey, Alice, mais vous êtes tombée du lit ?

— Bonjour, oui, on peut dire ça !

Il me fait signe qu'il va déposer ses affaires dans la pièce d'à côté. Je guette le moindre de ses mouvements, impatiente de voir sa réaction au cadeau. Trois minutes passent, là je commence à appréhender. Puis j'entends sa voix m'appeler.

— Oui ? dis-je en entrant un peu nerveuse.

— Vous pouvez m'expliquer…

Il est assis, appuyé sur le dossier de sa chaise, les bras croisés, son visage impassible. Ouch, je n'arrive pas à savoir ce qu'il en pense.

— Je vous l'ai écrit…

Il prend le post-it et le lit à voix haute.

— « Pour améliorer la décoration de votre mur ».

— Oui, c'est ça, acquiescé-je avec un sourire. Je trouve qu'il en a grandement besoin, ajouté-je en désignant l'impact dans le mur. Et je me disais que trois cadres positionnés de façon harmonieuse donneraient du cachet à votre bureau. Vous ne trouvez pas ?

J'ai lancé ma dernière question avec beaucoup d'espoir, j'attends avec impatience sa réponse. Il étale les trois cadres devant lui et regarde le mur. Il esquisse ce qui ressemble à un sourire avant de reprendre son air sérieux.

— Oui, vous avez peut-être raison.

— Yes, dis-je toute excitée.

— Hey, ne vous emballez pas, j'ai dit « peut-être ».

— Très bien, ajouté-je en souriant. Je vais me remettre au travail.

De retour à mon poste, je suis ravie. Je suis persuadée que ça lui plaît, malgré ses airs détachés. Après une heure concentrée sur un nouveau dossier, des coups sur le mur d'à côté, attirent mon attention. Intriguée, je m'y précipite.

Quand j'entre, Arthur est en train de positionner le premier cadre sur le clou qu'il vient de planter. Je m'appuie contre l'encadrement de la porte, les bras croisés.

— « Peut-être » vous disiez ! dis-je moqueuse.

Il se retourne, me regarde et secoue la tête.

— Venez plutôt m'aider au lieu de faire la maligne.

— À vos ordres, chef ! dis-je en mimant un salut militaire.

Il prend un deuxième cadre dans les mains en secouant la tête de nouveau, mais je vois bien le sourire qui éclaire son visage.

Je m'approche et il me tend le deuxième cadre.

— Positionnez-le sur la diagonale, que je vois ce que ça donne.

Je m'exécute, tenant la photo à bout de bras. Quand je jette un coup d'œil plus bas, je réalise que ma robe est remontée bien au-dessus des genoux, et sens mes joues s'échauffer.

— Comme ça ? dis-je, impatiente de redescendre les bras.

Arthur ne répond pas. Je suis à deux doigts de tout lâcher quand je sens sa présence juste derrière moi. Son torse effleure mon dos, et il ajuste mes mains comme il le désire. La chaleur de son corps et son souffle dans mon cou me troublent, je déglutis. Lorsqu'il s'écarte, je respire de nouveau. Il prend un crayon et trace un petit trait sur le mur.

— Vous pouvez lâcher.

Je pose la photo sur le bureau et le regarde planter le clou. Lorsqu'il prend le troisième cadre, je m'écarte légèrement.

— Vous devriez le positionner vous-même, je suis trop petite.

— J'en avais bien l'intention.

Je recule pour avoir une vue d'ensemble et le guide pour trouver la position idéale. Lorsque c'est terminé nous nous mettons tous les deux face aux trois photos qui ornent dorénavant son mur.

— C'est pas mal, dis-je en admirant le résultat.

— Oui, c'est vrai, vous aviez raison.

Je souris devant cette façade qui a retrouvé une nouvelle jeunesse. Quand je jette un coup d'œil à Arthur, je surprends son regard posé sur moi. Je n'ose lire ce que j'aperçois dans son regard. Je sens mes joues s'empourprer, et il détourne les yeux, pris en faute.

— Vous n'avez pas un dossier à finir ? dit-il en se passant la main dans les cheveux.

— Si, si, dis-je en sortant du bureau.

Le reste de la matinée se passe avec plus de tranquillité. À midi, Arthur vient toquer à la porte.

— Je vous invite à déjeuner ?

Je suis assez surprise. J'hésite, me rappelant ma bonne résolution de garder mes distances… mais j'accepte. Il faut bien manger, après tout, *justifié-je au petit ange sur mon épaule.*

Nous nous rendons dans le restaurant où je l'avais vu avec la jolie jeune femme. Nous nous installons sur une petite table et passons commande. Le serveur nous apporte nos verres de vin et s'éclipse pour nous laisser discuter.

— Dites-moi Alice, quels sont vos aspirations dans la vie ?

Je ne m'attendais pas à cette question. Je réfléchis un instant, mais finalement, la réponse est simple.

— Un travail épanouissant, une vie de famille… Être heureuse, en somme.

— Une vie de famille ?

— J'ai perdu mes parents quand j'étais enfant et j'ai été élevée par ma grand-mère qui est décédée récemment. Alors, oui, la famille, c'est important pour moi.

Arthur me regarde avec intensité, comme si mes paroles réveillaient quelque chose en lui. Il détourne les yeux sur son assiette, l'air soudain plus grave.

— Je suis désolé, je ne savais pas ! J'ai moi-même grandi sans un père, je ne peux qu'imaginer ce que vous ressentez.

Ses épaules sont tendues, je crois que j'ai perdu son beau sourire. Je décide de détendre l'atmosphère avec quelques anecdotes. Peu à peu, je retrouve son sourire pour mon plus grand plaisir.

32

Une fois notre repas terminé, nous retournons au travail. À la réception, nous croisons Nicole qui nous salue.

— Oh, Alice, est-ce que vous avez eu des nouvelles au sujet de la menace que vous avez reçue ?

Je n'ai même pas le temps de réagir qu'Arthur se fige, son visage s'assombrit instantanément.

— Quelle menace ? me demande-t-il d'une voix tendue.

Je l'attrape par la manche, essayant de lui faire comprendre que je lui expliquerai en remontant dans le bureau et je m'adresse rapidement à Nicole :

— Ne vous inquiétez pas Nicole, la police est sur le coup.

Arthur me suit jusqu'à l'ascenseur, mais je sens la tension qui monte en lui. Quand les portes se referment, il insiste, sa voix plus dure :

— Alice, de quelle menace s'agit-il ?

— J'ai reçu une lettre… une lettre menaçante.

— De quel genre ? ajoute-t-il, presque autoritaire.

Je sais qu'il n'est pas en colère contre moi, mais son comportement m'intimide. Je marmonne à peine les mots inscrits sur la lettre.

— Quoi, je n'ai pas entendue, répète-t-il, plus ferme.

— « Sale pute, tu vas me le payer », dis-je un tantinet agressive.

Un silence lourd s'installe. Il me fixe longuement, le regard sombre. L'ascenseur arrive à notre étage, et je sors précipitamment, oppressée.

— Pourquoi ne pas m'en avoir parlé plus tôt ? me demande-t-il, cette fois plus doucement.

— Vous étiez à New York… Je suis allée voir la police, ils s'en occupent, dis-je dans un souffle. Et après ça, il y a eu Londres, j'ai essayé de ne plus y penser…

— Très bien, calmez-vous, tout va bien se passer !

Je ne m'en rendais pas compte, mais je tremble comme une feuille. Je ferme les yeux et prends une profonde inspiration.

— Installez-vous dans votre bureau, je vais vous chercher un café.

Je n'essaie même pas de protester. J'ai encore les mains qui tremblent. Assise à mon bureau, je fixe la fenêtre, essayant de me calmer en regardant les nuages. Quand Arthur revient avec le café, je sursaute. Il me tend la tasse, et je la saisis à deux mains, trop nerveuse pour risquer d'en renverser.

— Ça va aller ? me demande-t-il d'un air inquiet.

— Oui, oui, ça va, ne vous en faites pas !

J'essaie un sourire rassurant qu'il me rend, mais il reste visiblement préoccupé, n'osant me laisser seule.

— Je vais me remettre au travail, lui dis-je en désignant la pile de dossiers.

— Très bien, je vous laisse.

Il quitte la pièce, non sans me jeter un dernier regard inquiet. Je ne sais pourquoi mon corps a réagi comme ça, comme un mécanisme d'auto-défense. Je regarde mes mains, elles ne tremblent presque plus. Je prends le dossier suivant : une étude concurrentielle. Je plonge dedans, essayant d'éloigner ses pensées parasites.

Je ne remarque pas le temps passer, ni la présence d'Arthur dans l'encadrement de la porte.

— Vous ne débauchez pas ce soir ? demande-t-il doucement.

Je jette un œil à l'heure, il est 18h passées.

— Ah… si… pardon, je n'avais pas vu l'heure.

J'enregistre le fichier, récupère mes affaires et me lève.

— Je vous raccompagne, annonce-t-il sans détour.

— Ça n'est pas nécessaire, dis-je surprise.

— Si, ça l'est, tranche-t-il fermement.

Son ton ne laisse aucune place à la discussion. Je n'ai pas le courage de protester alors j'acquiesce. Nous marchons en silence, l'un près de l'autre, mais étrangement, cette proximité ne me déplaît pas. Au contraire, j'en apprécie chaque minute.

Devant mon immeuble, il insiste pour m'accompagner jusqu'à ma porte.

— Vous savez, sans le code, personne ne peut entrer.

— Je sais, mais je préfère… Si ça ne vous ennuie pas. Je serai plus rassuré !

— Très bien, abdiqué-je en tapant le digicode.

En passant devant ma boîte aux lettres, je repère quelques prospectus. Je sors ma clé et l'ouvre. À l'intérieur en plus des publicités, je trouve trois enveloppes anonymes, identiques à la lettre de menace que j'ai reçue au bureau. Mon cœur rate un battement.

Je tente de parler, mais aucun son ne sort de ma bouche. Arthur remarque immédiatement que quelque chose ne va pas.

— Alice… qu'est-ce qu'il y a ?

Je ferme les yeux pour essayer de me ressaisir, mais la panique monte.

— Les lettres… dis-je, la voix cassée.

Il les prend doucement de mes mains et, sans me poser de question, me guide vers les escaliers.

— On va voir ça dans votre appartement !

À peine assise sur le canapé, mes yeux restent rivés sur les lettres dans les mains d'Arthur.

— Je peux ? me demande-t-il en les désignant.

— Oui, oui, dis-je dans un murmure.

Il ouvre la première. Son visage se ferme aussitôt. Il s'empresse d'ouvrir la deuxième puis la troisième. Sans attendre, il sort son téléphone, et compose un numéro.

— Passez-moi l'agent Dumont, dit-il d'un ton glacial.

C'est le nom de la jeune femme qui avait pris ma déposition. Il patiente deux minutes, mais dans son regard je lis une certaine fureur. Je l'observe, la peur montant à chaque seconde.

— Agent Dumont ? Bonjour, Arthur Weber à l'appareil... Avez-vous interrogé Alban Lassale ? Non... bon, je suis avec Mlle Leroux, elle a reçu trois nouvelles lettres de menace, directement dans sa boîte aux lettres. Cela signifie qu'il connaît son adresse et qu'il entre dans l'immeuble sans difficulté...

Devant l'énumération des faits, je manque de me sentir mal. Il connaît mon adresse ! Il peut entrer ici... !

Je me lève, cherchant désespérément quelque chose à boire pour calmer mes nerfs. Je n'ai rien de fort ici, juste une bouteille de vin blanc entamée. Ça fera l'affaire. Je m'en sers un verre et le bois d'un trait. Je m'accroche au bord de l'évier et ferme les yeux un instant.

Je prends la bouteille et rapporte deux verres dans le salon. Arthur s'est assis sur le canapé, je prends place près de lui et verse le vin dans les deux verres.

Je le regarde finir sa conversation avec l'agent Dumont. Je n'écoute pas vraiment ce qu'ils se disent.

Une fois raccroché, il me dévisage, son air inquiet ne me rassure pas.

— Je suis désolée, je n'ai que ça, dis-je en lui tendant son verre.

Cette phrase d'une banalité affligeante me permet de garder mon calme, comme si tout était normal.

— C'est très bien, répond-il distraitement, toujours préoccupé.

Il se passe la main dans les cheveux, son malaise est palpable.

— Bon Alice, ils n'ont toujours pas trouvé Alban... Et je ne crois pas que ce soit une bonne chose que vous regardiez ces lettres. Je les emmènerai demain à la police si vous voulez.

Je le regarde, je tends la main vers la première lettre, déterminée à savoir. Il ne recule pas, mais il secoue la tête pour m'en dissuader.

— Je veux voir, insisté-je.

Je ferme les yeux, il faut que je sache. Quand je les rouvre, je suis déterminée. Je me saisis de la lettre et la regarde avec crainte.

« Chienne, je vais te planter et te regarder te vider de ton sang jusqu'à ce que tu crèves »

Je sens mon estomac se soulever, et je me précipite aux toilettes pour rendre mon déjeuner. Arthur me suit et me retient les cheveux, patient et silencieux.

Quand je me redresse, honteuse, il m'aide à me stabiliser.

— Je vais me rafraîchir, dis-je d'une voix faible.

Je me lave les dents, me passe un peu d'eau sur visage et sur la nuque, avant de revenir dans le salon. Il a déjà rangé les lettres. De toute façon, une m'a suffi. Je m'assois à côté de lui et me prends la tête entre les mains.

— Je suis désolée pour tout ça…

— Vous plaisantez, rien de tout ça n'est de votre faute, Alice !

Sa voix est empreinte de rage et je sursaute. Il comprend son erreur et s'adoucit immédiatement, conscient de mon état.

— J'ai demandé s'ils pouvaient mettre en place une protection, mais pour l'instant, ils ne peuvent rien faire. Ils n'ont pas encore ses empreintes. Je porterai les lettres demain et je verrai avec eux s'ils peuvent faire quelque chose, d'accord ?

— D'accord, dis-je avec lassitude.

— Vous voulez que je vous commande quelque chose à manger ?

— Non, non, merci… Je crois que je ne pourrai rien avaler.

Il semble hésitant, ne sachant visiblement pas quoi faire pour me rassurer.

— Je vais bien, Arthur. Vraiment.

Il hésite, mais je lui souris pour le rassurer.

— Donnez-moi votre portable. Je vais y mettre mon numéro.

Je lui tends, il pianote dessus et m'appelle pour enregistrer le mien.

— Et surtout n'hésitez pas à m'appeler, à n'importe quelle heure.

Il pose brièvement une main réconfortante sur mon épaule.

— D'accord ?

— D'accord !

Je le raccompagne jusqu'à la porte, essayant de me montrer sereine.

— Ça va ! lui dis-je avec un sourire que je veux sincère.

Il hésite encore, puis finit par partir. Dès qu'il passe le seuil, je ferme la porte à double tours.

33

Je n'ai presque pas fermé l'œil de la nuit, et au réveil, j'ai une mine affreuse. En passant devant le miroir de la salle de bain, je ne peux qu'être frappée : j'ai vraiment une tête à faire peur. Je décide de prendre une longue douche brûlante pour essayer de me réveiller et de me détendre un peu. Aujourd'hui, j'ai envie de me sentir à l'aise, alors j'opte pour un jean, une chemise blanche et un blazer. Je me maquille un peu plus que d'habitude pour masquer les traces de fatigue, et attache mes cheveux en un chignon serré. Une fois prête, je me dirige vers la cuisine pour me préparer un grand café que je vais siroter sur le canapé.

L'idée de quitter mon appartement m'angoisse déjà. Descendre les escaliers, traverser le hall de l'immeuble… et risquer de croiser Alban. Rien qu'en y pensant, mon cœur s'emballe. Soudain, la sonnerie de la porte d'entrée retentit, me faisant sursauter et manquant de me faire renverser ma tasse.

Je me lève et jette un œil par le judas. C'est Arthur. Il attend patiemment. Je lui ouvre, intriguée.

— Je vous ai apporté des croissants ! dit-il en me montrant le sac qu'il tient.

Je m'écarte pour le laisser entrer et lui propose un café, qu'il accepte. Une fois servi, je ne peux m'empêcher de lui demander.

— Mais… qu'est-ce que vous faites là ?

Il me regarde d'un étrange regard, empreint de douceur et de détermination.

— Je me suis dit que vous seriez plus rassurée si je vous accompagnais.

Son attention me touche tellement que j'en ai presque les larmes aux yeux. Pour ne pas laisser mon émotion transparaître, j'ouvre le paquet de viennoiseries. À l'intérieur, deux croissants et un cookie. Je souris et attrape le cookie.

— Merci… pour tout, dis-je, sincère.

— Ne vous inquiétez pas. Je vais veiller à ce qu'on règle cette affaire au plus vite.

Le ton presque solennel de sa voix me rassure. S'il y a bien quelqu'un qui peut faire quelque chose, c'est lui.

Je m'empresse de finir mon cookie et mon café, et quelques minutes plus tard, je suis prête à partir. Nous descendons l'escalier dans un silence pesant. Arrivée devant ma boîte aux lettres, j'hésite. Finalement, je décide de passer mon chemin, mais Arthur m'arrête.

— Vous permettez ? me demande-t-il en tendant la main vers mes clés.

— Oui, bien sûr, dis-je avec appréhension.

Je les lui donne, un peu inquiète. Il ouvre la boîte, et comme je le craignais, une nouvelle enveloppe, identique aux précédentes, est là.

Je porte ma main à ma bouche, incapable de masquer mon malaise. Arthur la range dans sa veste et me pose doucement ses mains sur mes épaules.

— Je vais m'en occuper, d'accord ?

Je hoche de la tête, incapable de parler, et le suis dans la rue. J'observe le ciel. Le soleil brille et réchauffe un peu mon cœur, mais mon esprit reste obsédé par ces lettres. Nous rejoignons le siège dans un silence de plomb. Je n'ai pas envie de découvrir la dernière en date.

Arrivés aux bureaux, je m'installe directement à mon poste, cherchant refuge dans mon travail.

— Vous voulez un café ? me demande Arthur dans l'entrée de mon bureau.

— Oui, accepté-je en me levant.

— Ne bougez pas, je m'en occupe.

Avant que je puisse protester, il est déjà parti. Je m'attends à le voir revenir, mais c'est Jasper qui entre à sa place.

— Arthur n'est pas là ? me demande-t-il.

— Si, il est parti chercher un café.

À peine ai-je fini ma phrase qu'Arthur revient, deux gobelets à la main. Il jauge Jasper avec une méfiance à peine voilée avant de me tendre mon gobelet.

— Monsieur Dubois vous cherchait ! dis-je, sentant la tension monter.

— Oui, Arthur, Monsieur Richards souhaite nous voir à 14h dans la salle Anémone.

— Tu sais pourquoi ?

— Il va nous envoyer un mail, mais c'est sur les chiffres, les résultats, la routine quoi.

Arthur se contente d'un hochement de tête glacial, mettant fin à la conversation. Jasper, pourtant, ne se laisse pas démonter.

— Et Alice, appelez-moi Jasper, ça sera plus simple, me dit-il avec son sourire charmeur.

Je lève les yeux vers lui puis vers Arthur dont le regard se fait encore plus sombre.

— Euh… très bien.

Sur ce, Jasper sort en sifflotant, laissant derrière lui un Arthur visiblement agacé. Ce dernier finit par me regarder et me faire une ébauche de sourire peu convaincante, puis il retourne dans son bureau à son tour.

Un peu plus tard dans la matinée, Arthur s'absente. Je n'ai pas besoin de lui demander pour savoir qu'il est parti au commissariat. Lorsqu'il revient, son air préoccupé ne laisse rien présager de bon, mais je préfère ne pas poser de questions. Je replonge dans mon dossier qui est assez dense pour noyer mon esprit.

À midi, Arthur passe à la porte de mon bureau.

— Alice, je suis navré, mais je ne pourrai pas déjeuner avec vous aujourd'hui.

— Pas de soucis.

— Vous savez si les autres peuvent manger avec vous ? Ne restez pas toute seule, d'accord ?

Je lui montre mon téléphone, où Salima vient de répondre qu'elle est partante pour déjeuner.

— Parfait, dit-il avant de repartir.

Je rejoins mes collègues dans un nouveau restaurant plus décontracté. Je me laisse tenter par un burger au poulet avec des frites de patates douces, un vrai réconfort. Je pense que j'ai rattrapé le repas que je n'ai pas pris hier soir. Les autres sentent bien que je ne suis pas dans mon assiette, et font tout pour me redonner le sourire.

De retour au bureau, je retrouve Arthur qui rassemble des dossiers pour la réunion. Jasper ne tarde pas à apparaître derrière moi.

— C'est bon, Arthur tu es prêt ?
— Oui, me voilà !
— Hey, Alice, vous venez aussi !

Je regarde Arthur, un peu perdue. Il ne dit rien.

— Non, je ne crois pas….
— Mais si, allez, venez ! insiste Jasper.
— Oui, Alice, prenez un carnet de notes, ce sera formateur.

Devant l'insistance des deux hommes, je finis par prendre un carnet et les suis.

La salle Anémone est impressionnante, avec sa grande table ovale pouvant accueillir au moins une trentaine de personnes, et sa baie vitrée. Monsieur Richards est déjà installé à la place d'honneur, et se redresse en nous voyant arriver.

— Monsieur Weber, Monsieur Dubois installez vous. Mademoiselle Leroux, ravi de vous revoir.

Arthur et moi-même nous mettons d'un côté de la table, Jasper de l'autre.

Monsieur Richards commence la réunion, en abordant les chiffres, les résultats par secteur. Arthur et Jasper présentent chacun leur zone avec des styles bien différents : l'un est froid et précis, l'autre est beaucoup plus chaleureux et enthousiaste. Cela donne un contraste étonnant. Mais tous deux sont des orateurs remarquables.

— Monsieur Weber, j'ai vu un mémo très intéressant pour le marché américain. J'ai trouvé les idées très judicieuses.

Arthur me jette un bref coup d'œil et esquisse un sourire en coin.

— Tout le mérite en revient à Alice.

— Oh, merveilleux ! Je suis ravi que vous ayez rejoint l'équipe de Monsieur Weber, je vous félicite, c'est de l'excellent travail.

Je deviens rouge pivoine et le remercie dans un souffle.

Après plusieurs heures, la réunion se termine enfin. Jasper, visiblement impatient, nous suit jusqu'à nos bureaux.

— Et si on allait boire un verre ?

— Non, je ne crois pas ! répond Arthur, catégorique.

— Allez, c'est mon anniversaire !

Et se tournant vers moi il rajoute :

— Vous ne pouvez pas laisser un pauvre gars boire seul le soir de son anniversaire !

Je le regarde lui, puis Arthur puis encore lui, je ne sais pas quoi répondre. Arthur me jauge, il voit bien que je suis tentée de dire oui.

— Bon ok, un verre alors ! dit-il en me toisant.

Troublée par son regard, j'en ai des frissons sur les bras. Je lui souris un bref instant puis me tourne vers Jasper.

— D'accord.

— Super, bon, on se retrouve en bas dans trois-quarts d'heure, et je vous emmène dans un endroit que vous allez adorer.

Il part comme une flèche. Arthur, lui, secoue la tête, désabusé avant de retourner dans son bureau.

34

Je passe les quarante-cinq minutes suivantes plongée dans la lecture d'un dossier que je dois résumer. Quand l'heure d'y aller arrive, je me rends devant le bureau d'Arthur et frappe doucement à la porte.

— Vous êtes prêt ?

— Oui, j'arrive, répond-il en se levant et en attrapant sa veste accrochée au portemanteau.

En bas, à l'accueil de l'immeuble, Jasper nous attend déjà. Il nous dit de le suivre, et alors que nous avançons, la main d'Arthur se pose dans le bas de mon dos pour accompagner mon mouvement. Un frisson me parcourt instantanément, et je sens la chaleur me gagner.

Arrête de te faire des films, ma belle, me dis-je, tentant de garder contenance.

Je jette regard furtif à Jasper. Son sourire en coin me fait comprendre qu'il n'a rien manqué de ce geste. Je ne sais pas vraiment comment l'interpréter.

Le bar dans lequel nous arrivons est étonnamment *british* pour une adresse parisienne. Du comptoir aux tables, en passant par le parquet et les poutres apparentes, tout est en bois, créant une ambiance de pub londonien. Rien à voir avec les spots modernes qu'on trouve généralement ici. Nous repérons une table ronde libre et Jasper hèle le serveur.

— Un verre de Tariquet pour mademoiselle, une bière pression pour moi… Et pour toi Jasper ? demande Arthur avec un naturel déconcertant.

Je tourne brusquement la tête vers lui et le dévisage, surprise. Il se souvient de ce que j'avais commandé la dernière fois que nous avions pris un verre ensemble. L'attention me touche, mais je ne peux m'empêcher d'avoir l'impression qu'il marque son territoire. Je suis à la fois flattée et légèrement agacée. J'en ai un peu marre que les hommes me prennent pour un objet.

— Une pression pour moi aussi, répond finalement Jasper, l'air détendu.

Jasper se révèle être d'une agréable compagnie, beaucoup plus jovial et sympathique que je ne l'avais imaginé. Je me demande pourquoi Arthur se montre si glacial envers lui. Plus il me fait rire, et plus le visage d'Arthur s'assombrit. L'ambiance devient étrange, mais je choisis de l'ignorer.

Au bout d'un moment, je m'excuse pour aller aux toilettes. Après une rapide retouche maquillage, je retourne vers notre table… que je trouve vide. Mon cœur se serre. Je balaye la salle du regard et finis par les repérer dans un coin. Arthur tient Jasper par le col, le regard noir et menaçant.

Je m'apprête à intervenir quand un homme visiblement trop éméché trébuche et les percute. En une fraction de seconde, tout dégénère : une bagarre éclate. Le chaos est total, et au milieu de cette pagaille, quelque chose me frappe. Arthur et Jasper, au lieu de se battre l'un contre l'autre, se protègent mutuellement. Jasper repousse un type prêt à frapper Arthur, et ce dernier encaisse un coup destiné à Jasper.

Voyant un homme lever une chaise pour l'abattre sur le dos d'Arthur, je réagis instinctivement. Je porte mes deux doigts à ma bouche et siffle si fort que tout le bar se fige instantanément.

— Vous, lâchez cette chaise, ordonné-je d'un ton glacial.

L'homme s'exécute, tout penaud.

— Et vous deux, venez avec moi ! dis-je en désignant Arthur et Jasper.

Sans leur laisser le temps de protester, je récupère mes affaires et sors du bar, le dos raide et les nerfs à vifs. J'entends les deux hommes sur mes pas, mais ne me retourne pas. J'avance au hasard des rues jusqu'à repérer un café éclairé et accueillant. J'y entre sans un mot, suivie de près par les deux hommes.

— Vous, là-bas ! leur dis-je en désignant une table avec deux banquettes. Asseyez-vous et attendez-moi !

Ils obtempèrent en plaisantant, ce qui ne fait qu'attiser mon agacement.

Au comptoir, je demande à la serveuse une trousse à pharmacie. Elle promet de me l'apporter dans deux minutes. Quand je rejoins les deux hommes, je les trouve en pleine complicité, échangeant des anecdotes sur les coups qu'ils ont pris ou évités.

— Vous vous trouvez malins, peut-être ? lancé-je en m'asseyant, les bras croisés.

Leur sourire s'efface aussitôt. La serveuse arrive avec la trousse de pharmacie et prend commande.

— Deux bières, demandent-ils presque à l'unisson.

— Non, trois cafés s'il vous plaît, corrigé-je avec un sourire implacable.

La serveuse, amusée, s'éclipse en laissant derrière elle deux hommes visiblement contrits. J'ouvre la trousse et m'approche d'Arthur, près duquel je suis assise.

— Qu'est-ce que vous comptez faire avec ça ? demande-t-il, reculant légèrement.

— Vous soigner, gros bêta !

Jasper éclate de rire, ce qui lui vaut une tape amicale d'Arthur. Je m'applique à désinfecter l'arcade d'Arthur, qui saigne légèrement, puis passe à sa lèvre fendue. Je sens son sourire naître sous mes doigts.

— Ne souriez pas !

— Vous savez que vous êtes charmante quand vous êtes en colère ! réplique-t-il, amusé.

Je recule aussitôt, le fusillant du regard, mais l'éclat de ses yeux me désarme. Pour masquer mon trouble, je lui donne une légère tape sur l'épaule, à laquelle il répond un « ouch ».

— Si vous continuez comme ça, vous allez me trouver charmante très souvent, le préviens-je.

J'ai du mal à retenir le sourire qui me mordille les lèvres.

— Bon, à nous maintenant !

Je change ensuite de banquette pour soigner Jasper, dont les blessures sont moins impressionnantes. Une fois les soins terminés, je les observe tous les deux, secouant la tête.

— Vous avez l'air malin !

Ce commentaire déclenche un fou rire général, auquel je ne tarde pas à me joindre.

Un peu plus tard, nous laissons Jasper et Arthur me raccompagne jusqu'à mon appartement. Il vérifie ma boîte aux lettres, mais, à mon grand soulagement, elle est vide.

Devant ma porte, je triture mes clés, ne sachant trop quoi dire pour prolonger cet instant. Il coupe le fil de mes pensées en dégageant mes cheveux de mon épaule.

— J'ai passé une agréable soirée, dit-il dans un sourire vite assombri par la douleur.

— Vous plaisantez ? Vous bagarrer dans un bar, c'est ce que vous appelez une agréable soirée ? le taquiné-je.

Son rire rauque résonne, me faisant frissonner.

— Non, mais me faire soigner par une adorable jeune femme, oui ! répond-il avant de déposer un baiser sur ma main.

La tension monte entre nous. Son regard s'attarde sur le mien, glisse sur mes lèvres. Je retiens mon souffle, espérant, attendant… qu'il m'embrasse.

Mais soudain, quelque chose change. Il ferme les yeux, secoue doucement la tête et recule d'un pas.

— Bonne nuit, Alice.

Je me réveille de ma torpeur, la bulle dans laquelle je m'étais glissée explose en une fraction de seconde.

— Bonne nuit, dis-je dans un souffle.

Je referme la porte derrière mois, le cœur battant, troublée comme jamais.

35

J'ai nettement mieux dormi que la nuit précédente. Peut-être que des jolis yeux sombres et envoûtants ont réussi à me détourner de mes pensées. Je me réveille moins tendue, même si le stress commence doucement à refaire surface. En ouvrant les rideaux, je découvre un ciel gris et une pluie fine qui tapisse les vitres.

Je choisis un pantalon slim noir et un pull de mi-saison avant de filer sous la douche. Une fois mes cheveux séchés et après m'être légèrement maquillée, je sors deux tasses et me fais couler un café en attendant l'arrivée d'Arthur.

Lorsque la sonnette retentit, je jette un œil par le judas. Surprise, ce n'est pas Arthur, mais Jasper qui se tient devant la porte. J'ouvre, curieuse.

— Jasper ? Qu'est-ce que vous faites là ? lui demandé-je en m'écartant pour le laisser entrer.

Il passe devant moi avec aisance et me dépose une bise sur la joue, comme si nous nous connaissions depuis toujours.

— Monseigneur Arthur m'a demandé de t'escorter ce matin… Une histoire de harceleur ou un truc comme ça.

Je note le tutoiement, mais ne sais comment lui répondre.

— Je… vous…

— « Tu » s'il te plaît, m'interrompt-il avec un sourire.

— Tu veux un café ? proposé-je, un peu décontenancée.

— Avec plaisir, dit-il en s'installant sur le canapé.

Je prépare son café, puis viens m'asseoir à ses côté.

— C'est quoi cette histoire de harceleur ? Arthur n'a pas voulu m'en dire plus.

Je me tends, mais en croisant le regard de Jasper, je perçois sa bienveillance. Il ne chercher pas à me juger.

— C'est un ancien employé… Il a tenté de me violer il y a trois ans, et il m'a agressée le soir du gala, finis-je par avouer à voix basse.

— Ah… Je ne savais pas… Est-ce que tu vas bien ? demande-t-il sincèrement inquiet.

— Oui, ça va… dis-je dans un souffle. Mais il continue à me laisser des lettres de menace dans la boîte aux lettres, et même au siège, alors c'est couci-couça, dis-je avec un semblant de sourire.

Il pose sa main sur mon épaule en guise de réconfort. Ce geste est à mille lieues du séducteur qu'il semblait être à notre première rencontre. Il est amical et empli de bienveillance. Je le remercie d'un signe de tête, puis remarque nos tasses désormais vides. Je me lève et attrape mon manteau.

— Allez, on y va.

Jasper me suit et nous descendons les escaliers. Devant la boîte aux lettres, je m'arrête un instant, hésitante.

— Tu veux que je regarde à ta place ? propose-t-il doucement.

— Si ça ne t'ennuie pas…

Il prend les clés, ouvre la boîte et en sort une nouvelle enveloppe.

— Je peux ? demande-t-il, précautionneux.

Je hoche la tête, l'angoisse montant malgré moi. Je détourne les yeux, refusant de voir le contenu de la lettre. Il l'ouvre, et sa réaction ne se fait pas attendre.

— Mais putain… Qui t'envoie des horreurs pareilles ?

— Un détraqué, je crois !

— Tu ne veux pas savoir ce qu'elle contient, j'imagine !

— Non, sans façon. Je ne préfère pas.

— Allez, viens, on y va. Sinon y'en a un qui va tirer la tronche, s'il ne te voit pas.

En sortant, la pluie s'est calmée, mais l'air est toujours frais. Sa dernière remarque me fait sourire.

— Pourquoi…

Je me ravise, ce ne sont pas mes affaires.

— Allez, jolie Alice, crache le morceau ! taquine-t-il.

— Bon, ok ! C'est juste... Pourquoi es-tu si sympathique avec Arthur quand lui est...

— Grincheux, acerbe, ronchon ?? propose Jasper en riant.

— J'aurais plutôt dit « distant » mais je crois que ça lui colle bien aussi...dis-je le sourire retrouvé.

— Je ne peux pas te répondre maintenant... mais tu finiras par comprendre, dit-il, mystérieux.

— Vous êtes bien compliqués tous les deux ! ajouté-je avec un petit rire.

Il s'esclaffe lui aussi.

— Tu ne crois pas si bien dire.

Nous arrivons à mon bureau dans une ambiance plus légère. Avant de partir, Jasper fait une dernière pitrerie, me tirant un éclat de rire. C'est à ce moment qu'Arthur fait son entrée.

— Jasper, tu n'aurais pas un autre service à aller ennuyer !

— Bonjour, Arthur ! Toujours aussi charmant, à ce que je vois... Mais mission accomplie, comme promis !

— Oui, j'ai vu ! dit-il en me jetant un regard alors que je m'installe à mon bureau.

— Ah, et tiens, je pense que tu sauras quoi en faire, dit Jasper en lui tendant la lettre.

Arthur l'ouvre et voyant qu'elle a déjà été décachetée, se tourne vers moi.

— Vous ne l'avez pas lue ?

Je secoue la tête, ce qui semble le rassurer.

— Bon, au travail… Même toi, Jasper.

— À vos ordres, chef ! plaisante Jasper avant de quitter la pièce.

Arthur, lui, s'enferme dans son bureau, sans un mot. Son comportement changeant commence sérieusement à m'épuiser. Tantôt charmant, tantôt froid et distant…

Je tente de me concentrer, mais le cœur n'y est pas. Au bout d'une demi-heure, je décide qu'un café me ferait le plus grand bien. Je me dirige vers le bureau d'Arthur pour lui en proposer un.

En entrant, je le trouve au téléphone, visiblement agacé. Je m'apprête à repartir quant il raccroche brusquement.

— Ça va ? demandé-je, hésitante, alors qu'il se retourne avec rage.

— Oui… Allez travailler ! rétorque-t-il sèchement.

— D'accord…

Je me redresse, prête à obéir… mais la colère monte.

— Non, en fait, pas d'accord ! dis-je en m'avançant vers lui.

Surpris, il me fixe alors que je m'approche.

— Vous ne pouvez pas souffler le chaud et le froid, comme bon vous semble avec moi ! dis-je avec colère.

Il me regarde intensément… et sans prévenir, m'embrasse avec une passion dévorante. Ce baiser est si intense que je m'agrippe à sa chemise pour ne pas vaciller.

Mais soudain, il se recule brutalement.

— Non… Je ne peux pas faire ça. Je ne peux pas être comme lui ! crache-t-il la rage retrouvée.

— Hein, quoi ?! dis-je perdue.

Il se détourne, et frappe la table, me faisant sursauter.

— Allez-vous-en, Alice !

— Quoi, mais…

— Pars, Alice, va-t'en !

Je sors en trombe du bureau, récupère mes affaires et cours vers les ascenseurs. Dans la cabine, les larmes coulent malgré moi. J'essaie de me ressaisir avant d'arriver au rez-de-chaussée, essuyant mon visage. Je n'ai pas besoin que tout le monde me voit dans cet état.

En passant devant le bureau de Nicole, j'ignore ses appels et sors précipitamment dans la rue. La pluie redouble, le vent fouette mon visage. Je m'abrite dans une ruelle et sors mon téléphone. J'ai besoin de parler à quelqu'un.

Je compose le numéro de Sonia, mais je tombe sur son répondeur.

— Allô, Sonia, c'est moi… Il faut que je te parle, rap… nonnnn !

Je n'ai pas le temps de finir. Des bras m'encerclent brusquement, un chiffon se plaque sur mon visage.

Je réalise trop tard ce qui se passe. Mes jambes flanchent sous mon poids et l'obscurité m'emporte.

36

Je me réveille dans une pièce sans fenêtre, plongée dans une lumière blafarde émise par une vieille lampe. Les murs, décrépis et humides, dégagent une impression d'abandon. J'essaie de bouger, mais mes membres sont ligotés, attachés aux barreaux du lit sur lequel je suis allongée. Je tente de desserrer les nœuds à mes poignets, mais ils sont trop serrés, douloureusement ancrés dans ma peau.

Je ferme les yeux, essayant de maîtriser ma respiration et de me calmer, tout en guettant le moindre bruit, mais rien. Pas le moindre son, pas même celui, lointain, de la circulation. Où suis-je ? La pièce est vide, sans un indice me permettant de deviner l'endroit, peut-être une cave ou la buanderie d'une maison. J'observe mes vêtements avec appréhension. Ce sont toujours les mêmes que ce matin. Je pousse un soupir de soulagement… mais pour combien de temps encore ?

Soudain, un bruit de serrure brise le silence. Je me tends et me recroqueville instinctivement, contre le mur dans mon dos. La porte s'ouvre, laissant passer un halo de lumière qui m'éblouit. Quand mes yeux s'habituent, je le reconnais : Alban. Son regard carnassier me scrute avec une satisfaction malsaine.

— Ah, la belle au bois dormant est enfin réveillée ! lance-t-il avec un sourire tordu.

Je me tais. J'ai vu ce qu'il a écrit sur cette lettre. Je ne sais pas jusqu'où il est capable d'aller, mais une chose est sûr : il me terrifie.

— Tu fais moins la maligne, maintenant !

Il s'approche, brandissant un couteau de boucher dans sa main.

— J'ai très envie de t'entendre me supplier !

Mes yeux oscillent entre la lame brillante et la folie dans son regard. Je reste silencieuse, trop effrayée pour parler, consciente que chaque mot pourrait aggraver la situation, je vois bien qu'il n'est pas net.

— Alors, qu'est-ce que t'en dis de tout ça ?

Je secoue la tête, je ne veux pas répondre. Je ferme les yeux, je sens les larmes monter. Je suis terrorisée. Mais ma retenue ne fait qu'attiser sa colère. D'un geste brutal, il me frappe, propulsant mon visage contre le sommier. Les étoiles dansent devant mes yeux, et un goût métallique envahit ma bouche.

— Mais tu vas me répondre, salope ! hurle-t-il.

Je m'essuie le coin des lèvres, sentant le sang couler, et malgré la peur, je le fixe avec rage.

— Mais qu'est-ce que tu veux que je te dise ! craché-je finalement.

— Ah, ben voilà ! Elle se réveille ! Tu étais bien plus farouche quand le grand Arthur était dans les parages ! Mais là, il n'y a personne pour te sauver. Avant qu'ils ne te retrouvent, j'en aurai fini avec toi... mais je vais prendre mon temps. Je l'ai bien mérité.

Le froid de la lame effleure mon bas-ventre, et je ferme les yeux, tremblante, retenant mes larmes. Il commence à découper mon pull avec une lenteur sadique. Mais une sonnerie de téléphone interrompt son geste, la sonnerie de mon téléphone.

— Ah, tiens, Arthur Weber s'inquiète... Cinquième appel. Ça frôle le harcèlement, ça, non ?

Il éclate d'un rire mauvais avant de jeter mon téléphone au sol et de l'écraser d'un coup de talon.

— Voilà, on est tranquille ! Bon, et bien moi, j'ai d'autres chats à fouetter ! Ne t'inquiète pas, je reviens très vite poursuivre notre petite conversation. Ne bouge pas !

Je l'observe quitter la pièce avec nonchalance. Cet homme est fou ! Comment j'ai pu me mettre dans une telle situation. Je sens le désespoir m'envahir. Mais je refuse de baisser les bras, ils vont me retrouver. J'observe le téléphone explosé au sol. Il va me retrouver, j'en suis sûre.

J'inspecte la pièce, cherchant désespérément quelque chose pour m'aider, il doit y avoir un moyen de sortir d'ici. D'abord mes liens. Ils sont serrés, mais si j'arrive à trouver le moyen de les détacher des barreaux du lit, ça serait déjà ça. J'observe plus attentivement et vois que les barreaux sont retenus par des vis. Il me faudrait quelque chose pour les défaire. Je guette autour de moi, rien de rien. Désabusée, je m'allonge sur le lit, les yeux grands ouverts. Je me relève aussitôt. En me couchant, j'ai senti une de mes barrettes.

Je la retire, la plie et essaie de dévisser les barreaux. La tâche est ardue, elles sont rouillés et me donnent du fil à retordre. Mais au bout d'une heure d'acharnement une première vis cède. Pour réussir à les soulever, il faut que j'en défasse encore trois autres.

Je pense qu'il doit faire nuit dehors maintenant. La fraîcheur dans la pièce s'est installée et je grelotte. J'ai ramené sur moi le drap qui était sous mes jambes, mais le froid me transit.

Il doit s'agir d'une maison abandonnée. Quand il a ouvert la porte tout à l'heure, j'ai vu que je devais être dans une buanderie. La maison semblait laissée à l'abandon. Les rideaux de la fenêtre que j'ai entraperçue étaient jaunis et déchirés.

Je guette le moindre bruit, j'ai trop peur qu'il revienne. J'ai déjà réussi à enlever deux vis et j'ai bien avancé sur la troisième quand j'entends des pas. Je cache rapidement la barrette et les deux vis et me recroqueville contre le mur.

La porte s'ouvre et Alban entre avec le même air cruel. Il s'approche de moi, toujours son couteau à la main.

— Tiens, de quoi boire, me crache-t-il en me balançant une bouteille au visage.

J'encaisse le coup, ma tempe me fait un mal de chien. Voyant que je ne réagis pas il m'assène une gifle, rouvrant la blessure sur ma lèvre.

— Dis merci !

— Merci, soufflé-je d'une voix brisée.

— Ah, ben voilà quand tu veux.

Satisfait, il s'assoit près de moi, et je me colle davantage contre le mur.

— Tu sais, ça fait un moment que je me demande comment je vais te faire payer… Mais tu en as une idée. Je te l'ai écrit sur mes petits mots doux, dit-il en passant son couteau sur ma joue.

Je m'écarte, et prie pour qu'il s'arrête.

— Tu te souviens de ce que je t'ai écrit…

Je secoue la tête. Je ne veux pas me souvenir de ses mots de menace. Une nouvelle gifle s'abat sur moi.

— Comment ça, non ?

— Je… Je n'en ai lue qu'une. Les autres…c'est Arthur qui les a lues.

Il s'arrête et m'observe de son regard fou. Il éclate de rire, un rire glacial qui me glace le sang.

— Ah oui ? Laquelle, alors ?

La lame se pose contre ma gorge, et je tremble.

— Celle… Celle où tu disais que tu allais me planter… et me regarder me vider de mon sang… dis-je dans un pleur.

— Ah oui ! Je l'aimais bien, celle-là !

La lame descend lentement sur ma poitrine, puis sur mon bas-ventre, avant qu'il ne déchire mon tee-shirt d'un coup sec. Je suis presque nue, vulnérable.

— Oh, oui ! Je l'aimais bien, ajoute-t-il en appuyant la lame sur ma hanche.

La douleur fulgurante d'une coupure me fait tressaillir, et le sang chaud coule le long de mon flanc. Il réitère le geste de l'autre côté, me balafrant jusqu'au ventre, et je me mords la lèvre pour ne pas hurler.

— Ne t'inquiète pas, ce n'ai que le début… je n'en ai pas fini avec toi, je vais faire durer le plaisir… mon plaisir, dit-il en se levant.

Avant de sortir, il se penche pour lécher le sang qui perle de ma blessure, me laissant terrifiée et écœurée.

— Mmm, un régal !

Dès que la porte se referme, je me recroqueville et laisse libre cours à mes sanglots. Mais rapidement, je me ressaisis. Je dois me battre.

J'observe les balafres sur mes flancs, je suis soulagée de ne plus voir le sang couler.

Je reprends la barrette et finis par enlever la troisième vis. Plus qu'une, et je pourrai retirer la corde des barreaux du lit. Je m'y attelle avec la rage du désespoir. Au bout d'une vingtaine de minutes, je réussis retirer la dernière, et malgré la douleur de me doigts, j'ai les larmes qui brouillent ma vue. Il faut que j'y arrive. D'un coup sec, je soulève avec force les barreaux du lit et enfin le cadre lâche. Je défais la corde. Le nœud de mes poignets et toujours trop serré, mais je peux enfin délier les cordes à mes chevilles. Le nœud y est plus lâche et avec beaucoup de patience, j'arrive à défaire les liens de mes jambes. Je retrouve la liberté de mes mouvements.

Les pieds ballants sur le lit, je regarde autour de moi. Il faut que je trouve une solution pour me sortir de là. Mon regard se pose sur le téléphone brisé. Je tente de l'allumer, sans succès, et le replace soigneusement pour ne pas éveiller les soupçons d'Alban.

Je me rassois sur le lit et observe les barreaux, ils coulissent dans leur encoche. Si je peux en sortir un de son cran, je pourrai m'en servir d'une arme. Je les teste tous, l'un d'eux glisse facilement. Après quelques efforts, je le retire, m'armant de cette tige de métal comme d'une arme de fortune.

Je me rallonge sous le drap, la barre serrée contre moi, et j'attends, prête à me défendre.

37

Je me suis sans doute assoupie, car c'est le bruit de la serrure qui me tire brusquement de mon sommeil. Je reste immobile, retenant mon souffle, ne voulant surtout pas qu'il sache que je suis réveillée. J'attends qu'il s'approche, qu'il s'assoie sur le lit. Mes doigts se crispent autour de la ma barre de fer que je tiens à deux mains. Lorsque je le sens soulever doucement le drap qui recouvre mon corps, je n'hésite plus : dans un élan de panique et de rage, je lui assène un coup violent en plein visage. Il se redresse en hurlant, les mains plaquées sur sa tête, vacillant sous la douleur.

Profitant de l'effet de surprise, je me lève et lui porte un second coup, cette fois dans les parties génitales. Il s'effondre à demi, et je ne perds pas une seconde. Je me précipite vers la porte qu'il a laissée entrouverte.

Je sors en trombe et me retrouve dehors, le souffle court, au beau milieu d'une forêt dense et silencieuse. Pas une âme à l'horizon. Mon cœur s'emballe, la panique me gagne. Derrière moi, j'entends des pas précipités : Alban, se remet déjà de mes attaques et se lance à ma poursuite, boitillant mais déterminé. Pieds nus, je cours aussi vite que mes forces me le permettent, chaque pierre et chaque branche blessant la plante de mes pieds. Son souffle se rapproche.

Je me risque à jeter un regard en arrière et c'est ma perte. Je ne vois pas la racine d'arbre qui me fait trébucher. Je m'effondre brutalement, le corps râpant contre la terre. Je tente de me relever, mais c'est trop tard, il est sur moi. Il m'agrippe par les cheveux, me tirant en arrière avec brutalité.

— Tu pensais aller où comme ça ! gronde-t-il, son souffle court et furieux.

Je me débats, mais il me plaque le couteau glacé sous la gorge. Mon sang se fige. Il me regarde d'un air menaçant, pourtant un bruit attire soudain son attention – et la mienne. Des moteurs approchent. Une voiture… non, plusieurs. Je reconnais le crissement des pneus sur le chemin forestier.

Il me retourne dos à lui, me maintenant avec sa lame, essayant de me traîner jusqu'à la maison.

Une voiture de police s'arrête dans un nuage de poussière. La portière claque, et l'agent Dumont en sort, arme au poing, la voix ferme et assurée :

— Lâchez ce couteau, Monsieur Lassalle !

— Vous ne l'aurez pas vivante ! hurle Alban, me serrant davantage contre lui.

C'est l'instinct de survie qui me guide : je saisis le bras qui tient le couteau et rassemblant le peu de forces qui me restent, je lui donne un coup de coude violent dans les côtes. Il vacille. Juste assez pour offrir à l'agent Dumont l'ouverture dont elle a besoin. Le coup de feu retentit, et la balle atteint Alban en pleine épaule.

Je suis projetée en avant par le choc, soudain libérée de sa poigne. Mes jambes ne me portent plus, je rampe en arrière, m'éloignant de lui autant que je peux. Mon cœur tambourine dans ma poitrine.

— Alice !

Je lève les yeux, et c'est Arthur que je vois. Son visage est tendu, inquiet. Il se précipite vers moi et me couvre les épaules d'une veste. J'ai un mouvement de recul, terrifiée.

— Tout va bien, Alice, murmure-t-il, on est là !

Je me laisse enfin aller dans ses bras, secouée de sanglots.

— Appelez une ambulance, elle est blessée ! crie-t-il à l'agent Dumont.

— C'est déjà fait, Monsieur Weber, lui répond-elle en passant les menottes à Alban, qu'elle fait monter dans la voiture de police.

Les secours arrivent rapidement. Alban est conduit sous surveillance dans une ambulance, tandis que je monte dans une autre. Le médecin s'occupe de mes blessures : il m'assure que les balafres sont superficielles, soigne ma blessure sur ma lèvre et me couvre d'une couverture de survie. Je m'allonge sur le brancard, épuisée. Les larmes, en silence, coulent sur mes joues sans que je ne puisse les retenir.

J'entends quelqu'un monter dans l'ambulance. Une main se pose doucement sur la mienne.

— C'est fini, Alice… Il ne te fera plus de mal.

Je ne veux pas regarder Arthur, je ne peux pas. Je retire ma main et me tourne, dos à lui, enfermée dans mon silence.

Arrivée à l'hôpital, je subis une série d'examens. Une infirmière me donne une blouse propre pour remplacer mes vêtements déchirés. Deux heures plus tard, on m'autorise enfin à rentrer. Je vois alors Arthur et Jasper entrer dans la chambre.

Je les observe tous les deux, mais ne peux soutenir le regard d'Arthur.

— On t'a ramené des vêtements, me dit Arthur en me tendant un sac.

Je m'en saisis et me réfugie dans la salle de bain. À l'intérieur, je trouve de jolis sous-vêtements blancs, un pantalon souple, un tee-shirt et un pull léger, ainsi que des sneakers. Le tout est neuf et parfaitement à ma taille. Je les enfile et sors, m'asseyant au bord du lit.

— Jasper, tu pourrais me ramener à l'appartement ?

Je sens le malaise dans la pièce. Jasper échange un regard incertain avec Arthur, mais je le supplie du regard.

— S'il te plait…

Arthur se tend, je le sens. Je sais que ma demande le blesse, mais je ne peux pas… je ne suis pas prête à lui parler. Pas là… pas maintenant.

— Euh… oui, bien sûr ! finit par répondre Jasper en s'approchant pour m'aider à me lever.

— Prends ma voiture, dit Arthur en tendant ses clés à Jasper.

Ce dernier les attrape et m'accompagne vers la sortie. Le trajet se fait en silence. Jasper tente de briser la glace.

— Ça va, Alice ?

— Mmm…

Je n'ai pas le cœur à lui répondre. Le regard perdu à travers la vitre, je me contente d'observer le paysage, le cœur lourd et l'esprit ailleurs.

38

Quand nous arrivons à mon appartement, je demande à Jasper de m'attendre pendant que je prends une douche. Dans la salle de bain, je me déshabille et me fige devant le miroir. Le reflet que je découvre me glace. Les bandages sur mes flancs, les hématomes sombres marquant ma mâchoire et ma tempe, mes yeux gonflés à force d'avoir pleuré... Je ne me reconnais plus.

Je m'accroche au lavabo, submergée par l'émotion, et des sanglots silencieux secouent mon corps. Je serre mes bras autour de ma poitrine, comme pour me protéger, et entre dans la douche. L'eau chaude ruisselle sur ma peau, mais j'ai l'impression qu'elle ne suffira jamais à effacer ces dernières vingt-quatre heures. Je me frotte vigoureusement, cherchant à me débarrasser de chaque trace, de chaque souvenir. Je ne sais combien de temps je reste sous la douche, mais quand je coupe enfin l'eau, mes doigts sont tout fripés.

Je retourne dans le salon et vais m'asseoir près de Jasper qui m'observe avec inquiétude.

— Comment tu te sens, Alice ? demande-t-il doucement.

— Mieux, dis-je dans un souffle, tentant un sourire.

— Tu veux que je te commande quelque chose à manger ?

Je cherche autour de moi, réalisant que je n'ai plus mon téléphone.

— Euh, oui…je veux bien… mais commande pour deux… si ça ne t'ennuie pas, murmuré-je.

— Bien sûr, ne t'en fais pas, tu ne vas pas de débarrasser de moi comme ça ! plaisante-t-il, essayant d'alléger l'atmosphère.

Je me bascule sur le canapé, la tête appuyée sur le dossier. Jasper passe commande et fait de même.

— Dis, Jasper… tu es mon ami ? Parce que là… j'ai vraiment besoin d'un ami…

Je tourne ma tête vers lui, la boule au ventre, attendant sa réponse.

— Bien sûr que je suis ton ami, ma jolie Alice, me répond-il en me caressant la joue avec tendresse.

— Merci… murmuré-je, émue, en posant ma tête sur son épaule.

Il appuie doucement sa tête sur la mienne, et nous restons ainsi, silencieux, jusqu'à ce que le livreur arrive. Jasper se lève, récupère la commande et prépare la table basse avec assiettes et couverts.

— Bucatini alla gricia, signorina, annonce-t-il avec un sourire.

— Ça a l'air délicieux...

Mon estomac gronde : je réalise que je n'ai rien mangé depuis près de vingt-quatre heures. L'odeur me fait saliver, et dès la première bouchée, je suis conquise.

— Mmmh... c'est incroyable !

— Je savais que ça te plairait ! dit-il, ravi, en attaquant son assiette.

Affamée, je vide rapidement la mienne, et je jette un regard furtif à celle de Jasper, encore à moitié pleine.

— Je suis désolée... je crois que j'avais vraiment faim...

— Ne t'excuse pas, c'est bon de te voir retrouver des forces. Tu en veux encore ? me propose-t-il en désignant son assiette.

— Non, ça va, merci, ris-je doucement, rassasiée.

— Mais attends, j'ai prévu un dessert ! annonce-t-il en sortant deux boites du sachet. Je finis mon assiette et je te prépare ça !

Il l'engloutit en un rien de temps et se lève pour aller préparer le dessert dans la cuisine. Je le regarde s'affairer. Pourquoi ne suis-je pas tombée amoureuse de lui, ça aurait été si simple. Je n'ai pas le temps de m'appesantir sur cette pensée que Jasper revient avec deux petites assiettes contenant des dômes en chocolat.

— Rien de mieux qu'un fondant au chocolat pour retrouver le moral.

— Merci, dis-je en prenant la petite assiette.

Dès la première cuillerée, le chocolat fondant s'échappe du cœur du dessert. Je ferme les yeux, savourant cette douceur qui me réconforte un instant.

— Tu sais… il était fou d'inquiétude…

Je me fige, je n'ai pas envie de parler de lui, je ne veux pas penser à Arthur ni à tout ce qu'il s'est passé ces vingt-quatre dernières heures. Pas maintenant

— Je sais… mais là, j'ai juste besoin de me recentrer sur moi.

— Pas de problème…

Je réfléchis un instant, puis reprends, plus déterminée :

— Si, je crois qu'il y a un problème… Mais c'est le sien, et ce n'est pas à moi de le résoudre.

— Oui, je comprends…

Après le repas, nous rangeons les assiettes dans l'évier, je n'ai pas la force de faire la vaisselle. Je jette un coup d'œil vers la chambre, mais l'idée de m'y retrouver seule, me terrifie.

— Jasper…. Tu pourrais rester cette nuit ? Juste en tant qu'ami…je… je n'ai pas envie d'être seule.

Ma voix tremble.

— Hey… t'inquiète pas, ma belle ! Je ne vais nulle part, me rassure-t-il en me prenant dans ses bras.

Je me laisse réchauffer par sa présence apaisante.

— Merci…

Dans la chambre, je me glisse sous les couvertures en leggings et tee-shirt. Jasper s'installe près de moi, et passe un bras autour de mes épaules. Je pose ma tête sur sa poitrine, trouvant un peu de sécurité dans cette proximité. Exténuée, je sombre rapidement dans le sommeil.

En pleine nuit, un cri m'échappe, me réveillant en sursaut, les joues inondées de larmes. Jasper allume aussitôt la lampe de chevet et tente de me calmer.

— Ça va, Alice… tu ne crains rien… il ne peut plus te faire du mal.

Je me blottis contre lui, sanglotant dans son tee-shirt. Il me caresse les cheveux, murmurant des paroles apaisantes jusqu'à ce que ma respiration se calme. Peu à peu, je me rendors, bercée par sa présence rassurante. Toute la nuit, chaque fois que mes cauchemars reviennent, il est là pour me ramener à la réalité, veillant sur moi sans jamais faillir.

39

Lorsque je me réveille le lendemain matin, le lit est vide à côté de moi. Je me lève, traverse l'appartement en silence et me dirige vers la cuisine, mais elle est toute aussi déserte. Je me fais couler un café, savourant la chaleur de la tasse entre mes mains, je vais en avoir besoin après la nuit agitée que j'ai passée.

Je m'installe sur le canapé, et c'est à ce moment-là que Jasper entre dans l'appartement, un sachet à la main et un sourire aux lèvres.

— Coucou, la belle au bois dormant !

Mon corps se tend malgré moi. Il ne sait pas que c'est exactement cette phrase qu'Alban m'a dite dans la maison abandonnée, et l'entendre me fait l'effet d'un frisson glacé.

— Coucou… dis-je, en essayant de garder une voix légère.

— Je t'ai apporté de quoi faire un bon petit-déj, annonce-t-il en posant le sac sur la table devant moi avant d'aller se préparer un café.

J'ouvre le sachet et découvre deux croissants et un cookie. En sortant ce dernier, je l'interroge du regard.

— J'ai eu quelques recommandations, répond-il avec un sourire contrit.

Je fixe le cookie un instant… mais finalement le délaisse sur la table basse et attrape un croissant. Jasper vient s'asseoir à côté de moi et engloutit sa viennoiserie à une vitesse impressionnante.

— Bon, vas te préparer, et après, on va te racheter un téléphone, annonce-t-il avec entrain.

— Mais… tu ne travailles pas aujourd'hui ?

— Je sais que j'ai l'air d'être un bourreau de travail, mais tout de même les samedis, c'est sacré, plaisante-t-il.

— On est samedi… murmuré-je, complètement déboussolée.

Je le regarde, un peu perdue, avant de me lever.

— Je vais m'habiller.

Dans la salle de bain, mon reflet me renvoie l'image de mon visage encore marqué : les hématomes ont un peu dégonflés, mais sont toujours là, tout comme la coupure sur ma lèvre. Je refais les pansements sur mes hanches, puis applique du fond de teint pour masquer les traces des ces dernières vingt-quatre heures. Ce n'est pas parfait, mais ça fera l'affaire.

Quand je reviens dans le salon, Jasper est au téléphone. Il se retourne vers moi et me tend l'appareil.

— C'est Arthur, il veut te parler.

Je recule instinctivement d'un pas, secouant la tête.

— Non… non, je ne peux pas, pas maintenant.

Jasper soupire, remet le téléphone à son oreille.

— Désolé, mon pote, mais là, elle ne peut pas te répondre… Oui, oui, je lui dirai… À plus.

Il raccroche et m'observe avec bienveillance.

— Tu sais, il faudra bien que vous vous parliez à un moment ou à un autre.

Mais tout remonte à la surface : l'intensité de ce baiser, la rage de son rejet, l'agression, la peur de ne jamais revoir mes proches.

— Je ne peux pas, pas maintenant, insisté-je.

— D'accord. Allez, enfile ton manteau, on va chercher ton téléphone. Ensuite, je dois t'emmener au commissariat de police pour ta déposition…

Je me tends à nouveau. Revivre tout ça… me terrifie.

— Mais on peut remettre ça à plus tard si tu préfères…

— Non, je dois le faire.

Je prends mon manteau, mes clés et le suis dans le couloir. Jasper a toujours la voiture d'Arthur, et nous partons vers le centre commercial.

Dans la boutique de téléphonie, je regarde les modèles exposés. J'avais un IPhone 8, et j'aimerais bien rester sur la même marque, mais les prix des nouveaux modèles me refroidissent vite.

— Que dirais-tu d'un IPhone13 ? propose Jasper en montrant l'appareil que la vendeuse vient de sortir.

— Euh, Jasper… Je n'avais pas prévu de mettre autant dans un téléphone, dis-je à voix basse.

— Ne t'inquiète pas, c'est Monsieur Richards qui paie.

— Hein, quoi ? Je ne peux pas accepter ça ! Pourquoi ce serait à lui de payer ?

— Ben c'est simple, parce que tu es une employée qui s'est faite agresser par un ancien employé, et quasiment sur le lieu de travail. Disons que c'est une forme de dédommagement.

La vendeuse me tend un modèle couleur or. Je l'observe, hésitante, avant de me tourner vers Jasper avec un sourire timide.

— Bon… va pour l'IPhone13 dans ce cas !

Jasper règle la note avec la carte de la société, et me tends la carte SIM de mon portable que l'agent Dumont lui a remise. Dès que je l'insère dans le nouveau téléphone, une avalanche de notifications apparaît. Quatre appels manqués d'Arthur et un avec message. Je l'écouterai plus tard. Et d'innombrables appels et messages de Sonia.

À peine sortis de la boutique, je m'excuse auprès de Jasper pour rappeler Sonia.

— Alice ! Comment tu vas ? s'exclame-t-elle dès la première sonnerie.

Sa voix fait tout remonter à la surface. Sans prévenir, les larmes jaillissent.

— Ne pleure pas, ma belle... Tout va bien maintenant, murmure-t-elle doucement.

— Je sais... reniflé-je. Désolée... ça doit être la pression qui retombe.

Jasper me fait signe de le suivre vers un café. Il s'installe à une petite table en terrasse, je prends place à côté de lui. Il me tend un mouchoir et je le remercie d'un baiser sur la joue.

— Tu m'as fait peur ma belle, et pourquoi tu ne m'as pas parlé des lettres de menaces... demande Sonia, inquiète.

— Je sais, excuse-moi, je ne voulais pas t'inquiéter pour rien !

— Pour rien ?! Tu plaisantes ?! Quand j'ai eu ton message, j'ai su tout de suite que quelque chose clochait. J'ai essayé de t'appeler, mais tu ne répondais pas. J'ai ensuite appelé Arthur et il m'a expliqué ce qu'il s'était passé entre vous, et pour les lettres de menaces, alors quand je lui ai parlé de ton message, il s'est tout de suite inquiété... Heureusement qu'Alban avait gardé ton portable avec lui, ils ont pu te géo-localiser !

Je comprends mieux comment ils ont pu me retrouver si vite dans un endroit aussi paumé.

— Oui, heureusement...

Je soupire.

— Dis, je peux te rappeler plus tard, je voulais juste te rassurer, ok ?

— Ok, mais sans faute !

— Oui, sans faute, à plus !

— À plus, ma belle !

Je raccroche et croise le regard inquiet de Jasper.

— Ça va aller, Alice ?

— Oui, oui, ne t'inquiète pas.

Nous terminons nos cafés avant de nous rendre au commissariat. L'agent Dumont me reçoit et me rassure : Alban ne sortira pas de sitôt. Entre les accusations d'enlèvement, de séquestration, de torture, de tentative de meurtre, et maintenant de deux plaintes pour viols grâce aux deux témoignages qu'Arthur a réussi à obtenir… il est solidement retenu. Je n'en reviens pas qu'il soit parvenu à obtenir la confession de femmes sur ce qu'Alban leur avait fait.

Elle prend ma déposition avec patience, me laissant tout le temps qu'il me faut. Revivre tout ça m'épuise, et les larmes coulent souvent. Quand je quitte enfin son bureau, je me sens soulagée, mais vidée.

— Tu veux qu'on fasse un tour, qu'on fasse les magasins ? propose Jasper avec douceur.

Je lui souris faiblement. Je vois bien qu'il essaie de me remonter le moral.

— Non, c'est gentil, mais… je crois que je préfère rentrer. Je vais faire ma valise et rentrer à Perpignan.

— D'accord… comme tu veux.

De retour à l'appartement, il me laisse seule, non sans un regard inquiet. Je sors ma valise et la remplis en mode automatique. Je prends toutes mes affaires, je ne veux rien laisser, ma décision est prise.

Puis je m'installe sur le canapé, une feuille et un stylo devant moi.

Après une longue inspiration, j'écris :

Madame, Monsieur,

Par la présente, je vous informe de ma décision de mettre fin à la période probatoire à compter de ce jour. Je souhaite en conséquence retrouver mon poste précédent à Perpignan dans les mêmes conditions qu'auparavant.

Je vous prie, d'agréer, Madame, Monsieur, mes salutations distinguées.

Alice Leroux

Une larme coule sur ma joue. Je l'essuie d'un geste fébrile et me prends la tête entre les mains. Après tout ça… je ne peux pas travailler avec lui.

Je glisse la lettre dans une enveloppe, attrape mes valises et monte dans un taxi.

Devant le siège. Je demande au chauffeur de patienter deux minutes le temps de mettre le courrier dans la boîte aux lettres et retourne dans la voiture qui m'emmène à la gare.

Dans le train, après un long moment d'hésitation, j'écoute enfin le message vocal d'Arthur.

« *Alice… réponds-moi… Dis-moi juste que tout va bien…* »

Sa voix est brisée par l'inquiétude, et les larmes me montent de nouveau aux yeux.

40

Cela fait deux heures que je suis chez moi. Deux heures que je suis assise sur l'un des canapés du salon de la maison de ma grand-mère… Enfin de ma maison. J'ai posé mes valises en vrac, je me suis affalée sur ce canapé, à fixer un mur tout ce qu'il y a de plus banal. Pourtant, je n'arrive pas à en détacher les yeux. Ce mur sépare le salon de la cuisine, et je me souviens combien ma grand-mère rêvait de le faire tomber. Elle voulait une grande pièce à vivre, une cuisine ouverte, plus moderne. Elle me l'a répété tellement de fois…

Comme en pilotage automatique, je me lève. Je sors de la maison et vais dans l'abri de jardin de mon grand-père. Je trouve rapidement sa masse et retourne au salon. J'enlève les deux vieux tableaux accrochés au mur, passe dans la cuisine dégager quelques objets, puis me retrouve face à ce mur dont personne ne veut. Sans trop réfléchir, je soulève la masse et frappe de toutes mes forces. D'abord, seules quelques marques apparaissent, mais peu à peu, le mur commence à se fissurer. Je continue à frapper, encore et encore, jusqu'à en pleurer. Quand un trou suffisamment grand s'est formé, je m'effondre par terre et laisse éclater toute la douleur que je retenais.

Je reste assise là, je ne sais combien de temps. Quand mes larmes finissent par sécher, je regarde autour de moi et, voyant le chaos que j'ai créé, je suis prise d'un fou rire. Mon humeur fait les montagnes russes, et je sens que ce n'est pas prêt de s'arrêter. Je crois que toute cette histoire m'a un peu traumatisée. J'ai besoin de me recentrer sur moi, de retrouver un équilibre. Je me relève et me décide à enlever les gravas sur le sol. Pour l'instant, je me contente de faire le ménage, au moins dans cette maison - à défaut de pouvoir le faire dans ma vie.

En regardant l'heure, je me rends compte que je n'ai presque pas mangé de la journée, à part un sandwich de la SNCF dans le train, autant dire que je meurs de faim. Je décide de me préparer un plat réconfortant... des coquillettes au fromage.

Je m'installe dans le salon pour diner devant la télévision, emmitouflée dans un plaid, une comédie romantique en bruit de fond. Mon attention finit par dévier vers mon téléphone et je fais défiler les appels en absence. Quand je tombe sur ceux d'Arthur, je reste figée. Je les fixe longuement, les larmes me montent aux yeux. Pourquoi faut-il que je sois tombée amoureuse de lui... ? Je me recroqueville sous le plaid et finis par m'endormir, submergée par la fatigue et les émotions.

Le lendemain matin, je me réveille toute courbaturée, chaque muscle de mon corps me rappelant la veille. Je me fais couler un café, et en le sirotant, je contemple le désastre que j'ai laissé dans le salon. Il est évident que je vais avoir besoin d'aide pour réparer tout ça ! Je prends mon téléphone et cherche le contact qu'il me faut : Luc, un ex petit ami avec qui j'ai gardé d'excellents rapports. Je l'appelle sans hésiter.

Une heure plus tard, il est là.

— Hey, Alice ! Alors comme ça, tu te lances dans les travaux ? me demande-t-il à peine la porte franchie.

— On peut dire ça, laisse-moi te montrer le massacre.

Je le guide jusqu'au salon, où il découvre estomaqué, le trou qui a presque remplacé mon mur.

— Ah oui, je vois… Tu étais sacrément en rogne ou quoi ?

Je sens mes épaules se tendre, mais je me force à sourire.

— Disons que je voulais juste une cuisine ouverte…

— Bon ok, on va voir comment on peut arranger ça !

Luc s'installe dans le salon, sort un carnet et commence à faire un croquis du salon. Architecte d'intérieur, il est dans son élément. Au bout d'une demi-heure, il me montre le dessin du futur salon et je tombe immédiatement sous le charme.

— Bon, il faudra finir de démolir ce mur, faire le raccord au sol… Je pense qu'on devrait changer le revêtement de la cuisine. Et les meubles sont en très bon état, on pourrait juste les repeindre… En blanc crème serait parfait, t'en dis quoi ?

— Je dis que c'est parfait ! Je vais aller acheter la peinture. Par contre, pour le mur, il faut des outils spéciaux ?

— T'inquiète, j'ai des potes artisans qui me doivent un service… Je te les envoie. T'auras juste à les nourrir, ça te va ?

— Marché conclu, merci Luc !

On règle les derniers détails avant qu'il ne s'en aille, promettant de revenir une fois les travaux avancés.

Restée seule, je regarde autour de moi. Tous les meubles sont ceux de ma grand-mère, tout comme les bibelots, les fleurs séchées et les photos. Je réalise alors à quel point cette maison est encore empreinte de son souvenir… et combien il est temps pour moi d'y mettre ma propre empreinte. Je l'aimais profondément, comme une seconde mère… Mais il faut que j'avance, que je fasse table rase du passé, pour mieux me reconstruire.

Je vais chercher des cartons dans le garage et commence à trier ses affaires. Ce travail me prend une bonne partie de la journée, et le soir venu, je suis épuisée mais satisfaite.

En me glissant sous les draps, je suis fière de moi.

J'ai réussi à m'occuper l'esprit, à ne pas pensé à Arthur… enfin presque. Mon arrêt de travail est fixé à cinq semaines d'ITT, et il va falloir que je trouve de quoi m'occuper l'esprit si je ne veux pas devenir folle à ressasser tout ce qu'il s'est passé ces derniers temps. En regardant la tapisserie défraîchie de ma chambre - la même que depuis mon enfance, une idée germe dans mon esprit : je vais rénover cette maison du sol au plafond.

Oui, c'est décidé. Je vais tout refaire à mon goût… et avec un peu de chance, reprendre ma vie en main.

41

Le lendemain matin, je me lève de bonne heure. J'appelle mes collègues du café pour les prévenir que je serai là-bas dans un peu plus d'un mois. Je ne m'attarde pas sur les raisons de mon absence, et ils comprennent qu'il vaut mieux ne pas poser de question. Je suppose qu'ils sont au courant pour mon enlèvement, mais je préfère ne pas aborder le sujet.

Ensuite, je file dans un magasin de bricolage pour acheter la peinture de la cuisine, mais aussi celle des chambres et du salon. J'empile tout ce qu'il me faut pour les travaux et passe à la caisse avec une note salée… mais je m'en moque. J'ai quelques économies mises de côté après le décès de mes parents et de ma grand-mère. J'attendais le bon moment pour m'en servir… Je crois qu'il est arrivé.

Je reste de la semaine est une course effrénée. Les amis de Luc viennent finir d'abattre le mur et poser le carrelage azulejos dans la cuisine. Le résultat est magnifique. De mon côté, je démonte les portes des placards, les ponce pour y mettre la sous-couche de peinture. Mes journées sont longues, bien remplies, et c'est tant mieux. Je n'ai pas vraiment le temps de penser à autre chose. Jasper m'a envoyé quelques messages pour prendre de mes nouvelles. Je n'ai pas demandé comment il avait eu mon numéro… Je m'en doute. Je lui ai parlé des travaux, et au vu des smileys enthousiastes qu'il m'a envoyés, ça à l'air de lui plaire.

Mais, le soir, quand je me couche, mes pensées dérivent inlassablement vers la même personne. Vers ses yeux sombres et séduisants. Plus d'une fois, j'ai été tentée d'appeler Arthur, mais je me suis ravisée… Il n'a pas cherché à me joindre, pas même pour savoir comment j'allais.

Ce samedi matin, je me lève fatiguée, après une nuit pleine de cauchemars. Je n'ai pas beaucoup fermé l'œil. Je prends mon café en regardant par la fenêtre la vie du quartier qui s'éveille doucement. Par réflexe, je saisis mon téléphone pour parcourir les news du jour… et c'est là que je vois un appel manqué d'Arthur… à une heure du matin.

Évidemment, il n'a laissé aucun message. Ce serait trop beau. Je reste un moment, le téléphone dans les mains, à me demander si je dois le rappeler. Était-ce une erreur de manipulation ? Voulait-il vraiment m'appeler ? Je m'assois un instant et me prends la tête entre les mains. Mon cœur s'emballe, mais je n'ai pas le temps d'y réfléchir davantage, car quelqu'un frappe à la porte.

Je me dirige vers l'entrée, intriguée... et tombe sur Sonia, un grand sourire aux lèvres et un magnifique bouquet de fleur dans les mains.

— Surprise, lance-t-elle joyeusement.

Je ne lui laisse pas le temps d'entrer que je me précipite dans ses bras, éclatant en sanglots.

— Ouh là, j'ai bien fait de venir, on dirait ! Allez, viens, on va se poser dans...

En entrant dans le salon, elle fait un tour sur elle-même, éberluée.

— ... ce chantier !

J'essuie les larmes sous mes yeux avec ma manche, et la regarde toute penaude.

— Oui, je crois que j'avais besoin de changement..., dis-je en haussant les épaules.

— Et ben, toi, quand tu veux du changement, tu ne fais pas semblant !

Je ris pour la première fois depuis des jours. Sa présence me fait déjà du bien.

— Bon, allez, viens je te paie un café.

On se retrouve dans la cuisine pour un café, et elle ne tarit pas d'éloges sur le carrelage et la couleur des murs – ce blanc Calicot et ce bleu pastel que j'adore. Après un bon petit déjeuner, elle m'offre son aide. Je l'équipe d'une vieille chemise de mon grand-père et d'un pinceau. Les portes des placards sont toujours sur des tréteaux dans le garage, dans l'attente que je les peigne. Nous nous mettons au travail dans un silence studieux.

À midi, on fait une pause. Je la sens trépigner, comme une pile électrique.

— Allez, vas-y crache le morceau !

Elle me toise et tente un sourire.

— Dis-moi comment tu te sens, ma belle ?

Je sens mes épaules se crisper. Les larmes menacent à nouveau de couler.

— À vrai dire, je ne sais pas… Je crois que je me noie dans les travaux pour ne pas penser à ce qu'il s'est passé, dis-je en montrant le bazar autour de moi.

— Un bon défouloir, en somme !… répond-elle avec un petit rire.

Je ris doucement en essuyant mes yeux.

— Oui, c'est clair !

— Et Arthur… ? Tu veux en parler ?

Je secoue la tête, le cœur serré.

— Il n'y a rien à dire… dis-je en me levant pour mettre mon assiette dans l'évier… Il m'a embrassée… et puis il m'a jetée ! Fin de l'histoire.

Sonia s'approche de moi et pose une main réconfortante sur mon épaule.

— Oui, c'est ce qu'il m'a dit.

— Quoi ? Il te l'a dit ? dis-je en me retournant vers elle, les larmes aux yeux.

— Non, pas tout à fait comme ça, mais j'ai senti qu'il regrettait…

— Oui, de m'avoir embrassée… Ça je l'ai bien compris, crois moi !

Je retourne m'asseoir, les yeux fixés sur la cafetière. Elle fait de même et m'observe.

— Je ne crois pas que ce soit ça qu'il regrettait…

— Oui, oui, dis-je en me levant pour récupérer les cafés. Alors pourquoi il m'a jamais appelée…

Sonia me regarde, interloquée.

— Attends… il ne t'a pas appelée du tout ?

— Non. Enfin, si, pardon…cette nuit. Un appel manqué, sans message… Probablement une fausse manip… !

Je tente un sourire, mais ma voix tremble.

— Oh, allez, ma puce, on n'en parle plus, ok ?

J'acquiesce, le cœur en vrac.

— Bon, si on lâchait ces pinceaux ? Ça te dit un petit tour chez le coiffeur. J'ai bien besoin d'une nouvelle coupe, moi !

— Bonne idée. Allez, on y va !

Je finis de faire la vaisselle et nous nous rendons en centre-ville de Perpignan. Nous trouvons un coiffeur qui prend sans rendez-vous et nous nous installons pour une heure et demie de bien-être.

— Alors comment tu me trouves ?

Je me tourne vers Sonia en mettant ma main dans mes cheveux. Je ne suis pas sûre du résultat. J'ai demandé à la coiffeuse un carré plongeant, je me trouve pas mal, mais j'attends sa réponse avec impatience.

— Oh, mon Dieu… Tu es canonissime ! Ouah, j'adore… Arthur va s'en mordre les doigts, c'est sûr !

Je ris, rougissant malgré moi.

— Arrête de dire des bêtises, dis-je en masquant mon sourire.

On passe l'après-midi à flâner dans les rues de Perpignan. Sonia ne cesse de me taquiner en me disant que des hommes se retournent sur moi – et à mon grand étonnement, elle n'a pas tout à fait tort.

De retour à la maison, on se remet au travail en discutant de tout et de rien. Je remarque qu'elle jette souvent des coups d'œil à son téléphone.

— Tu n'aurais pas quelque chose à me raconter, toi, par hasard ?

Prise en faute, elle rougit violemment.

— Non, non, c'est rien… c'est juste un flirt !

— Quoi, un flirt ? rétorqué-je estomaquée. Quelle amie pitoyable je fais ! Mais un flirt avec qui ? Steeve ?

Je la vois balbutier, c'est une première.

— Non… non… pas Steeve, il s'appelle Brian, c'est un nouveau collaborateur de l'agence.

— Mais pourquoi tu ne m'en as pas parlé ?

— Et bien, je pensais que c'était pas le bon moment, avec tout ce qui t'est arrivé… !

— Allez, viens, on pose les pinceaux et tu vas tout me raconter, lui dis-je en lui servant mon plus beau sourire.

Nous passons le reste de la soirée à parler de ses amours naissants devant un verre de Tariquet. De son beau Brian dont elle m'a montré une photo, à Steeve qui semble ne pas apprécier cette nouvelle compétition. Cela me donne du baume au cœur de la voir aussi épanouie. Je me sens légère pour la première fois depuis longtemps. Nous relâchons la pression à rire toutes les deux et ce soir-là, je m'endors plus sereine.

42

Le lendemain matin, je la laisse dormir. Elle l'a bien mérité, et vu les cadavres de bouteilles qui traînent encore, je me doute qu'elle va avoir un léger mal de tête au réveil. Je jette un coup d'œil sur mon portable, espérant, sans trop y croire, voir un appel manqué ou un message. Mais rien. Je ne sais même pas pourquoi je m'inflige ça, pourquoi j'espère encore un signe de sa part.

Pour me changer les idées et en attendant que la marmotte se réveille, je me lance dans le tri des affaires dans la chambre de ma grand-mère. Je fais trois cartons : un pour ce que je veux donner, un pour ce que je garde et un autre pour ce qui pourrait être vendu. Au bout d'une petite heure, j'entends des pas traînants dans le couloir.

— Je suis là, lancé-je.

Une tête ébouriffée passe dans l'entrebâillement de la porte.

— Coucou, me dit-elle d'une voix éraillée. Tu ne voudrais pas prendre un café avec moi ?

— Si, si j'arrive…

Je me lève de mon tas d'affaires et la guide jusqu'à la cuisine. Elle s'affale sur la chaise, pose sa tête entre ses mains croisées sur la table, et me regarde m'affairer tout en soupirant.

— Tu veux quelque chose pour ta tête ? lui demandé-je, amusée.

— Oh oui, pitié.

Je lui sers un cachet effervescent dans un verre et une tasse de café avant de me préparer la mienne. Je m'installe à côté d'elle.

— Je crois qu'on va devoir éviter les bouteilles à midi, sinon tu vas avoir du mal à bosser demain… !

— Ah, mais je ne t'ai pas dit… Je reste avec toi cette semaine ! J'avais des jours à poser…

Je me lève aussitôt et la serre dans mes bras.

— Merci, merci, merci… lui dis-je le cœur gonflé de gratitude.

— Oh, oh, doucement, bobo tête ! grogne-t-elle en riant.

Après son café et son cachet, elle retrouve progressivement forme humaine. Elle me suit ensuite dans la chambre de ma grand-mère pour m'aider à vider les meubles.

— Dis-moi, tu sais où tu vas mettre tout ça ? Parce que là, ça commence à faire pas mal de cartons.

Je m'assois sur le lit, songeuse.

— Il y a bien le grenier… mais je n'y suis jamais allée.

— Comment ça ? Jamais ?

— Ma grand-mère disait avoir perdu la clé… mais je crois surtout qu'elle y avait stocké des choses dont elle ne voulait plus se souvenir… Des affaires de ma mère, probablement.

— Tu penses qu'on pourrait retrouver cette clé ? Ou on appelle un serrurier ?

— Attends, regarde, j'ai trouvé tout un tas de clés dans son tiroir de table de nuit. Peut-être que l'une d'elles est la bonne.

— Allons-y ! me demande-t-elle toute excitée.

— Allez !

On se dirige vers la porte qui donne sur un petit escalier montant au grenier. Il y a comme un goût d'interdit dans ce lieu, où, petite, il m'était formellement défendu d'aller. Je commence à essayer les clés une à une, sans succès.

— Je ne sais pas si on va trouver…

— Attends, laisse-moi faire, dit-elle en m'arrachant le trousseau des mains.

Elle les essaie méthodiquement jusqu'à ce qu'un clic résonne.

— Yes, lance-t-elle, triomphante.

Elle ouvre la porte et entre, et je la suis de près. Je reste bouche bée : le grenier est bien plus qu'un simple débarras poussiéreux. Le parquet est en bon état, les combles sont aménagés, et la lumière filtre à travers deux fenêtres qu'on aperçoit de l'extérieur.

Partout, des malles, des cartons, des objets en tout genre et même une immense armoire.

Je m'approche d'une malle et découvre des dizaines de photos de ma mère enfant. Il y a aussi des lettres, des bulletins scolaires, des souvenirs d'adolescence. La nostalgie m'envahit en les feuilletant. Je fouille partout, ne sachant pas par quoi commencer. Je déniche également un tourne-disque avec toute une collection de vinyles du temps où ma mère était jeune.

Sonia fouille aussi, m'interpellant parfois pour me montrer ses découvertes. Je la vois soudain se diriger vers la grande armoire, mais celle-ci est verrouillée. Je ressors les clés et en trouve une qui pourrait convenir. Le clic se fait entendre, et j'ouvre en grand les deux battants de l'armoire.

À l'intérieur, des dizaines de robes de bal somptueuses sont soigneusement rangées dans des housses. Ma grand-mère m'avait raconté qu'avant le décès de mon grand-père, haut gradé dans l'armée, ils assistaient souvent à des galas ou des réceptions officielles. Après sa mort, avant ma naissance, tout cela s'était envolé. Plus d'invitation, plus de galas. Je comprends qu'elle ait voulu garder ça enfoui au fond de ses pensées.

— Tu serais magnifique dans celle-là ! s'exclame Sonia en désignant une robe pourpre à la coupe inspirée de Maryline Monroe. Ajustée à la taille, évasée sur les jambes, avec un dos nu et des strass et paillettes sur le décolleté, elle est absolument magnifique.

— Encore faudrait-il que j'aie une occasion de la porter !

— Rabat-joie, réplique-t-elle en me tirant la langue.

On passe encore une heure à explorer le grenier. Je garde certaines choses que je veux descendre, notamment le tourne-disque et ses vinyles, quelques photos et certaines des robes. Je mets les caisses dans un coin ce qui nous laissera largement de la place pour y stocker les cartons que j'ai laissées au rez-de-chaussée.

La journée passe à toute vitesse entre les allers-retours et les boîtes à transporter. Le soir venu, nous sommes exténuées. Assises dans le canapé avec un repas bien mérité, je jette un regard autour de nous : la maison est quasiment vide. J'ai fait appel à une entreprise « vide maison » pour récupérer une bonne partie des meubles dont je ne voulais plus. Ils vont en mettre certains en dépôt-vente et les autres, ils en feront ce qu'ils voudront.

— Demain, je pense aller faire un peu de shopping pour meubler tout ça ! dis-je après réflexion.

Les yeux de Sonia s'illuminent.

— J'adore faire du shopping ! On va bien s'amuser !

J'éclate de rire en la voyant si enthousiaste. À cet instant, je me rends compte à quel point j'ai de la chance de l'avoir à mes côtés.

43

Le lendemain nous voilà parties pour une journée shopping. Il me faut un bar pour séparer la cuisine du salon avec une verrière. Je dois trouver aussi un canapé ou deux pour le salon et une table pour la salle à manger ainsi que des chaises.

Je trouve mon bonheur pour la cuisine dans un magasin spécialisé, qui se chargera de la livraison et de l'installation dans la semaine. Pour le reste, on enchaîne les magasins d'ameublement jusqu'à ce que je tombe sur deux canapés club marron et un fauteuil assorti. Je m'y installe, ils sont incroyablement confortables, je les adore. Ensuite, je dégote une table carrée en bois massif et des chaises de style scandinave, noires avec des pieds en bois.

Je fais le point sur ce qu'il me manque : j'ai gardé le grand vaisselier de ma grand-mère que je compte repeindre. Je prends encore une table basse pour le salon, un meuble pour la télévision, et me laisse tenter par deux ou trois autres petits meubles déco pour le salon. Côté nuit, je craque pour des chevets suspendus pour les trois chambres et deux têtes de lit. Le reste de l'ameublement des chambres peut très bien faire l'affaire.

Puis on passe dans une boutique de déco, et là, c'est Sonia qui se lâche. Elle me fait acheter des chandeliers modernes pour la cheminée, une pendule en fer forgé noir et quelques bibelots très art déco. Impossible de l'arrêter !

Sur le chemin du retour, nous passons devant une boutique de poster et de photos. À travers la vitrine, j'aperçois un cliché qui ressemble au style que j'ai acheté à Arthur. Piquée de curiosité, on entre. En parcourant les œuvres, je tombe sur une photo qui me fait sourire : une tasse de café d'où s'échappent de délicates volutes de fumée, posée à coté d'un cookie à moitié croqué. Je me décide à l'acheter, avec un cadre noir proposé par le vendeur, ça sera du meilleur effet dans la cuisine.

Nous finissons par rentrer, épuisées. Nous passons le reste de la semaine à finir les travaux. Nous arrachons les tapisseries, faisons un coup de peinture dans l'ensemble des chambres et le salon. Pour le salon, j'ai choisi des teintes naturelles : un pan de mur chocolat et les autres crème. Dans les chambres, j'ai opté pour des tons plus doux avec du bleu pastel ou du mauve très clair sur un mur, ivoire sur les autres. Le résultat est harmonieux et apaisant.

Quand les meubles sont livrés, je ne reconnais plus ma maison. Tout est tellement... beau. Je n'en reviens pas. Les canapés sont sublimés de coussins élégants et moelleux. La table et ses chaises ont trouvé leur place toute naturelle dans la salle à manger et le salon devient un espace chaleureux et stylé, digne des pages d'un magazine déco. Je me sens bien dans ce nouvel environnement.

Je jette un coup d'œil à Sonia, qui semble tout aussi conquise.

— Allez, champagne ! dis-je en me levant.

— Hein ? Carrément ?

— Oh oui, champagne ! Après tout le boulot qu'on a abattu cette semaine, on mérite bien ça !

Je reviens avec une bouteille et deux verres.

— Au travail bien fait et au renouveau !

— Au renouveau, ma belle ! Et franchement, ta maison est magnifique, je n'aurais jamais cru qu'on puisse transformer cet endroit comme ça !

On trinque, fières et heureuses.

— Bon, tu veux faire quoi demain ? À toi de choisir, lancé-je.

— Oh, cool, je ne sais pas...

Elle est interrompue par la sonnette de la porte. Je me lève et reviens avec un courrier recommandé. Curieuse, je l'ouvre sous le regard intrigué de Sonia.

Gala Annuel

À 18h00 au Manoir Richards

Le samedi 30 mars 2024

12 rue Blaise Pascal

Tenue de soirée exigée

Confirmation au 04 25 63 28 37

Au dos, une annotation manuscrite attire mon attention : « Je compte sur votre présence » signée de la main de Monsieur Richards en personne.

Je reste interdite, triturant le carton entre mes doigts, perdue.

— Mais… mais… je ne peux pas y aller, c'est trop tôt…

— Ce Monsieur Richards, c'est le grand patron, c'est ça ?

— Oui…C'est la semaine prochaine… et Arthur sera là, ajouté-je, pensive.

— Justement, c'est l'occasion parfaite pour mettre les choses au clair, non ?

Je fixe l'invitation, hésitante. Je ne sais pas quoi faire. Si je décline, je risque de froisser mon patron. Si j'y vais, je devrai me confronter à Arthur…

— Tu devrais y aller, insiste Sonia. Arthur ne va pas te manger, enfin, ça dépend comment ça se passe entre vous, ajoute-t-elle avec un sourire malicieux.

Oh, je suis choquée. Je prends un coussin et lui lance en pleine figure. Elle éclate de rire, puis retrouve son sérieux.

— Je t'assure, c'est peut-être une bonne chose.

— J'en sais rien… La dernière fois qu'on s'est vu dans des conditions normales, il m'a rejetée. Je ne sais même plus comment me comporter avec lui…

— Moi, je sais ! Tu joueras la femme fatale, inaccessible… Tu verras, il reviendra en rampant.

— Mais bien sûr, comme dans les films… Et après, ils vécurent heureux et eurent beaucoup d'enfants, c'est ça ?

— Ah non, pas tout de suite les enfants, mais pourquoi pas un petit moment de bonheur !

Son air taquin m'arrache un sourire malgré moi.

— Oh, ça y est, j'ai trouvé comment on va occuper nos deux derniers jours. Je veux qu'on te bichonne pour que tu sois resplendissante pour ce gala.

Face à mon air dubitatif, elle insiste.

— Allez, rabat-joie, on va bien s'amuser.

C'est ainsi qu'on passe le samedi après-midi chez l'esthéticienne, puis chez la manucure. On termine la journée par une heure de détente au sauna – un vrai bonheur.

Le dimanche, Sonia repart tôt. Je l'accompagne à la gare et la serre très fort contre moi avant qu'elle ne quitte le quai. Je reste là, le cœur serré, à lui faire des petits signes de la main jusqu'à ce que je le train disparaisse. J'ai apprécié qu'elle sacrifie une semaine de vacances pour venir me soutenir. Sa présence va me manquer… La maison va sembler bien vide sans elle.

44

De retour à la maison, je m'installe dans mon nouveau canapé, savourant le calme après cette semaine intense. La couleur des pièces apporte une touche de modernité, et l'espace semble bien plus grand. On a vraiment fait du bon travail. Ma grand-mère aurait été fière de moi. Je me perds dans mes pensées, repensant à elle et à tous nos souvenirs, quand la sonnerie de mon téléphone me ramène à la réalité.

Je me lève pour le récupérer et regarde l'émetteur de l'appel, Jasper. Un sourire naît instantanément sur mon visage

Je décroche en me rasseyant.

— Allô, Jasper ?

— Hey, bonjour jolie Alice. Comment tu vas ?

Son ton léger et enjoué me fait du bien.

— Beaucoup mieux que la dernière fois qu'on s'est vus !

— Je suis ravi de l'entendre. Et tes travaux, ça avance ?

— Très bien, même. Ils sont terminés !

— Sérieusement ? Attends, je te rappelle en visio, tu vas me montrer ça !

Je n'ai pas le temps de réagir qu'il raccroche. Quelques secondes plus tard, l'appel en visio s'affiche.

— Wow… Il n'y a pas que ta maison qui a changé, me lance-t-il dès que je décroche.

Je fronce les sourcils, ne comprenant pas tout de suite. Il me fait un signe vers mes cheveux.

— Nouvelle coupe ? Je vais devoir t'appeler « magnifique Alice » maintenant.

Je lève les yeux au ciel, amusée, mais son compliment me fait plaisir malgré moi.

— Bon, montre-moi ce que tu as fait !

— Alors en fait, j'ai tout changé.

Je me lève et commence la visite.

— Voici la cuisine.

Je fais un tour sur moi-même, et m'arrêtant face à la verrière.

— Le salon… et la salle à manger.

— C'est superbe ! T'as fait ça toute seule ?

— Pas du tout, dis-je en riant. Les amis artisans d'un pote m'ont aidée pour la cuisine. Pour le reste, mon amie Sonia a passé la semaine avec moi. On en a abattu un boulot monstre ! Attends, je te montre l'étage.

Je grimpe les escaliers, fière du résultat, et lui fait visiter les trois chambres rénovées. Ma chambre, avec ses teintes pastel et sa tête de lit en bois de teck ajourée, me plaît particulièrement.

Jasper ne tarit pas d'éloges sur la décoration et la façon dont j'ai aménagé l'espace. Son enthousiasme est contagieux, et ça me fait un bien fou de discuter avec lui.

— Heu, Alice... Je voulais te demander quelque chose.

— Oui, dis-moi !

— Tu as reçu l'invitation pour le gala ?

Mon sourire s'efface instantanément. Jasper le remarque et tente de me rassurer.

— Hey, tout doux ma belle, ce n'est pas une question piège.

Je prends une inspiration et hoche la tête.

— Super, tu vas venir, alors ?

— Écoute, je ne sais pas encore, avoué-je en m'asseyant sur le canapé.

— Non, non ! Tu n'as pas le choix, tu viens ! Ça te fera du bien de sortir un peu ! Et puis, tous tes frais sont pris en charge par la boîte, alors profites-en !

— Je vais y réfléchir, promis ?

Il fait une moue désabusée, mais accepte d'un signe de tête.

— Ok... mais moi, je t'attends là-bas ! Bon, il faut que je te laisse. Prends soin de toi, Alice. À plus !

— À plus, Jasper.

Je raccroche, le sourire revenu. Jasper a ce don de mettre de la bonne humeur partout où il passe… Pas comme son homologue… !

Par la force des choses, mes pensées dérivent inévitablement vers Arthur - son comportement si changeant, parfois froid et distant, parfois si tendre. J'ai beau y réfléchir, je ne sais pas ce qui me ferait le plus de mal : le voir ou ne plus le voir du tout. Mais une chose est sûre, son absence me pèse plus que je ne voudrais l'admettre.

Je crois que le pire, c'est lorsque je m'endors seule dans mon lit. J'ai lavé et soigneusement plié son tee-shirt, il ne portait plus son odeur. Quant au cookie qu'il m'avait offert lors de notre soirée pizza… le lendemain de mon retour à la maison, je suis tombée dessus. Dans un élan de colère et de douleur, je l'ai envoyé se briser sur le mur de ma chambre, avant de m'effondrer en larmes, assise par terre. Je ne suis pas fière de ce comportement, mais ce jour-là, j'étais à bout.

Je finis par me lever pour préparer le dîner. Alors que je cuisine, mon regard est attiré par la photo accrochée au mur. Elle me rappelle tellement les clichés accrochés dans le bureau d'Arthur…

Je pense que je vais aller à ce gala. Non, je dois y aller. Il me doit des explications.

Forte de cette décision, je m'installe au bar de la cuisine pour manger, déjà en train de dresser la liste des choses à faire.

D'abord, emmener au pressing la robe pourpre de ma grand-mère - je l'ai essayée, elle me va comme un gant. Ensuite trouver des chaussures, une pochette et pourquoi pas une étole assortie. Il faudra aussi réserver un hôtel près du lieu de réception.

Et puis, terminer d'emmener les affaires de ma grand-mère aux associations caritatives et au vide maison.

La semaine s'annonce chargée… et pleine de promesses.

45

La semaine est passée à une vitesse folle. J'ai réussi à dénicher une étole et une pochette argentées, accompagnées d'escarpins parfaitement assortis. Ma tenue pour le gala est enfin complète. Entre deux séances de shopping, j'ai aussi multiplié les allers et retours pour déposer les affaires de ma grand-mère aux différents endroits que j'avais soigneusement sélectionnés.

Et maintenant, me voilà dans une chambre d'hôtel en région parisienne. Je tourne en rond depuis une heure. Je ne veux pas me préparer trop tôt, mais l'impatience me gagne. J'ai déposé la housse qui contient la robe sur le lit. Housse que j'avais soigneusement gardée à mes côtés pendant tout le trajet en train. Il me reste une heure et demie avant le moment tant redouté. Le taxi est déjà réservé, il arrivera dans une heure. Mais plus le temps passe, plus je sens le stress monter.

Pour tenter de me calmer, je décide de prendre une douche brûlante. L'eau chaude apaise mes nerfs et me détend un peu. Enroulée dans mon peignoir, je reviens dans la chambre et libère la robe de sa housse. Elle est encore plus belle que dans mes souvenirs, ce sera un honneur de la porter. Je l'enfile délicatement, noue le lien derrière ma nuque et retourne dans la salle de bain. Le reflet que me renvoie le miroir me redonne confiance : la robe me va à merveille.

Je sors ensuite ma trousse de maquillage et souligne mon regard d'un trait d'eye-liner et d'ombre à paupières dans les tons marron et dorés pour faire ressortir mes yeux. Je laisse mes lèvres au naturel avec un trait de gloss. Pour mes cheveux, un peu de mousse suffit à dessiner mes boucles, que je laisse libres, encadrant mon visage.

Quand je me regarde à nouveau, j'ai du mal à me reconnaître. Je dégage quelque chose de différent… Une assurance, presque une allure de femme fatale. Et je crois que je vais en avoir besoin ce soir.

Un coup d'œil à ma montre, le taxi ne va plus tarder. J'enfile mes escarpins argentés, pose mon étole sur mes épaules, et jette une dernière œillade dans le miroir. L'image que je renvoie est… époustouflante. Je suis prête.

Je prends ma pochette et descends à la réception de l'hôtel. Dans l'ascenseur un « bip » retentit : un message de Jasper, inquiet de savoir si je serai bien là. Je le rassure, amusée. Lui, au moins, se soucie de ma présence.

Le taxi est déjà devant l'hôtel. J'y monte, mais plus on se rapproche du lieu de réception, plus mon cœur s'emballe.

En arrivant, un voiturier m'ouvre la portière avec élégance et me tend la main pour m'aider à descendre de la voiture. Je le remercie d'un sourire avant d'avancer de quelques pas. Devant moi se dresse un immense escalier qui mène à un majestueux manoir. Si je ne me trompe pas, il s'agit bien du manoir de Monsieur Richards.

Je monte les marches, suivie de plusieurs convives. Une fois à l'intérieur, je reste figée, frappée par la beauté des lieux. Deux imposants escaliers mènent à l'étage, tandis qu'à ma gauche, une immense salle aux dorures éclatantes accueille déjà une foule élégante. Les femmes rivalisent de grâce dans leurs tenues somptueuses, et les hommes ne sont pas en reste, tout aussi distingués.

Je m'approche de la salle et aperçois Monsieur Richards qui accueille ses invités avec chaleur. Lorsqu'arrive mon tour, il me gratifie d'un large sourire.

— Mademoiselle Leroux, je suis ravi de vous voir en bonne santé et particulièrement heureux de vous compter parmi nous ce soir.

— Je vous remercie, Monsieur Richards, c'est un honneur d'être ici.

— Je suis sûr que vous retrouverez des visages connus... Ah Jasper ! Viens donc accompagner Mademoiselle Leroux.

Je me tourne et découvre Jasper, s'approchant avec son sourire éclatant. Sans prévenir, il me prend dans ses bras et me fait tournoyer, m'arrachant un éclat de rire.

— Magnifique Alice ! Je suis tellement content que tu sois venue !

Une fois les pieds de nouveau sur terre, un peu gênée, je me tourne vers Monsieur Richards, mais celui-ci ne semble nullement offusqué. Au contraire, il observe la scène avec amusement.

— Jasper, arrête tes bêtises, le sermonné-je à voix basse en l'entrainant un peu plus loin.

— Allez, ne fais pas la rabat-joie, petite Alice ! s'amuse-t-il en attrapant deux coupes de champagne, m'en tendant une. Allez, trinquons !

— D'accord... mais arrête d'associer mon prénom à toute sorte d'adjectifs, ajouté-je en tentant de masquer mon sourire.

Il hoche la tête, faussement contrit, et me conduit parmi les invités, me présentant plusieurs d'entre eux. Je fais bonne figure, mais je me sens un peu à part dans cette assemblée de personnalités influentes, toutes issues du monde des affaires ou de l'administration.

Puis, au détour d'une conversation mon regard se pose sur un visage familier : Monsieur Smith, accompagné de son petit-fils. J'attrape Jasper par le bras et l'entraîne dans leur direction.

— Monsieur Smith, bonsoir.

— Oh, Alice ! Quelle agréable surprise. Vous êtes ravissante, comme toujours.

— Merci beaucoup, vous être très élégant vous aussi.

Je leur présente Jasper, qui se joint rapidement à la conversation. Mais mon attention se décroche… quand je l'entends.

Sa voix. Cette voix grave et chaude, reconnaissable entre mille.

Mon cœur rate un battement. Je me retourne et le cherche des yeux.

Je le trouve… Arthur.

À quelques mètres de moi. Il se tient là, élégant et imposant… mais pas seul. À son bras, la même femme sublime que j'avais aperçue au restaurant.

Et je ne peux détacher mon regard de sa main à elle, posée sur son avant-bras avec une familiarité qui me brûle le cœur.

Quand enfin je lève le regard vers son visages, je rencontre le sein. Son sourire a disparu. Ses yeux sont fixés sur moi.

C'en est trop pour moi.

Je m'excuse précipitamment auprès de mes interlocuteurs et m'éclipse, le cœur serré, me dirigeant vers ce qui me semble être des toilettes.

46

Quand j'entre dans la pièce, je comprends tout de suite que je me suis trompée. Ce ne sont pas des toilettes, mais plutôt un boudoir ou peut-être une bibliothèque, à en juger par les étagères remplies de livres. Je retire mon étole et m'assois quelques minutes sur le divan, tentant de relâcher la pression. Mes nerfs sont à vif. Je ne sais même pas ce que je suis venue chercher ici. Quand je l'ai vu avec cette femme, j'ai cru que mon cœur allait se briser une seconde fois. Je prends ma tête entre mes mains et inspire profondément. J'ai à peine le temps de souffler que j'entends la porte s'ouvrir. Je me redresse d'un bond en voyant Arthur entrer.

— Non, non, je suis désolée, je n'aurais pas dû venir, dis-je précipitamment en me dirigeant vers la sortie.

Arthur se place entre moi et la porte, levant les mains en signe d'apaisement.

— Non, Alice, attends !

Je me fige sans oser le regarder.

— Attendre quoi, Arthur.

Ma voix tremble de colère, malgré moi. Il s'approche doucement et effleure mon bras. Ce simple contact m'apaise instantanément, et je ferme les yeux, savourant cette sensation de calme et de sérénité. Lorsqu'enfin je rouvre les yeux, je croise sont regard tourmenté.

— Il faut qu'on parle. Je dois t'expliquer certaines choses…

— Très bien, vas-y, je t'écoute !

Je croise les bras sur ma poitrine, et recule d'un pas. Sa proximité me trouble trop pour que je réfléchisse clairement. Il perçoit mon mouvement et passe une main nerveuse dans ses cheveux.

— Non, pas ici… Pas dans cette maison ! me dit-il en me prenant la main, m'incitant à le suivre.

Je retire ma main de la sienne et recule d'un nouveau pas.

— Pourquoi pas ici ? Et tu devrais peut-être aller la prévenir… Elle va s'inquiéter de ton absence…ajouté-je avec sarcasme.

Il me regarde, surpris, avant de comprendre.

— Quoi, Véronica ? Mais je te l'ai déjà dit, ce n'est qu'une amie, rien de plus.

Je vois un léger sourire naître sur ses lèvres, comme si ma jalousie le touchait plus qu'elle ne le contrariait. En quelques pas, il réduit la distance entre nous et m'attire doucement par la taille.

— Il n'y a que toi Alice !

Je n'ai pas le temps de comprendre ces quelques mots que ses lèvres rencontrent les miennes. Ce baiser est différent du premier. Il est lent, délicat, emprunt de douceur. Je crois que je n'ai jamais été embrassée de cette façon, avec tant de délicatesse. Je me laisse emporter, répondant à cette danse avec la même tendresse. Je m'accroche à sa chemise alors que notre étreinte se fait plus passionnée. C'est lui qui met fin au baiser, s'écartant légèrement pour plonger son regard dans le mien. Ce que j'y lis me bouleverse. Il caresse mon visage, et sa voix, basse et pleine d'émotion, me fait frissonner.

— Il n'y a toujours eu que toi !

Ces mots font exploser mon cœur. J'ai des papillons dans le ventre et je sens mes joues rougir.

— Viens, je t'emmène loin d'ici… dit-il en ramassant mon étole avant de me tendre la main.

Je fixe cette main offerte, puis lève les yeux vers lui. L'espoir brille dans son regard. Je n'hésite pas une secondes et m'en saisis… Je crois que je le suivrais au bout du monde s'il me le demandait.

— Mais où m'emmènes-tu ?

— À la maison… Celle que tu aimes tant, me dit-il avec un sourire complice et un clin d'œil.

Je crois que je ne l'ai jamais vu aussi heureux qu'en cet instant. Nous quittons la pièce et traversons le hall d'entrée sans prêter attention aux autres convives. Dehors, il pose mon étole sur mes épaules avec une tendresse infinie, puis tend son ticket au voiturier. Quelques instants plus tard, la berline d'Arthur est là. Il m'ouvre la portière côté passager, et je m'installe. Il me rejoint rapidement et démarre sans un mot.

— Pourquoi tu ne veux pas m'expliquer tout ça ici ?

Il jette un coup d'œil au manoir dans son rétroviseur, le visage fermé.

— C'est mieux là-bas, crois-moi ?

— D'accord... accepté-je, hésitante.

Le silence s'installe alors que la voiture file sur la route, sous un ciel rougeoyant. Perdue dans mes pensées, je me demande quelles révélations m'attendent. Lui semble tout aussi absorbé, les traits tendus mais pas froids, juste préoccupés. Je l'observe discrètement, redécouvrant ce visage que j'aime tant. Ce profil qui m'apaise et m'attire à la fois.

Et je sais, au fond de moi, que quoi qu'il ait à me dire, je suis prête à l'entendre.

47

Lorsque nous arrivons, Arthur contourne la voiture pour m'ouvrir la porte, tel un parfait gentleman. Il me tend la main pour m'aider à descendre, et je la glisse dans la sienne. Il ne la lâche plus jusqu'au porche de la maison.

À l'intérieur, l'air est frais, signe évident que la maison est inhabitée. Je resserre mon étole autour de mes épaules, frissonnant légèrement. Arthur le remarque, et sans un mot, il retire sa veste pour la poser sur moi avec douceur.

— Je vais allumer un feu, dit-il en se dirigeant vers la cheminée.

Je le regarde disposer les bûches avec efficacité, et bientôt les flammes crépitent, réchauffant lentement la pièce. Attirée par la chaleur, je m'approche du foyer. Au bout de quelques minutes, l'atmosphère devient plus agréable, et j'enlève sa veste que je dépose sur le canapé avant de m'y asseoir. Mais le silence entre nous devient presque assourdissant, et je ne peux plus le supporter.

— Arthur, dis-moi ce que tu voulais me dire !

Il me regarde, puis détourne les yeux vers le feu avant de prendre la parole.

— Je t'ai dit que je n'avais pas eu de père, mais ce n'était pas la vérité. J'en ai un... Je ne l'ai simplement pas connu enfant.

Je me tais, sentant combien ces mots lui coûtent.

— Cet homme... c'est Monsieur Richards !

La révélation me cloue sur place. Je le fixe, abasourdie, mais ça n'explique toujours pas son rejet vis-à-vis de moi.

— Ma mère était sa secrétaire. Ils ont eu une liaison alors qu'il était marié. Quant elle est tombée enceinte, il a refusé de me reconnaître. Sa femme était dépressive, fragile... il ne pouvait la quitter, selon ses dires. Peu de temps après ma naissance, elle est tombée enceinte à son tour, mais cela s'est mal passé... Officiellement, elle est morte en couche mais ma mère a toujours pensé qu'elle s'était suicidée.

— Mais alors... pourquoi travailles-tu avec lui aujourd'hui ?

— J'ai grandi sans lui, au Canada, où ma mère avait rejoint de la famille. La veille de mes dix-huit ans, j'ai découvert un extrait de compte avec des virements confortables. En fouillant, j'ai trouvé ces mêmes paiement, tous les mois, depuis ma naissance. Ma mère a fini par m'avouer que mon père était en vie et qu'il nous envoyait cet argent.

Il se retourne enfin vers moi, s'approche et s'assoit à mes côtés. Sa main trouve la mienne, comme s'il avait besoin de cette connexion pour continuer.

— À vingt-trois ans, après mes études, j'ai décidé de le confronter. Ce n'était pas par besoin… c'était par cette colère qui me hantait depuis bien trop longtemps. Quand je me suis présenté dans son bureau, je lui ai dit que je ne voulais plus de son argent. Il a encaissé la nouvelle, puis m'a proposé un emploi, au bas de l'échelle. J'ai refusé. Mais après un an de petits boulots et de galère, je suis revenu. Et j'ai accepté.

Je hoche la tête lentement, absorbant toutes ces révélations. Mais quelque chose reste en suspens.

— D'accord… Mais ça n'explique toujours pas ton comportement après… après ce baiser dans ton bureau…

Arthur soupire, visiblement troublé.

— Je suis désolé… Tellement désolé pour ça ! me dit-il en me caressant la joue. Je ne voulais pas reproduire les erreurs de mon père.

Je le tape sur l'épaule, remontée comme une pendule.

— De un, tu n'es pas marié, à ce que je sache ?

— Non, avoue-t-il avec un sourire attendrissant.

— Et de deux, je ne suis pas ta secrétaire aux dernières nouvelles !

— Non, Mademoiselle Leroux, vous n'êtes définitivement pas ma secrétaire...

J'adore la façon dont il me regarde, ce ton taquin qui me fait chavirer. Je suis grisée par son regard qui s'invite sur mes lèvres. Il s'approche et dérobe ma bouche d'un baiser d'une lenteur exquise, d'une tendresse extrême. Son bras vient se loger dans mon dos et ma main se pose sur sa nuque. La sensation de ses doigts sur ma peau me donne des frissons sur les moindres parcelles de mon corps. Je me presse contre lui, approfondissant le baiser. L'intensité monte, irrésistible

Je commence à déboutonner sa chemise, découvrant la chaleur de sa peau. Il me bascule sur le canapé, ses lèvres voyageant le long de ma joue, de mon cou, jusqu'à l'attache de ma robe.

— Je peux, murmure-t-il, désignant le nœud sur ma nuque.

Je hoche la tête, déjà au supplice.

Il fait glisser lentement la robe le long de mon corps, dévoilant ma peau sous son regard brûlant. Il me caresse du regard, je vois la fièvre du désir dans ses yeux. Je bascule ma tête en arrière alors qu'il descend sur mon sein et prend mon téton dans sa bouche. Un râle m'échappe. Il remonte sur mes lèvres et m'embrasse avec ferveur. Je m'accroche à lui, m'abandonnant à chaque sensation. Les battements de mon cœur frappent dans ma poitrine et je sens le sien sous ma paume.

— Viens... le supplié-je dans un souffle.

Il se relève et me porte dans ses bras. J'accroche mes mains à son cou et me laisse aller contre son torse. Il m'emmène jusqu'à sa chambre où il fait descendre lentement mes pieds sur le sol. Je maintiens ma robe sur ma poitrine, et me retrouve face à lui, hésitante mais terriblement impatiente. L'atmosphère est feutrée, intime, comme suspendue hors du temps. Il se tient devant moi, un regard brûlant ancré dans le mien. Il effleure ma joue du bout des doigts, et ce simple contact envoie une onde délicieuse à travers tout mon être.

— Tu es magnifique dans cette robe… mais j'ai surtout envie de te l'enlever, tu veux bien ? murmure-t-il.

Je me tourne, lui offrant mon dos. Sa main descend la fermeture éclair avec une lenteur qui me fait frémir. La robe glisse le long de mes épaules, puis de mes hanches, avant de tombe à mes pieds dans un froissement léger, me laissant presque nue, vulnérable sous son regard, et pourtant je n'ai jamais ressenti un tel frisson d'impatience et d'excitation. Arthur pose ses mains sur ma taille, caressant ma peau avec une douceur infinie et m'embrasse dans le cou langoureusement. Lorsqu'il me retourne, je lis le désir dans ses yeux. Je pose mes mains sur son torse. Je n'ai qu'une envie, c'est de le déshabiller.

— Je peux ? demandé-je en lui montrant le reste des boutons de sa chemise.

Un sourire se dessine sur les lèvres d'Arthur, un mélange d'envie et d'amusement.

— Comme il vous plaira, Mademoiselle Leroux ! me répond-il de sa voix grave et caressante.

Je défais les derniers boutons de sa chemise, prenant mon temps, savourant chaque instant. Lorsque j'écarte le tissu, je découvre son torse musclé, bien plus séduisant encore que tout ce que je m'étais imaginé. Fascinée, je laisse mes doigts effleurer sa peau, la fermeté de ses muscles. Je me hisse sur la pointe des pieds pour déposer un baiser léger sur sa clavicule, puis un autre sur la ligne de sa mâchoire. Je l'aide à se libérer, et lorsqu'il est enfin contre moi, chaque baiser, chaque caresse enflamme davantage notre désir.

— Oh Alice, tu me rends fou ! me dit-il en me soulevant dans ses bras et en me basculant sur son lit.

Il dépose des baisers dans mon cou, sur ma poitrine. Chaque caresse, chaque frôlement de ses lèvres, fait naître des frissons sur ma peau. Lorsqu'il prend mon sein dans sa bouche, je ne peux retenir un gémissement, mes doigts crispés dans les cheveux d'Arthur. Il prend son temps, me découvrant avec une douceur presque douloureuse, tandis que son propre désir ne cesse de croître. Il descend lentement le long de mon ventre, semant des baisers brûlants sur son passage. Lorsqu'il atteint la lisière de ma culotte, il s'arrête un instant et me caresse du regard, ses yeux chargés de désir.

— Dis-moi si ça va trop vite pour toi...

Je le contemple, son visage près de ma jambe relevée. J'acquiesce fébrilement.

— J'ai très envie de toi, je réussis à dire dans un soupir.

Il m'embrasse l'intérieur de la cuisse et me déleste de ma culotte. Je suis nue, offerte à lui, et j'ai le cœur qui tambourine dans ma poitrine. Je ferme les yeux et bascule la tête en arrière alors qu'il poursuit la découverte de mon corps, de mon bas-ventre. Je me tortille de plaisir en murmurant des mots incompréhensibles. Aucun autre de mes amants ne m'avait embrassée là, ne m'avait dévorée comme il le fait. Je le veux en moi.

— Viens, le supplié-je.

Il me regarde et grimpe sur le lit tel un prédateur. J'aime sa façon quasi-féline de se mouvoir.

Il dépose un baiser sur ma bouche et j'ai mon goût sur ses lèvres, c'est obscène mais tellement sexy.

— Tu es tellement magnifique, me dit-il en attrapant un sachet argenté dans sa table de chevet.

J'essaye de défaire le bouton de son pantalon et caresse son désir à travers le tissu. Il bascule la tête en arrière avec un râle de plaisir. Je réussis à le libérer et l'aide à se déshabiller. Dans son plus simple appareil, il est somptueusement sensuel.

Il m'embrasse dans le cou en me murmurant des mots doux que je n'entends pas tant je suis impatiente. Les dernières barrières tombent, et quant il me rejoint, la lenteur de ses mouvements me fait perdre la tête. Nos corps se retrouvent, s'accordent dans un rythme parfait. Je ne sais plus où je suis, je souffle des paroles qui n'ont aucun sens… jusqu'à ce que l'extase m'emporte.

— Oh Arthur, je viens, soufflé-je de plaisir.

Ces quelques mots le font basculer et nous sommes foudroyés par un orgasme intense. Allongée dans ses bras, le cœur battant encore la chamade, je me sens chez moi. En sécurité.

Il se relève lentement sur les coudes et met ses deux mains autour de mon visage. Il me caresse la joue et m'embrasse avant de se lever un instant, disparaissant dans la salle de bain, avant de revenir, tout aussi confiant et désirable. Je me cache sous les draps, troublée par cette intimité soudaine. Mais son regard, chargé de désir, me fait tout oublier.

La nuit se poursuit dans une danse infinie, entre passion et tendresse. À l'aube, épuisés mais comblés, nous nous endormons enfin, l'un contre l'autre.

48

Quand je me réveille, je suis blottie contre Arthur, qui dort profondément. Sa respiration est lente, paisible, et je me surprends à contempler chaque détail de son visage. La courbe douce de son nez, la ligne parfaite de ses pommettes, la force tranquille de sa mâchoire. Il est beau, terriblement beau.

Je me penche doucement et dépose un baiser léger sur sa joue avant de me glisser hors du lit. En retrouvant ma culotte, je ne résiste pas à l'envie de lui piquer un de ses tee-shirt dont l'odeur m'enveloppe instantanément.

Dans la cuisine, le frigo est presque vide : du beurre, des œufs, un pot de confiture… sans doute les restes de la dernière visite de Violette. Je fouille dans les placards jusqu'à dénicher de quoi préparer des pancakes. Pendant que la pâte repose, je retrouve mon téléphone dans le salon et lance une playlist.

Je me laisse porter par la musique en mettant la poêle à chauffer avec un peu de beurre. Je suis tellement concentrée sur la préparation que je n'entends pas Arthur. Ses bras se referment soudain autour de ma taille, et je sursaute, manquant de faire tomber mon pancake.

— J'aime beaucoup te voir dans mes vêtements, murmure-t-il en déposant un baiser dans mon cou.

Je frissonne sous le contact de ses lèvres, fermant les yeux tandis que je me presse légèrement contre lui, savourant la chaleur de son torse contre mon dos.

— Je te prépare des pancakes… annoncé-je en me retournant pour poser mon regard dans le sien.

Son sourire me fait fondre. Il m'observe un instant avant de se diriger vers la machine à café.

— Je vois… tu veux un café ?
— Oui, s'il te plaît.

Il prépare nos tasses pendant que je termine la cuisson des pancakes Je les empile dans une assiette et les apporte avec la confiture. En souriant, je lui tends une petite coupelle avec un pancake encore chaud.

— Je vois que tu es comme chez toi dans cette cuisine…

Je hoche la tête, amusée. Il a raison. Je me sens bien ici, comme si tout trouvait naturellement sa place.

— Oui… J'aime beaucoup cette maison. Toute entière, en fait !

Arthur me regarde avec tendresse, et cette sérénité sur son visage me touche. Incapable de résister, je me lève et vais l'embrasser. Son baiser a un goût de confiture à la fraise.

Il me prend par la taille et dégage une mèche de cheveux de mon visage.

— C'est vrai que de te voir déambuler ici rend cette maison beaucoup plus agréable, dit-il en caressant doucement mon visage.

Je glisse mes doigts sur sa main.

— Tu disais que c'était un cadeau empoisonné… Pourquoi ?

Son regard s'assombrit légèrement.

— C'est Monsieur Richards qui me l'a offerte… Après six ans passés dans l'entreprise, quand j'ai atteint le poste que j'occupe aujourd'hui, il n'a rien trouvé mieux que de m'offrir cette maison. J'ai toujours eu l'impression que cette maison venait avec une dette implicite…

— Non, tu te trompes. C'est lui qui te doit quelque chose… Comme ces vingt années sans père, par exemple. Je pense que c'est un juste retour des choses… Tu mérites cette maison. Même si, j'avoue, c'est légèrement… extravagant !

Ma phrase le laisse pensif, comme si mes mots révélaient quelque chose qu'il n'avait jamais envisagé. C'est alors qu'une notification attire son attention. Il lit rapidement le message et sourit avant d'y répondre.

Je l'observe, intriguée.

— C'était Jasper, il venait aux nouvelles…

— Des nouvelles ? répétai-je, curieuse.

— Il voulait savoir comment ça s'était passé entre nous…

Son sourire malicieux fait monter la chaleur à mes joues.

— Oh… Et tu lui as répondu quoi ?

— Que tout s'était très bien passé, dit-il en m'embrassant. Nous ne sommes pas assez proches pour entrer dans les détails, mademoiselle.

Je ris, soulagée.

— Vous avez l'air de bien vous entendre, finalement.

Arthur réfléchit un instant avant de secouer la tête en souriant.

— Oui, je dois admettre qu'il n'est pas le sale type que je m'étais imaginé. Il est même plutôt loyal et sincère.

Une idée me travers l'esprit.

— Oh, mais j'y pense, vous devez avoir un lien de parenté puisque tu es le fils de Monsieur Richards.

Il me scrute, étonné. Je vois bien qu'il ne comprend pas de quoi je parle.

— Jasper m'a dit que son nom en entier était Dubois-Richards… C'est bien que c'est un parent de Monsieur Richards.

— Tu plaisantes ? me dit-il en se levant de l'îlot.

— Non, du tout ! ajouté-je en le suivant dans son bureau. Pourquoi ?

— Dubois, c'est le nom de jeune-fille de la femme de Monsieur Richards... Comme c'est un nom répandu en France, je ne me suis jamais posé la question...

Il ouvre son ordinateur et fait une recherche Google. Mais comme moi, il ne trouve rien, à part un vieil article sur le décès de Madame Richards. Il tente une recherche «fils de M. Richards» avec le nom de l'entreprise, mais reste bredouille.

Il se prend la tête entre les mains. Je le sens se tendre, perdu dans ses pensées. Alors, doucement, je m'approche et m'assois sur ses genoux, cherchant à l'apaiser.

— Hey...Tout va bien ! Jasper ne va pas disparaître. On peut même l'inviter à dîner ce soir, si tu veux.

Arthur relâche un soupir, se détend et me serre contre lui.

— Ok, murmure-t-il avant de m'embrasser.

Il repose sa tête contre ma poitrine, les yeux fermés, et je dépose un baiser tendre sur ses cheveux, pour lui prouver mon affection et mon soutien.

— Comment peux-tu être si... époustouflante de sagesse.

— Que veux-tu... C'est un talent naturel, plaisanté-je.

Il relève les yeux vers moi, un éclat brûlant dans le regard. Sans prévenir, il se lève en me portant dans ses bras, et me pose sur le bureau, balayant tout ce qui s'y trouvait d'un geste.

Son baiser devient plus urgent, plus possessif. Ses mains glisse sous mon tee-shirt, qu'il m'enlève d'un coup. J'attrape le sien et lui fais subir le même traitement. Nous nous embrassons comme s'il n'y avait plus de lendemain, comme si c'était la dernière minute de notre vie. La tension monte entre nous, et bientôt, il ne reste plus que notre peau brûlante l'une contre l'autre. Soudain, il s'écarte de moi, à regret… et met son front contre le mien.

— Je suis clean, souffle-t-il, le regard fiévreux. Tu veux voir mes dernières analyses ?

— Je te fais confiance. Moi aussi, je suis clean… et je prends la pilule !

Son sourire s'élargie juste avant qu'il ne m'attrape et s'insère en moi avec une intensité qui me coupe le souffle, et me laisse échapper un gémissement. Il me prend sur son bureau, peau contre peau, avec une urgence telle que mon orgasme ne tarde pas à arriver. Le plaisir monte vite, et nos corps s'abandonnent l'un à l'autre dans une étreinte passionnée. Nos gémissements remplissent la pièce, et je me sens emportée dans une jouissance que je n'avais jamais connue, sans entrave entre nous. Il me rejoint dans un râle rauque et sexy.

Je reste alanguie sur le bureau, le souffle court, tandis qu'il se lève.

— Ne bouge pas ma belle.

Je le vois quitter la pièce, moi toujours sur le meuble. Je me lève et sens un liquide chaud dégouliner le long de mes cuisses. Quant il revient, une lingette à la main, il s'agenouille devant moi pour effacer avec douceur et délicatesse toute trace de notre union. Ce geste, à la fois tendre et terriblement intime, fait naître en moi un nouveau frisson. Il dépose un baiser sur ma cuisse et se lève pour me remettre son tee-shirt que j'enfile aussitôt.

— Je crois que je vais aller prendre une douche…

— Très bonne idée, Mademoiselle Leroux, répond-il avec un sourire espiègle avant de me hisser sur son épaule.

Je pousse un petit cri de surprise et lui tape sur le dos pour qu'il me lâche.

— Je peux marcher, tu sais !

— Je sais… mais j'aime bien jouer les hommes des cavernes.

Nous rions en montant à l'étage, et très vite, l'eau chaude de la douche nous enveloppe. Ses mains glissent sur ma peau savonnée, ses baisers deviennent de plus en plus impatients… Et bientôt, la douceur se transforme en une nouvelle étreinte passionnée, me laissant une nouvelle fois délicieusement à bout de souffle.

49

En sortant de la douche, Arthur me tend une tenue bien trop grande pour moi, mais imprégnée de son odeur, ce qui me fait sourire. Quand je le rejoins dans le salon, accoutrée de la sorte, je le découvre en train de s'affairer dans la cuisine pour préparer le déjeuner. Je m'installe sur une des chaises hautes de l'îlot, l'observant avec tendresse.

— Tu es magnifique, peu importe ce que tu portes, ma belle.

Je ne sais si ce sont ses mots ou ce surnom qui me fait de l'effet, mais je sens mes joues s'échauffer instantanément.

— Tu as envoyé un message à Jasper pour ce soir ?

— Oui, je l'ai appelé. Je lui ai demandé de passer à ton hôtel pour récupérer tes affaires. Il faudrait que tu les préviennes.

— Ah, très bien, je vais m'en occuper… Et il ne t'a rien dit d'autre ?

Arthur me lance un sourire malicieux.

— Si. Il voulait des détails sur la soirée d'hier…

— Et… dis-je rouge jusqu'aux oreilles.

— Et je ne lui ai raconté que des choses qu'un enfant de moins de quinze ans pourrait entendre.

Je saisis le torchon à côté de moi et lui lance en pleine figure, amusée par sa réponse.

— Tu m'as fait peur, protesté-je en riant.

Il pose les ustensiles et s'approche pour me dérober un baiser en m'encerclant par la taille.

— Je n'ai aucune envie de partager ce qui s'est passé entre nous. Je garde tout ça là… et là, dit-il en désignant sa tête puis son cœur.

Et il m'embrasse à nouveau. Ce baiser, tendre et sincère, me bouleverse. Nos lèvres se cherchent avec douceur et une émotion telle que j'en ai presque les larmes aux yeux. Lorsqu'il s'écarte, son regard fait battre mon cœur plus fort. Je suis fébrile… je suis heureuse.

Après le déjeuner, Arthur part faire des courses pour le dîner de ce soir. Je lui ai donné une liste, c'est moi qui ai prévu le menu : un risotto avec magret de canard et un crumble aux pommes. Des recettes qui me rappellent ma grand-mère et les moments précieux passés à cuisiner avec elle. J'ai besoin de me souvenir d'elle, surtout après les montagnes russes émotionnelles de ces dernières vingt-quatre heures, entre le gala, le voir avec cette femme, ce baiser volé dans le boudoir, ses révélations, notre nuit… et enfin Jasper.

En attendant qu'il revienne, je dresse la table avec soin, dénichant de jolies assiettes et des verres dans un placard. Lors d'une ballade dans la jardin, j'ai cueilli quelques fleurs sauvages pour en faire un charmant bouquet. En chemin, j'ai croisé une adorable vieille dame qui m'a demandé si le repas s'était bien passé. J'ai compris que c'était auprès d'elle qu'Arthur s'était approvisionné pour ce midi. Nous avons discuté un moment, et avant que je ne parte, elle m'a confié qu'elle était heureuse de voir cette maison reprendre vie. Je me suis promis de le dire à Arthur.

Alors que je termine la décoration de la table, mon téléphone sonne. C'est Sonia.

— Coucou, ma belle ! Comment ça va ? Je commençais à m'inquiéter de ne pas avoir de tes nouvelles !

— Salut, Sonia ! Tout va bien, le gala s'est… plutôt bien passé ! dis-je avec un sourire que je sais qu'elle devinera dans ma voix.

— Hein, quoi ?! Raconte ?

— C'est un peu long à expliquer, mais pour faire court… je suis chez Arthur.

— Attends… QUOI ?! Tu plaisantes ? Je veux tous les détails, là, tout de suite… me dit-elle toute excitée.

En regardant par la fenêtre, j'aperçois Arthur revenir, les bras chargés de sacs de provisions.

— Désolée, Sonia, je dois te laisser. Promis, je te rappelle très vite !

— Hein, mais non, tu ne peux pas me faire ça !

— Bisous ! ajouté-je en raccrochant malgré ses protestations.

Je vais ouvrir la porte pour aider Arthur qui est chargé comme une mule. Il a pris de quoi tenir une semaine entière, au moins. Je le regarde en coin.

— Tu comptes rester ici plus longtemps ? demandé-je en rangeant les produits.

— En fait… j'ai réfléchi à ce que tu m'as dit hier… Cette maison, je l'ai bien méritée. Et je dois avouer… que je commence à m'y attacher, lâche-t-il avec un petit air troublé.

Je finis de ranger ce que j'ai dans la main, m'approche et dépose un baiser sur sa joue.

— Que me vaut ce baiser ?

— Parce que je suis fière de toi ! Tu apprends à voir les choses sous un autre angle… plus positif, et ça change tout !

Alors que je me détourne, il m'attrape par la hanche, me retourne et m'embrasse avec passion.

— C'est grâce à toi, ma belle ! murmure-t-il en caressant ma joue.

Je fonds complètement sous ses paroles, mon cœur tambourine dans ma poitrine.

— Et je pensais que peut-être, tu pourrais rester un peu plus longtemps…, propose-t-il le regard plein d'espoir.

— Hein, mais… je ne sais pas. Je n'ai pas prévu beaucoup d'affaires…

— Tu peux toujours porter les miennes, suggère-t-il avec un sourire taquin.

— Arrête de dire des bêtises, ris-je en le frappant doucement sur l'épaule.

— Non, mais sérieusement, si tu veux demain, tu prends un Uber, tu fais un peu de shopping et on se retrouve ici le soir… ajoute-t-il avec une moue craquante.

— D'accord… mais seulement pour quelques jours.

Son sourire satisfait me fait presque regretter d'avoir cédé aussi vite. Mais comment lui résister ?

Le temps file et l'heure tourne. Je commence à préparer le crumble : je fais caraméliser les pommes avec du beurre, du sucre, des raisins de Corinthe et quelques cuillérées de confiture de mûres. L'odeur me met l'eau à la bouche. Je prépare la pâte, l'émiette sur les fruits et enfourne le plat pour au moins quarante minutes.

Arthur est dans son bureau, probablement en train de faire des recherches sur Jasper. Je sens que cette histoire le travaille, et j'espère qu'on obtiendra bientôt des réponses. En attendant, je me lance dans le risotto au parmesan. Je suis encore en train d'ajouter le bouillon lorsqu'il revient, se glisse derrière moi et m'enlace tendrement.

— Mmmh… ça sent divinement bon.

— J'espère surtout que ça sera bon…

— Je n'en doute pas une seconde, ce sera parfait !

La sonnette de la porte explose notre petite bulle d'intimité. Arthur m'embrasse sur la joue avant d'aller ouvrir. Je coupe la plaque et les rejoins dans le salon.

— Hey, salut jo… euh Alice, me dit Jasper avec un sourire gêné.

— Salut Jasper… Je vois que tu apprends vite, soufflé-je en répondant à son accolade.

— Tu es resplendissante…J'aime beaucoup ton nouveau style vestimentaire…

— Arrête de dire des bêtises et donne-moi plutôt ma valise que j'aille mettre des vêtements décents…

Je prends mes affaires et monte m'habiller. En ouvrant ma valise, je constate que je n'ai pas grand chose, seulement un jean, un débardeur et un pull léger. J'enfile rapidement mes vêtements, me sentant tout de suite plus à l'aise. Un petit passage dans la salle de bain pour me maquiller légèrement et redessine mes boucles… Je suis prête.

50

Quand je redescends, je les trouve tous les deux installés dans le salon, un verre de Prosecco à la main. Ils discutent calmement, dans une ambiance détendue. Je me doute qu'Arthur n'a pas abordé le sujet sensible.

— Alice, je te sers un verre ?

— Oui s'il te plaît, dis-je en m'installant près de lui.

Il me tend verre après y avoir versé un peu de vin pétillant, et en profite pour déposer un baiser sur les lèvres.

— Ah, ben, je vois que tout s'est bien terminé entre vous, remarque Jasper, un sourire en coin.

— Très bien, confirme Arthur en me jetant regard brûlant.

— Oui… très bien, j'ajoute en écho, sentant mes joues s'embraser.

On commence à bavarder de tout et de rien, mais je sens Arthur se tendre peu à peu. Pour le calmer, je pose doucement ma main sur la sienne.

— Bon, Jasper, je crois qu'Arthur à quelques questions à te poser.

L'ambiance change immédiatement. Jasper pose son verre sur la table basse et se penche en avant, les coudes sur ses genoux, prêt à écouter. Sa posture ouverte et apaisante m'arrache un sourire.

Arthur me jette un regard chargé d'inquiétude, peut-être même d'angoisse. Instinctivement, je resserre ma main autour de la sienne pour l'encourager.

— Jasper… quel est ton lien avec Monsieur Richards ?

Je reporte mon attention sur Jasper. Un émotion évidente brille dans ses yeux.

— C'est mon père… c'est notre père.

Arthur se lève d'un bond, le souffle coupé. Je fais de même tout comme Jasper.

— Mais comment est-ce possible ? Il n'y a aucune trace de toi !

— Je sais… assieds-toi, je vais tout t'expliquer.

On se rassoit tous les trois. Le silence est pesant tandis que Jasper rassemble ses pensées.

— Ma mère est morte peu après ma naissance, commence-t-il. Une dépression post-partum aggravée par ses antécédents… Elle n'a pas pu faire face à ma naissance. Mon père fou de douleur, m'a tenu responsable. Il a refusé de me voir et m'a fait élevé par une nourrice, loin de lui… de sa vue. Jusqu'à mes quinze ans, je l'ai à peine vu.

Arthur écoute, figé, sa main toujours dans la mienne.

— Il a fallu qu'il frôle la mort, après une crise cardiaque, pour qu'il se rappelle qu'il avait un fils… Il a essayé de se rapproché de moi, mais le mal était fait. Il a galéré pour revenir dans ma vie… Mais on n'a qu'un père ! Je crois qu'aujourd'hui, je lui ai pardonné… Enfin sauf un point !

La voix de Jasper se brise légèrement.

— Il ne m'a jamais dis que j'avais un grand frère ! dit-il les larmes aux yeux.

Sans réfléchir, Arthur se lève et prend Jasper dans ses bras. Je détourne les yeux, émue, essuyant discrètement une larme. Je ne veux pas troubler ce moment. Ils restent enlacés un long moment, comblant l'absence et le manque d'affection de leur enfance.

Quand ils se relâchent, leurs yeux brillent, mais leurs visages sont apaisés. Arthur tape sur l'épaule de Jasper dans un geste affectueux, de grand frère. Ils se rassoient tous les deux face à moi, et commencent à évoquer leur enfance respective. Jasper raconte qu'il a grandi dans une famille aimante, choyé malgré la distance avec son père biologique. Il les considère comme ses parents, même s'il sait depuis son plus jeune âge que ce n'est pas le cas.

Je les observe, et à présent que je sais, une légère ressemblance me saute aux yeux. Peut-être dans le haut du visage, oui, c'est ça dans le regard. Ils ont les mêmes yeux, sauf que l'un les a noirs et énigmatiques et l'autre les a bleu clair et chaleureux.

Je m'éclipse pour leur laisser un peu de temps tous les deux et pour finir de préparer le dîner. Plus tard, quand j'annonce que le repas est prêt, ils se lèvent ensemble, complices comme deux frères qui rattrapent le temps perdu.

Le dîner est un succès. L'atmosphère est légère, détendue. Je vois Arthur s'adoucir, s'ouvrir, et ça me remplit de joie.

— Mais comment as-tu su pour moi ? demande-t-il à Jasper entre deux bouchées.

— J'ai découvert des documents dans le manoir. Une pochette avec des extraits de comptes avec des virements vers un compte inconnu, qui ont cessé brusquement, et un acte de propriété à ton nom. En creusant, j'ai découvert que ce nom était celui de ta mère. Et toi, je te connaissais dans l'entreprise, alors je me suis demandé qu'est-ce qui avait poussé mon père à t'acheter une maison, comme il l'avait fait pour moi. J'ai appris que ta mère avait été la secrétaire de Georges. J'ai fait des déductions. Et puis un jour qu'on parlait à cœur ouvert avec lui, il m'a avoué qu'il avait été éperdument amoureux d'une autre femme que ma mère. Mais que compte tenu de son état, il n'avait pas pu la quitter. Je pense que cette femme était ta mère.

Cette tirade laisse Arthur sans voix. Il reste pensif un moment, Jasper et moi le regardons en attendant qu'il réagisse.

— Pourquoi ne pas me l'avoir dit plus tôt ?

— Je n'étais pas sûr… jusqu'à ce que je te vois avec Alice. Là, j'ai su.

Arthur fronce les sourcils.

— « Me voir avec Alice » ?

— Ça sautait aux yeux que t'étais fou d'elle… Mais tu t'empêchais d'être heureux, comme si tu avais peur de répéter l'histoire de notre père.

Arthur lève les mains en signe de reddition.

— Ok, je n'ai rien à rajouter.

Puis, il se tourne vers moi, prend ma main et y dépose un baiser.

— Mais maintenant je m'autorise à être heureux !

Je deviens écarlate sous leurs regards complices et me lève précipitamment pour aller chercher le dessert.

Le crumble est un succès, tout comme le repas. Après le dîner, Arthur insiste pour débarrasser pendant que Jasper et moi allons au salon.

— Alors, tu reprends le travail dans deux semaines.

Je me tends, incertaine… et puis la RH a ma lettre de rupture de période probatoire.

— Euh… oui mais…

Arthur revient avec les cafés, coupant court à la conversation.

— Jasper, laisse-la respirer. Elle a besoin de repos.

— Ouai, ouai, c'est juste que ça fait un vide sans elle au bureau !

— C'est sûr, murmure Arthur, son regard rivé au mien.

Le monde disparaît autour de moi. Je me perds dans ses yeux, oublie même de respirer. Un raclement de gorge fait exploser notre bulle de complicité, et nous nous retournons tous les deux vers Jasper.

— Bon, ben, je crois que je vais vous laisser. Vous avez clairement des choses à vous dire… dit-il avec un sourire plein de sous-entendus.

On raccompagne Jasper jusqu'à la porte. Au moment de me dire au revoir, il me murmure:

— Prends soin de lui.

Je hoche la tête, émue.

Une fois seuls, Arthur m'attire contre lui, m'enlace, et m'embrasse avec une intensité qui me fait chavirer.

— Merci pour tout ça ! souffle-t-il contre mes lèvres.

— Je n'ai rien fait !

— Oh, si ! Tu m'as fait voir les choses différemment ! Tu sais, quand j'ai cru te perdre, j'ai tout perdu, me susurre-t-il avec un profond regard.

Je me blottis contre lui. Je sens son cœur battre contre mon oreille, je ferme les yeux et laisse ce rythme m'apaiser. Arthur pose sa tête sur la mienne et nous restons tout un moment, comme ça, enlacés l'un contre l'autre. Lorsque je relève les yeux sur lui, il me sourit.

— Maintenant, je n'ai qu'un désir… sentir ta peau contre ma peau.

Avant que je ne puisse répondre, il me soulève dans ses bras, m'arrachant un cri de surprise.

J'accroche mes doigts sur sa nuque et sens déjà le désir enfler en moi.

La nuit s'étire, pleine de passion et de tendresse. Quand l'aube pointe, je m'endors, sereine.

51

Quand je me réveille le lendemain matin, je suis seule dans le lit d'Arthur. C'est lundi, il a dû partir travailler. Je me lève, attrape un de ses tee-shirts et retrouve ma culotte dans un coin de la pièce, là où il l'a jetée hier soir... Après une douche rapide, je m'habille avec mes vêtements d'hier. Il va falloir que je fasse un peu de shopping, je ne tiendrai pas longtemps comme ça. Un peu de maquillage, un coup de brosse et je descends prendre mon petit-déjeuner.

C'est étrange d'errer dans cette grande maison vide, mais étrangement, je m'y sens bien. La décoration est chaleureuse, chaque meuble semble avoir été choisi avec goût. Le salon, avec ses grands canapés moelleux, donne envie d'y passer des soirées entières.

En entrant dans la cuisine, je découvre un mot d'Arthur : « Achète-toi ce que tu veux ! ». Le post-it est collé à une carte bleue, avec le code pin noté derrière.

Je reste interdite. Son intention est sûrement bonne, mais je ne peux m'empêcher de trouver ça gênant. J'ai l'impression d'être une femme entretenue, et ce n'est clairement pas moi. Je suis presque vexée qu'il n'ait pas compris ça.

Je prends mon téléphone et, après une brève hésitation, je lui envoie un message :

Alice : « Merci pour la carte, mais non merci, je peux m'acheter des vêtements toute seule ! »

Je crois que je suis vraiment vexée, en fait. Je n'attends pas de réponse de sa part, il doit être en réunion ou au téléphone. Je me fais couler un café, et me tartine deux morceaux de pain avec de la confiture. À la deuxième bouchée, mon téléphone vibre.

Arthur : « Ok Mlle Leroux »

Ce message laconique me laisse perplexe. Mais après tout, je n'attendais pas vraiment de réponse. Je cherche sur internet un endroit où faire du shopping, pas trop loin et surtout hors de Paris. Je trouve mon bonheur et commande un Uber. Il sera là dans une demi-heure. Je monte me laver les dents et redescends attendre la voiture qui ne tarde pas à arriver.

La matinée passe vite entre les boutiques et les promenades sous le soleil printanier. À midi, je déjeune en terrasse, savourant le beau temps malgré deux jeunes hommes un peu trop insistants que je dois éconduire poliment. Après le déjeuner, je commande un nouvel Uber qui me ramène chez Arthur, chargée de mes emplettes.

De retour à la maison, je déballe mes achats, enlève les étiquettes et lance une machine. Une fois cela fait, je tourne en rond... Je suis ce qu'on pourrait appeler une hyperactive. Il faut que je m'occupe, surtout depuis ce qu'il s'est passé avec Alban. Après avoir fait trois fois le tour des pièces, je me décide à cuisiner. La pâtisserie m'a toujours apaisée. Je trouve une recette de biscuits sur Instagram et, par chance, tous les ingrédients nécessaires à la préparation sont là. Une heure et demie plus tard, je suis fière de ma trentaine de petits biscuits dorés et délicieux.

Ensuite, je me dirige dans la bibliothèque et tombe un exemplaire de Guerre et Paix de Tolstoï. Je m'installe dans le canapé le salon avec un plaid et me plonge dans ma lecture... jusqu'à ce que la fatigue de la nuit précédente ait raison de moi.

— Bonjour, belle endormie, murmure Arthur en déposant un baiser sur mes lèvres.

Je m'éveille doucement, grelottante. La température s'est rafraichie.

— Bonjour, toi, dis-je en souriant.

Je jette un œil à l'horloge, il est presque dix-huit heures trente.

— Ça t'ennuie si on fait flamber quelques bûches.
— Pas du tout, j'allais justement le faire.

Et tout en préparant le feu, il me demande.

— Dis-moi, tu as pu t'acheter des vêtements ?

— Oui, dis-je un peu gêné.

Une fois le feu allumé, il m'attire contre lui.

— Écoute, je ne voulais pas te vexer avec la carte. Je voulais juste te faire plaisir, rien de plus. Et puis, si tu es là sans affaires, c'est à cause de moi… Je voulais me rattraper.

— Je comprends, mais…

Il ne me laisse pas le temps de répondre qu'il m'embrasse. Il s'écarte de moi et me regarde dans les yeux.

— C'était pour t'empêcher de dire des bêtises ! dit-il d'un air satisfait.

Je reste bouche bée devant son insolence et lui tape sur l'épaule, ce qui le fait éclater de rire, et moi aussi par la même occasion.

Dans la cuisine, il découvre les biscuits, et ne peut s'empêcher d'en goûter un, fermant les yeux de plaisir. Comme me disait ma grand-mère, le véritable chemin pour toucher le cœur d'un homme passe par son estomac. Je souris à cette pensée, ma grand-mère l'aurait adoré. Enfin, quand il est comme ça, parce que je crois que si elle l'avait rencontré comme il était à notre rencontre, elle lui aurait botté le derrière pour lui apprendre les bonnes manières.

— Tu veux aller te promener ou qu'on sorte pour dîner ? demande-t-il.

— Une promenade serait parfaite.

— Parfait. Laisse-moi me changer et je suis à toi !

Tandis qu'il file à l'étage, je me souviens de la lessive et vais étendre le linge. Quand je le retrouve, il est en jean et tee-shirt blanc, mettant en valeur sa musculature. Je l'ai très rarement vu en tenue décontractée. Il est encore plus séduisant ainsi.

Main dans la main, nous empruntons un petit chemin qui serpente derrière la maison, dans la forêt.

— Écoute, Arthur, je dois te dire quelque chose à propos de mon retour dans l'entreprise…

— Oui, je t'écoute.

— Et bien, avant de revenir à Perpignan, j'ai envoyé une lettre de rupture de période probatoire aux R.H..

J'attends une réaction de sa part, mais rien ne se passe.

— Tu comprends, j'étais angoissée, traumatisée par tout ce qu'il s'était passé…

— Et aujourd'hui, tu te sens prête à revenir travailler avec moi ? me demande-t-il sans me regarder, les yeux fixés sur le chemin qui défile sous nos pas.

Je veux lui dire oui, mais la peur me retient. Et si ses vieux démons revenaient ? S'il se met en tête qu'il ne doit pas suivre les pas de son père, alors que véritablement, nos situations n'ont rien à voir.

Devant mon silence, il ose un regard vers moi plein d'espoir et d'inquiétude.

— Oui, mais…

Je n'ai pas le temps de terminer ma phrase qu'il me prend dans ses bras et me fait tourbillonner. Je ne peux m'empêcher d'éclater de rire devant cette réaction puérile mais charmante. Une fois que j'ai de nouveau les pieds sur terre, je lui tapote sur l'épaule.

— Mais, je disais… Je ne veux pas revivre les semaines précédentes. Si quelque chose te tracasse, je veux que tu m'en parles. Et arrête de penser que tu suis les pas de ton père. Vous êtes différents.

— J'ai fait l'erreur de te repousser un fois, et j'ai cru te perdre… Je te promets que ça n'arrivera plus ! Et oui, je sais que les situations sont différentes ! me dit-il en prenant mon visage en coupe et en m'embrassant.

Nous reprenons notre marche, main dans la main.

— Mince, il va falloir que j'appelle les RH… ajouté-je après un silence.

— Euh, non, ce ne sera pas nécessaire.

— Pourquoi, lui dis-je interloquée.

— J'ai… comment dire… subtilisé ta lettre avant qu'elle n'arrive jusqu'à eux.

— Quoi, comment ça ?!

Il se gratte la tête, je vois qu'il est mal à l'aise.

— Quand je suis arrivé le lundi, j'ai reconnu ton écriture et je l'ai gardée. Quand je l'ai lue, j'ai compris que tu ne voulais plus me voir et que tu avais besoin de temps, loin de moi.

Je souris malgré moi.

— Donc, en gros, après mes deux semaines d'ITT, je reviens travailler avec toi, c'est bien ça ?

— Vous avez parfaitement résumé la situation, Mademoiselle Leroux !

Je reste pensive le reste de la balade. Si je viens vivre en région parisienne, il va falloir que je sache quoi faire de ma maison à Perpignan. Ne pas la vendre, c'est sûr, je ne pourrai pas m'en séparer. La louer peut-être, ça me fera un complément de revenus, et je pense que j'en aurai besoin, le niveau de vie à Paris n'est pas le même qu'en province.

De retour à la maison, nous préparons le dîner ensemble. La complicité entre nous est naturelle, comme si on avait toujours fonctionné ainsi. À table, nous parlons de tout, nous partageons nos souvenirs, nos projets, nos rêves. Il me parle de son enfance au Canada. Du remariage de sa mère et de son adoption par son époux, John Weber, quand il avait quatorze ans. Il me dit qu'il a tout de même eu une enfance heureuse, même s'il lui manquait quelque chose. Je lui parle de mon enfance sans mes parents, de la tristesse, mais surtout de tout l'amour que ma grand-mère a su me donner tout au long de ces années. Nous parlons beaucoup et je ne vois pas le temps passer.

— Il se fait tard et tu travailles demain, dis-je en voyant l'heure.

— Oui, ma belle, allons-y... mais j'ai d'autres projets pour nous ce soir, réplique-t-il d'une façon des plus sexy.

Je l'attrape par la main et l'entraîne à l'étage. Après une brève escapade dans la sale de bain pour enfiler le tanga rouge écarlate et la nuisette assortie dont j'ai fraîchement fait l'acquisition, je reviens dans la chambre, à la lueur tamisée, Arthur me contemple, un désir brûlant dans les yeux. Il se lève du lit et s'approche de moi, tel un prédateur sur sa proie.

— Tu es magnifique… mais je ne pense pas que tu vas garder ça très longtemps, dit-il en soulevant déjà la nuisette par-dessus ma tête.

Il me soulève par les fesses et me colle contre le mur en m'embrassant. Son baiser se fait pressant, reflet de nos désirs. D'une main, il me caresse le dos, les fesses. Chaque effleurement me provoque des picotements sur toutes les parcelles de mon corps. Je veux le toucher à mon tour, j'essaie de lui enlever son tee-shirt, mais notre position gêne mes mouvements. Il sent mon désir grandir et me porte jusqu'au lit où il me dépose tout en déposant des baisers dans mon cou. Je suis enfin plus libre et lui arrache littéralement son tee-shirt, entrave à mes caresses.

— Ne bouge pas, ma belle !

Je suis allongée sur son lit et le regarde m'embrasser les épaules, descendre sur mon sein et goûter mon bouton charnel. Je bascule la tête en arrière et me retiens aux draps. Il poursuit son chemin de baisers jusqu'à mon ventre et il s'arrête. Je le regarde de nouveau, nos yeux s'accrochent et je vois un désir ardent dans son regard. Il sourit, m'enlève mon tanga et commence à laper mon mont de Venus. Je ne peux contenir les gémissements qui s'éveillent en moi et qui me font perdre la tête. Je sens les vagues de l'orgasme arriver comme un torrent qu'on ne peut retenir et je crie son nom au summum du plaisir. Le bien-être m'envahit, je suis languissante lorsqu'il remonte sur moi et qu'il m'embrasse dans le cou. Je ne veux qu'une chose, c'est de le sentir contre moi, de le sentir en moi. Je commence à lui déboutonner son jean et l'aide à se dévêtir. Il me caresse du regard avec cette ferveur qui m'embrase. Il vient tout doucement en moi. C'est une torture pour lui comme pour moi. Il commence ses va-et-vient avec une lenteur insoutenable. Mes gémissements montent crescendo et je vois que lui aussi est au supplice. Je l'embrasse dans le cou, et alors qu'il s'enfonce en moi une nouvelle fois, je le mords de plaisir. Il sent la jouissance venir en moi et augmente le rythme. Il s'enfonce plus fort, plus vite. Je ressens l'orgasme avec une violence extrême, il éclate autour de moi en mille étoiles. Je me resserre sur lui et le fais basculer à son tour. Nous sommes tous les deux rassasiés, je me sens bien sous son poids. Il m'embrasse sur le nez d'un baiser affectueux et se lève pour aller dans la salle de bain. Il revient quelques instants plus tard avec une serviette humide pour essuyer, avec délicatesse, la sève qui coule entre mes jambes. Il retourne dans la salle de bain, pour mettre la serviette dans la panière à linge sale. Quand il revient, je me suis déjà glissée sous les draps. Il me rejoint et me prend dans ses bras, caressant la peau de mes hanches et de ma cuisse dénudées. Je m'endors paisiblement.

À quatre heures du matin, je me réveille en sursaut, les larmes coulant sur mes joues. J'ai de nouveau fait un cauchemar d'Alban. Arthur me serre contre lui, murmurant des mots apaisants.

— Ça va aller, ma belle, il ne te fera plus jamais de mal. D'accord ?

Je hoche la tête, les larmes aux yeux. Il m'enlace avec une douceur extrême, comme s'il avait peur de me blesser. Je lui rends son baiser avec urgence, comme pour effacer tous ces souvenirs de ma tête. Il comprend la nécessité de mon désir et me comble une nouvelle fois d'une volupté, d'un plaisir intense. Je finis par m'endormir, rassurée.

52

Le lendemain matin, je me réveille à nouveau seule. Je regrette presque qu'il ne m'ait pas proposé de partager le petit-déjeuner avec lui. Après une douche rapide, j'enfile une partie des vêtements que je me suis achetés hier. Un pantalon en lin vert d'eau et un haut aux épaules dénudées, orné d'un motif tropical. Je me regarde dans le miroir, je me trouve plutôt pas mal.

En descendant prendre mon café, je découvre un petit mot posé sur l'îlot de la cuisine :

« À ce soir, ma belle »

Je trouve ça chou. J'adore quand il m'appelle comme ça. Après m'être préparé un café et des tartines, je prends mon portable pour chercher des agences immobilières afin de mettre ma maison en location. Je trouve une feuille et un crayon dans le bureau d'Arthur et note quelques contacts intéressants. Une fois mon petit-déjeuner terminé, je me pose dans le salon et commence à appeler les agences pour organiser des rendez-vous en fin de semaine. La plupart sont ravis à l'idée d'une location meublée, bien que je passe un temps fou à leur expliquer. À midi, j'ai déjà fixé quatre visites pour jeudi après-midi et vendredi.

Pour le déjeuner, je finis les restes de la veille et grignotte deux biscuits, qui, si j'en crois le nombre qui a disparu, ont dû passer un mauvais quart d'heure ce matin avec Arthur.

Après le repas, je me dis qu'un peu d'exercice ne me ferait pas de mal. J'enfile ma veste et pars me promener dans le hameau. C'est un endroit calme, avec quelques corps de fermes rénovés. En passant devant un jardin, je croise un couple et leurs enfants, qui jouent avec des chiots. Je m'arrête pour discuter avec eux, tout en regardant les enfants courir après ces adorables petits Golden Retriever. Je m'accroupis pour caresser l'un d'eux, et le petit coquin me saute dessus, me couvrant de léchouilles. Je ne peux m'empêcher d'éclater de rire.

— Je crois qu'il vous a adoptée, plaisante le voisin avec un sourire.

— Je vois ça, il est tellement mignon !

— Oh, mais si vous le voulez, on vous le donne. Ils sont juste sevrés, et on comptait mettre une annonce pour les placer…

— Hein ? Non… enfin… je ne peux pas… dis-je tout en réfléchissant à sa proposition.

— C'est comme vous voulez ! Ce sont des chiens très affectueux.

Je réfléchis à toute vitesse. Je ne peux pas faire ça ! Si ? J'ai toujours rêvé d'avoir un chien. Ma grand-mère était allergique alors la question ne se posait pas. Mais maintenant, vivre avec un chiot dans un appartement parisien… ça risque d'être compliqué. Pourtant, je ne peux détacher mon regard de cette adorable petite bouille.

— Bon, d'accord… Je vous le prends. Mais je tiens à vous le payer. Mille euros, ça vous va ?

— Non, deux cents, c'est largement suffisant !

— Marché conclu.

Je ne peux détacher mes yeux de cette petite fripouille, émerveillée, tandis qu'il gigote dans mes bras.

— C'est un mâle et il s'appelle Gaby, mais vous pouvez changer son nom, il est encore jeune.

— Gaby, c'est parfait, dis-je en caressant ses poils tout doux. Je peux venir le récupérer quand ?

— Vous savez, vous pouvez le prendre tout de suite. Je vous préparerai ses papiers pour quand vous repasserai me donner l'argent.

— Vous êtes sûr, mais vous ne me connaissez pas !

Il me fait un sourire bienveillant.

— Vous êtes la jeune femme qui vit avec Arthur…

— Non, enfin si, mais comment le savez-vous ?

— C'est un petit hameau, me dit-il en saluant quelqu'un derrière moi. Bonjour, Ginette !

Je me retourne et reconnais la petite dame que j'avais croisée lorsque j'ai cueilli mon bouquet de fleurs. Je me tourne vers lui et il me fait un clin d'œil de connivence. Je comprends tout de suite qui est la source des commérages.

Je le remercie avec un sourire et lui promets de repasser demain. Et je m'en vais avec ce chiot dans les bras qui ne cesse de me lécher le visage.

Arrivée à la maison, je me demande bien ce qu'il m'a pris. Je le dépose dans le salon, où il semble déjà parfaitement à l'aise. Par contre, il faut absolument que je lui achète tout le nécessaire pour bien m'occuper de lui : un panier, une laisse, un collier et tant d'autres choses. Je regarde l'heure, Arthur ne sera pas rentré avant quatre heures, j'ai encore le temps d'aller dans cette zone commerciale où j'ai aperçu une animalerie.

Je commande un Uber, et trouve dans les affaires d'Arthur un sac de sport pour transporter Gaby. Devant l'animalerie, je demande au chauffeur de m'attendre. Je rentre, prends un panier et le remplis de tout ce dont j'ai besoin : tapis, gamelle d'eau et de nourriture, croquettes, collier et laisse… et un jouet. Après un passage au distributeur pour retirer les deux cents euros, je rentre enfin, épuisée mais ravie.

À la maison, j'installe le tapis de Gaby dans le salon, lui met de l'eau dans sa gamelle et quelques croquettes qu'il s'empresse d'ingurgiter. Je lui place son collier en cuir autour du cou et le regarde s'amuser avec son jouet. Je m'allonge sur le canapé et le caresse dans son panier. Je trouve toujours le moyen de me mettre dans de beaux draps. Le trou dans mon mur de salon par exemple ou encore acheter un chien sur un coup de tête. En le caressant, je sens la tension de la journée s'évanouir, et lui aussi semble comblé puisqu'il ne tarde pas à s'endormir.

Lorsqu'arrive l'heure du retour d'Arthur, je commence à angoisser. Je me suis invitée chez lui avec un animal de compagnie, un chiot qui plus est - donc pas propre et prêt à faire plein de bêtises.

Quand j'entends la porte d'entrée s'ouvrir, mon cœur s'emballe. Je me précipite pour accueillir Arthur, mais Gaby me devance et bondit sur lui. Surpris, Arthur s'accroupit pour le caresser.

— D'où tu sors toi ? demande-t-il en riant.

— Je… je l'ai acheté à l'un de tes voisins…dis-je tendue, le visage crispé.

Arthur me regarde, intrigué, puis éclate de rire quand Gaby commence à lui lécher le visage.

— Tu n'es pas fâché ?

— Pourquoi je le serais ? C'est juste… inattendu ! dit-il en se relevant, Gaby dans les bras.

Il me serre de son bras libre et m'embrasse. Gaby ne sait plus où donner de la tête, nous léchant à tour de rôle.

— Oh non, dis donc, sale cabot ! Il n'y a que moi qui puisse embrasser ta nouvelle maîtresse.

Sur ce, il pose Gaby par terre et m'enlace de ses deux bras pour me donner un baiser langoureux.

— Par contre, me prévient-il, c'est toi qui lui apprends la propreté !

Je ris, soulagée, et le serre plus fort contre moi. Il pose sa tête sur la mienne et nous restons silencieux quelques instants.

— J'ai toujours voulu avoir un chien, m'avoue-t-il dans un murmure.

Je lève les yeux vers lui, touchée par cette confession. Je crois voir en lui le petit garçon qu'il était enfant.

— Moi aussi, ajouté-je doucement.

Nous sommes interrompus par Gaby, qui se bat joyeusement avec une chaussure.

— Non, Gaby, pas ma chaussure, m'écrié-je en courant après lui.

Il croit que c'est un jeu et tourne autour de moi en jappant devant l'œil moqueur d'Arthur. Je récupère ma chaussure légèrement mordillée, mais rien de grave.

Avant de dîner, nous partons nous promener, Gaby trottant joyeusement à nos côtés. Nous en profitons pour repasser chez ses anciens maîtres pour régler son achat et récupérer les papiers.

Alors que nous marchons, j'explique à Arthur que je vais devoir rentrer à Perpignan jeudi matin pour les visites avec les agences immobilières.

— Tu vas rester combien de temps là-bas ? me demande-t-il, pensif.

— Je ne sais pas trop… sûrement jusqu'à la fin de mon arrêt. J'ai pas mal de choses à régler.

Je sens qu'il est préoccupé. Je prends sa main.

— Dis-moi ce qui ne va pas.

— Tu comptes habiter où, à ton retour sur Paris ?

J'avoue que je me suis posée la question à plusieurs reprises. Je me suis rendue compte que j'avais toujours les clés de l'appartement, je pourrais y retourner puisque les R.H. n'ont pas eu vent de mon souhait de retourner à Perpignan.

Il ouvre la porte et nous entrons en silence. L'air est devenu électrique.

— Je ne sais pas… à l'appartement, je suppose, dis-je hésitante.

Arthur me saisit doucement par le bras et me serre contre lui. Il met ses bras dans mon dos, je fais de même, et le regarde dans les yeux.

— Et si tu venais vivre ici, avec moi ? Je sais que c'est un peu rapide, mais… c'est presque une évidence entre nous.

Mon cœur rate un battement. C'est vrai, tout va très vite. Mais ces quelques jours avec lui, m'ont fait vivre un véritable conte de fée. Je ne sais pas comment va se passer la reprise du travail, j'appréhende un peu. Mais je ne me vois pas ailleurs qu'à ces côtés.

— D'accord, mais je participe aux frais de la maison.

— Très bien, mademoiselle Leroux, dit-il avec un sourire taquin.

Il m'embrasse avant de partir préparer le dîner. Pendant qu'il cuisine, je mets la table et m'installe dans le salon avec Gaby, qui réclame des caresses.

Après le repas, nous regardons un film, Gaby endormi à nos pieds. Avant de monter nous coucher, j'installe le chiot dans la cuisine entouré de barrières en cartons pour éviter les bêtises.

Dans la chambre, je me blottis contre Arthur, et nous laissons libre cours à nos désirs une fois de plus. Cette nuit, je me sens enfin à ma place.

53

Je me réveille reposée ce matin, sans le moindre cauchemar. Je dois avouer que je me suis blottie tout contre Arthur cette nuit, et j'ai dormi comme un bébé. Après m'être levée, je m'habille rapidement avant de descendre à la cuisine. Je prends mon petit-déjeuner, et alors que je rince ma tasse, mon regard est attiré par une dépendance au fond du jardin. La bâtisse est bien entretenue, et je me demande à quoi elle peut bien servir.

Curieuse, j'ouvre la boîte à clés et y trouve une clé étiquetée « Dépendance ». Sans hésiter, je prends ma veste et traverse le jardin, suivie de près par Gaby. J'insère la clé dans la serrure, c'est la bonne. En ouvrant la porte et en allumant la lumière, je découvre avec surprise une salle de sport parfaitement équipée : un rameur, un tapis de course, un vélo, et un miroir mural. Au fond de la pièce, une autre porte attire mon attention. Je l'ouvre pour trouver une salle de douche tout confort. Je n'en reviens pas qu'il ait tout ça chez lui. Cela explique sa silhouette parfaitement sculptée… et je ne vais certainement pas m'en plaindre.

Enthousiaste, je retourne dans la maison me changer, j'ai bien envie de faire un peu de sport. J'enfile des leggings et un tee-shirt d'Arthur, bien trop grand pour moi, que je noue à la taille. Je prends des affaires de rechange et une serviette, puis retourne dans la dépendance. J'installe le panier de Gaby dans un coin, allume le tapis de course et me lance pour une bonne heure de jogging. À la fin, je suis épuisée mais ravie.

De retour à la maison, Gaby trépigne d'impatience, il veut sortir. Je lui mets sa laisse et nous partons pour une petite balade. Au bout d'un moment, il fatigue et finit par s'arrêter net, refusant d'avancer. Amusée, je le prends dans mes bras pour rentrer.

Une fois à la maison, je me mets ensuite aux fourneaux, préparant le déjeuner et le dîner pour qu'il ne reste qu'à réchauffer plus tard. Gaby reste assis à mes pieds, espérant patiemment qu'un peu de nourriture tombe par mégarde. Après le déjeuner, je monte refaire ma valise. Arthur m'a dit qu'il m'accompagnerait à la gare demain matin, et l'idée de partir me serre un peu le cœur. Je glisse discrètement un de ses tee-shirts au fond de ma valise - il faudra aussi que je pense à lui rendre celui que j'ai laissé chez moi… Hier soir, il m'a fait de la place dans son placard, alors j'y glisse quelques affaires que je vais laisser ici. Ça me fait bizarre, cette sensation de m'installer chez lui… Je me demande encore si c'est une bonne idée, mais après tout, la vie est trop courte pour hésiter.

Je passe le reste de la journée à bouquiner ou à essayer d'apprendre des choses à Gaby. Je suis ravie, il est vif et intelligent, je suis persuadé qu'il sera propre d'ici moins d'une semaine.

Quand Arthur rentre, il a l'air épuisé. Je me jette dans ses bras, et nous restons enlacés un moment, comme ça, en silence. À peine interrompus par les jappements jaloux de Gaby. J'ai l'impression que quand je m'écarte de lui, il a l'air plus détendu.

— Viens t'asseoir, je vais te servir un verre ! dis-je en lui prenant la main.

Avant que je ne m'éloigne, il m'attrape par les hanches et me fait basculer sur ses genoux.

— Tu sais que tu m'as manquée… me dit-il en m'embrassant tendrement.

— Toi aussi, tu m'as manqué !

Blottie contre lui, la tête posée sur sa poitrine, je me sens en paix. Pendant ce temps, Gaby tente désespérément de grimper sur le canapé, jaloux de cette étreinte. Je me relève avec un sourire et le détourne en l'appelant.

— Bon, aller, viens chenapan, dis-je à Gaby pour qu'il laisse Arthur se détendre de sa journée.

Je reviens avec un verre de Pineau et quelques petits biscuits salés.

— Tu es formidable, me dit-il en me regardant tendrement. Qu'as-tu fait de ta journée ?

— Oh, j'ai découvert ton petit coin secret !

— Mon quoi ? me demande-t-il, intrigué.

— Ta salle de sport ! J'ai fait une bonne heure de course à pied ce matin.

Il sourit et remue la tête.

— Je vais surtout dans celle de la boîte, mais tu as raison, puisqu'on vit ici, autant en profiter.

— Ah, et tu veux voir ce que j'ai appris à Gaby ?

— Oui, vas-y !

Je me lève, le chien se précipite à mes pieds.

— Gaby, assis !

Le chiot tourne en rond, surexcité, sans obéir.

— Non, mais tout à l'heure, il le faisait !

Arthur étouffe un rire, ce qui m'agace légèrement.

— Attends, je sais.

J'attrape un petit biscuit salé et recommence.

— Gaby, assis !

Le chiot, devant la promesse de récompense, s'assoit immédiatement.

— Gaby, donne la patte !

Il me tend sa patte avec impatience, attendant sa friandise. Fier, je lui caresse la tête et Arthur, moqueur, applaudit.

— Bravo, très impressionnant !

— Oh, arrête ! lui dis-je en m'asseyant près de lui et en lui piquant son verre pour y prendre une gorgée. Et c'est déjà pas mal, rajouté-je un peu vexée.

— Oui, c'est très bien, je te taquine. Bon, allez, je vais aller préparer le dîner.

— Pas besoin, lui dis-je en le retenant par le bras, c'est tout prêt, il n'y a plus qu'à faire réchauffer.

Arthur se laisse retomber sur le canapé, soulagé.

— Je t'ai déjà dit que tu étais une femme formidable ?

— Oui, dis-je en regardant ma montre, il y a à peine cinq minutes.

Nos regards se croisent et se chargent de désir. Il s'approche de moi et me bascule sur le canapé. Il se penche sur moi, écarte une mèche de mon visage et effleure ma joue, puis mes lèvres, avant de m'embrasser avec une douceur infinie. Il commence à m'embrasser dans le cou, il défait les premiers boutons de mon chemisier et dépose des baisers sur ma poitrine dévoilée. Ses mains explorent mon corps d'une lenteur exquise, comme s'il voulait savourer chaque instant. Il fait monter en moi un désir irrépressible, laissant échapper de mes lèvres un gémissement. Il descend ses mains sur mes hanches et en retire mon pantalon. Je suis en petite culotte, le chemisier défait… débraillée. Je ferme les yeux, pleine de désir. J'entends à peine Gaby qui jappe près de nous.

— Gaby, au panier, lui dit Arthur d'un ton autoritaire.

Le chiot comprend tout de suite qu'il doit nous laisser tranquilles et déguerpit aussitôt dans son panier.

— Je n'ai jamais vu une femme aussi belle que toi…

Il caresse mes hanches, les marques des cicatrices d'Alban qui commencent à s'estamper, il dérobe ma culotte de ses mains agiles.

— J'ai envie de te goûter, ma belle !

Il se penche sur moi, et me lape de sa langue experte. Je passe mes doigts dans sa chevelure et le regarde faire un instant, mais n'y tenant plus, je bascule ma tête en arrière, mes gémissements allant crescendo, au rythme délicieux de sa douce torture. Je sens sa main se déplacer et sens ses doigts s'immiscer en moi. Et je me crispe de plaisir. Je sens les vagues de jouissance déferler et je m'arc-boute lorsque l'orgasme se déchaîne. J'ai encore le cœur qui palpite, lorsque je le sens remonter sur moi, m'embrassant le ventre, la poitrine, mon téton qu'il mordille au passage, m'embrasant de nouveau les lèvres. Je capte son regard et n'y vois que désir et soif de jouissance. Je défais sa chemise, fébrilement. Je pose ma main sur son torse, comme une caresse, et descends lentement sur son bas-ventre. Il ferme les yeux de plaisir. Je déboutonne son pantalon. Il ouvre de nouveau les yeux et accroche son regard au mien lorsqu'il vient en moi. Son rythme s'accélère et fait de nouveau monter en moi les vagues d'un orgasme. Je ferme les yeux pour ressentir toutes les sensations.

— Regarde-moi !

Ce n'est pas un ordre, c'est une supplique. Je le regarde, et vois le reflet de mon plaisir sur son visage, faisant déferler en moi un orgasme foudroyant. Je me contracte autour de lui et le fais venir avec moi. Je sens tous mes membres alourdis de plaisir.

— Je croyais que tu étais épuisé de ta journée, dis-je aguicheuse.

— Je crois que tu me sous-estimes, ma belle ! susurre-t-il en m'embrassant.

Il se lève et va dans la salle de bain du rez-de-chaussée. Il me ramène un gant qu'il passe voluptueusement entre mes jambes me mettant au supplice. Il me fixe de ses yeux plein de désir.

— Tu es insatiable !

— C'est toi que me pervertis ! dis-je en me levant pour récupérer mes vêtements et les enfiler. Bon maintenant assieds-toi et tiens-toi tranquille que j'aille réchauffer le repas.

Je lui fais un baiser sur la joue et pars dans la cuisine. Il monte se changer et redescend peu de temps après et s'installe dans le salon. Alors qu'il joue avec Gaby, je les observe, attendrie par cette complicité naissante.

Le dîner se passe dans la bonne humeur, malgré les tentatives de Gaby pour quémander à table. Finalement, il abandonne et va se coucher dans son panier.

Après le repas, nous nous installons sur le canapé pour discuter, simplement, naturellement, avec Gaby, blotti entre nous.

Avant d'aller nous coucher, Arthur installe le chiot dans son panier et je lui prends la main pour monter dans la chambre. Dans le lit, je me glisse contre lui, en quête de chaleur et de réconfort. Il m'enlace sans un mot, comprenant mon besoin de proximité avant notre séparation de quelques jours. C'est ainsi, bercée par sa présence, que je m'endors paisiblement.

54

Je suis réveillée par un baiser.

— Bonjour, belle endormie, il faut se réveiller.

J'ouvre les yeux, et le découvre devant moi, fraîchement douché, les cheveux en bataille. Jamais homme n'a été plus séduisant qu'en cet instant.

— Bonjour, toi, dis-je d'une voix encore enrouée par le sommeil.

Derrière lui, des petits jappements surexcités attirent mon attention. En me redressant dans le lit, j'aperçois Gaby qui s'acharne à grimper sur le lit pour me rejoindre. Arthur, amusé, lui donne un coup de main, et le chiot se jette aussitôt sur moi, me couvrant de léchouilles enthousiastes.

— Non, Gaby, arrête ! protesté-je en riant.

Je le repose au sol et en profite pour embrasser mon bel apollon au passage en attrapant une veste pour mettre sur mes épaules. La température est plus fraîche que les jours précédents. En ouvrant les rideaux, je constate qu'effectivement, le ciel est chargé et le temps est maussade.

— Je te prépare le petit-déjeuner, annonce Arthur en attrapant Gaby pour l'emmener avec lui.

— Ok, je descends dans cinq minutes, juste le temps de prendre une petite douche.

Je fille sous l'eau chaude, m'habille ensuite d'un jean et d'un pull confortable, sèche vite fait mes cheveux avec une serviette et me maquille légèrement.

Quand je descends, mes tartines sont prêtes et le café est en train de couler. Je vais me servir une tasse et m'installe près d'Arthur, lui déposant un baiser dans le cou. Il lève le nez de son portable et me sourit.

— Tu as ton train dans une heure. On ne doit pas traîner.

— Ok, chef, lui dis-je en lui adressant un salut militaire moqueur.

Il secoue la tête, faussement dépité, puis attrape le torchon posé sur l'îlot et me donne une petite tape sur les fesses.

— Hey !

— C'est pour vous être moqué de moi, Mademoiselle Leroux.

Je me renfrogne pour la forme, mais ne peux m'empêcher de sourire devant cette badinerie. Je me dépêche de terminer mon petit-déjeuner avant de monter récupérer ma valise dans la chambre.

Quand je redescends, Arthur est déjà prêt, Gaby en laisse.

Nous arrivons juste à temps à la gare. Avec mes bagages et Gaby, je suis bien chargée. Avant que je ne monte dans le train, Arthur me retient par la main et m'attire dans ses bras.

— Tu vas me manquer…

— À moi aussi, murmuré-je avant de l'embrasser tendrement.

Le signal du chef de gare retentit. À contrecœur, je monte sur la première marche.

— Tu pourrais peut-être me rejoindre ce week-end ? suggéré-je, l'espoir dans la voix.

Son sourire s'illumine instantanément.

— Je croyais que tu n'allais jamais me le proposer ! me répond-il avec un sourire radieux. On se voit vendredi soir, alors !

La porte du train se referme sur lui avant que je ne puisse entendre la suite de sa phrase.

Je rejoins ma place avec Gaby et jette un dernier regard par la fenêtre. Arthur est là, debout sur le quai, dans son costume impeccable et son regard fixé sur moi, beau à se damner.

Le trajet passe vite grâce à Gaby, qui devient la coqueluche du wagon. Enfants, et même parfois certains adultes, se succèdent pour le caresser, amusés par son énergie débordante.

Lorsque j'arrive à la maison, je commence par ouvrir les volets. Le premier agent immobilier doit passer dans moins de deux heures, juste le temps de manger rapidement et de me préparer pour la visite.

Lorsqu'arrive l'heure, Gaby, fidèle à lui-même, tente de lui sauter dessus pour jouer. Je l'attrape aussitôt par la peau du cou et le ramène à son panier.

— Non, Gaby, couché ! ordonné-je fermement.

Il reste tapi dans son panier avec des yeux de merlan frit. J'ai l'impression qu'il comprend enfin.

L'agent fait le tour de la maison en prenant des notes, me posant quelques questions au passage. Finalement, la visite est rapide, et j'obtiens une première estimation locative. Les trois rendez-vous à venir me permettront de comparer.

Le second agent arrive une heure et demie plus tard, et la visite suit exactement le même schéma. L'estimation qu'il me propose est quasiment identique, à cent euros près.

Les deux derniers rendez-vous étant prévus pour demain, je peux enfin me consacrer à d'autres tâches. Je lance une machine à laver, avant de monter trier mes vêtements. Si je mets la maison en location, je dois vider les armoires.

Pour la chambre de ma grand-mère, c'est déjà fait, tout comme pour la chambre d'amis. Par contre, pour ma chambre, c'est une autre histoire. Je m'attaque d'abord à la commode. Un tiers de mes vêtements ne m'a pas servi depuis des années. Je fais un tas à donner et pour certaines pièces à vendre.

Puis, je passe à l'armoire, et le constat est le même. Je remplis deux grands sacs de vêtements à donner et un petit à vendre. Après avoir descendu le tout dans le garage, je jette un œil à l'heure, il est 18h40. Arthur doit être rentré.

Je m'installe dans le salon et lance un appel en visio. Il décroche aussitôt, mais son visage me dit qu'il a passé une mauvaise journée.

— Coucou, comment ça va ?

— Ça va, répond-il, mais son ton ne me trompe pas.

— Non… Je crois que tu n'as pas bien entendu ma question, j'ai dit comment ça va ? insisté-je.

Il esquisse un sourire malgré lui, puis secoue la tête.

— Bon… d'accord, tu as raison, la journée aurait pu être meilleure. J'ai passé la matinée avec l'agent Dumont. Une des filles qui accusait Alban s'est rétractée, et il a fallu convaincre l'autre de maintenir son témoignage. Je ne sais pas comment il s'y prend, mais il leur met clairement la pression.

Mon estomac se noue instantanément.

— Oh…mais…

Je bafouille, j'ai du mal à aligner deux mots.

— Mais… il reste en prison ? balbutié-je, la panique me gagnant.

Je serre le téléphone d'une main, l'autre agrippant un coussin comme une bouée de sauvetage.

— Oui, rassure-toi, ma belle. Avec tous les chefs d'accusation qui pèsent sur lui, il y est pour un bon moment.

Je relâche lentement ma respiration, réalisant que je l'avais retenue. Je commence à me détendre légèrement. Je comprends mieux la tête qu'il faisait lorsqu'il a décroché.

— Tu me fais faire le tour du propriétaire ? demande-t-il, changeant volontairement de sujet.

J'accepte avec enthousiasme et commence à lui faire la visite.

— Alors, là, tu as le salon.

Je tourne le portable pour qu'il puisse voir, et je fais un tour sur moi-même. Je m'arrête sur la verrière de la cuisine et m'avance vers celle-ci.

— Là, c'est la cuisine.

— Très joli, et jolie photo.

Je sais qu'il fait allusion aux photos de son bureau et je souris.

— Là, la salle à manger, dis-je en sortant de la cuisine.

— C'est très moderne et décoré avec goût, on se croirait dans un magazine de décoration.

— Merci… C'est que tout est quasiment neuf… Attends je te montre les chambres.

Je monte les escaliers et ouvre la chambre d'amis, puis celle de ma grand-mère et enfin la mienne que j'adore.

— Tu as vraiment fait un très beau boulot… !

— Merci, dis-je en redescendant les escaliers pour aller m'asseoir dans le salon.

En arrière-plan, j'entends la sonnerie de son entrée.

— Oh, excuse-moi, ça doit être Jasper. Il savait que j'étais seul ce soir et a proposé qu'on mange ensemble.

Il ouvre la porte et Jasper apparaît, brandissant un pack de bières et des pizzas.

— Hey, coucou Alice.

— Salut, Jasper.

— Je viens pervertir ton homme, m'annonce-t-il avec un sourire.

— Oh, mais je pense qu'il n'a pas besoin d'aide pour ça ! plaisanté-je.

Arthur ramène l'écran sur lui, sur son visage un sourire.

— Passez une bonne soirée… et pas trop de bêtises.

— Promis… Je t'embrasse.

— Moi aussi.

L'appel terminé, je reste un instant immobile, le regard perdu. Je crois bien qu'il me manque bien plus que je n'aurais imaginé.

Gaby, qui avait été sage tout l'après-midi, vient chercher de l'attention. Je crois qu'il a compris qu'il ne fallait pas sauter sur les gens, je suis assez fière de lui. Je le prends sur mes genoux, caressant doucement son ventre jusqu'à ce qu'il s'endorme.

Je finis par le déposer dans son panier et vais préparer le repas. Après un dîner en solitaire, je me blottis sur le canapé devant une comédie romantique.

Plus tard, en me couchant, j'enfile le tee-shirt d'Arthur et le porte contre mon visage. Son odeur m'apaise et je m'endors sereinement.

Mais en pleine nuit, je me réveille en sueur, les joues trempées de larmes. Un cauchemar… Encore. Je me touche le ventre pour vérifier que je n'ai pas de blessure. J'essuie rageusement les larmes sur mon visage. Il ne peut pas me pourrir la vie de la sorte.

Je bois un verre d'eau pour me calmer, puis me recouche, serrant l'oreiller pour avoir cette sensation de présence, comme un rempart contre mes angoisses. J'ai un peu plus de mal à m'endormir mais la fatigue finit par avoir raison de moi.

55

Lorsque je me réveille ce matin, la fatigue pèse encore sur moi. Ma nuit n'a pas été aussi paisible que je l'aurais espéré. Je descends me préparer un café et quelques tartines. Peu à peu, la caféine fait son effet et une pensée me traverse l'esprit : ce soir, je revois Arthur. Un sourire éclaire mon visage, et l'excitation remplace la torpeur de mon réveil.

Après m'être habillée, je remets en ordre les quelques affaires déplacées en prévision des visites d'aujourd'hui. J'en ai une dans la matinée et une en début d'après-midi. Les deux se déroulent parfaitement. Les agents immobiliers trouvent la maison magnifique et idéalement située. Ils me laissent leurs estimations locatives, qui s'alignent sur celles des précédents rendez-vous, entre 1 400 € et 1 550 € par mois. Un bon tarif. Tous m'ont conseillé de faire appel à un comptable pour le locatif meublé. Je pense que je vais suivre leur conseil si je me lance.

La journée passe à une vitesse folle, et pourtant, j'ai l'impression que les heures s'étirent en attendant Arthur. Il m'a dit qu'il me préviendrait à son arrivée. En faisant un rapide calcul, s'il a pris le train de 17h, il devrait être là vers 22h. Il n'est que 17h15… Encore cinq heures à patienter. Dépitée, je m'affale sur le canapé.

Soudain, Gaby s'agite devant la porte d'entrée. Alarmée, je me lève et m'approche.

— Qu'est-ce que tu as, mon grand ?

Je n'ai pas le temps de m'appesantir sur sa réaction que quelqu'un sonne à la porte. Je l'ouvre… et me retrouve face à un énorme bouquet de fleurs. C'est Arthur.

Sans réfléchir, je lui saute au cou, quitte à écraser les fleurs entre nous. Il lâche tout – bouquet et sac - et m'attrape par les hanches pour me soulever, scellant nos retrouvailles d'un baiser passionné. Il entre, traverse le salon et me dépose sur le canapé.

— Moi aussi, je suis ravi de te revoir, ma belle !

Gaby ne tarde pas à lui sauter dessus, tout excité. Arthur lui caresse la tête avant de le renvoyer à son panier d'un ton ferme. Penaud, le chiot obéit, nous lançant un regard de martyr.

Arthur s'installe près de moi et m'attire sur ses genoux. Il enfouit son visage contre ma poitrine et inspire profondément. Je fais de même, respirant son odeur, appréciant la chaleur de son corps. À cet instant, je le sais : c'est ici, dans ses bras, que je me sens enfin chez moi. Mon cœur bas plus vite. Je crois que je suis vraiment amoureuse de lui, mais je n'ose pas le lui dire, pas encore.

— Tu m'as manquée ! me susurre-t-il après un long silence.

— Toi aussi, tu m'as manqué, lui soufflé-je en plongeant mon regard dans le sien.

Mes yeux descendent sur ses lèvres, irrésistiblement attirés. D'un geste doux, j'embrasse ses paupières closes, sa joue gauche, puis effleure à peine ses lèvres, comme une caresse, avant de passer sur l'autre joue. Je descends lentement vers son cou, sentant son souffle s'accélérer. Un râle s'échappe de sa bouche tentatrice. Mon corps frissonne en sentant la tension monter entre nous. Je me hisse à califourchon sur lui, capturant sa bouche avec légèreté, comme un papillon butinant une fleur. Puis ma langue effleure sa lèvre inférieure, goûtant son impatience. Ses mains se resserrer sur mes hanches. J'amorce un lent mouvement de va-et-vient sur son désir grandissant. Il bascule sa tête en arrière, à bout de souffle.

— Tu vas me tuer, Alice…

— Pas encore, soufflé-je avec un sourire provocateur.

Je dérobe sa bouche d'un baiser urgent. Pour moi aussi l'attente est atroce. Son regard brûlant se fixe sur moi. En une seconde, il se lève, me maintenant fermement contre lui.

— Ta chambre, demande-t-il, sa voix rauque trahissant son impatience.

— À l'étage…

Sans un mot de plus, il m'emporte jusqu'à mon lit, où il me fait succomber de mille et une façons. Nos corps s'unissent avec une passion dévorante, mêlant soupirs et extases. Lorsque nous sommes enfin rassasiés l'un de l'autre, je me blottis contre lui, langoureusement.

Je caresse sa joue, l'observe, fascinée.

— Tu m'as vraiment manqué, murmuré-je, les yeux brillants.

Il répond par un baiser tendre, empreint d'une douceur infinie.

— Je crois que toi aussi, tu m'as vraiment manquée !

Après un passage rapide par la salle de bain, je le rejoins dans le salon. Il a déposé le bouquet, légèrement malmené par nos retrouvailles, sur la table. Un coup d'œil à l'horloge me rappelle que la soirée ne fait que commencer.

— Et si on allait se promener sur la plage ? proposé-je.

— Bonne idée ! Laisse-moi juste enfiler quelque chose de plus confortable.

Il disparaît à l'étage et revient en jean et tee-shirt. Je ne saurais dire ce qui me plaît le plus : lui en costume ou en tenue décontractée. En réalité, peu importe. C'est lui que j'aime.

Nous prenons ma Renault Captur beige et roulons une vingtaine de minutes jusqu'à la plage. L'air est encore doux pour la saison, presque 20 degrés. J'ai glissé une fouta dans mon sac, au cas où nous aurions envie de nous asseoir face à la mer.

Nous marchons main dans la main, laissant Gaby jouer dans les vagues. Il bondit, court, s'amuse, déclenchant nos rires. Finalement, nous nous installons sur le sable, Arthur assis derrière moi, son torse contre mon dos. J'appuie ma tête contre lui et ferme les yeux, bercée par le bruit des vagues. Ce moment est parfait.

Lorsque le soleil commence à disparaître à l'horizon, nous décidons de rentrer.

À la maison, Gaby file directement dans son panier, exténué par sa sortie. Nous dînons dans la salle à manger, une première pour moi. Avec Sonia, on avait plutôt l'habitude de manger dans le salon, devant la télévision. Finalement, j'aime cette table carrée, elle rend l'ambiance plus chaleureuse.

Nous passons la soirée à discuter autour d'un verre de vin. Avec Arthur, la conversation est fluide, naturelle. Il est captivant, et surtout, il s'intéresse vraiment à moi. J'ai cette étrange impression de le connaître depuis toujours.

Lorsque l'heure du coucher arrive, nous montons dans la chambre. Il me déshabille avec une pluie de baisers qui échauffe mon désir. Lorsqu'il vient à bout du dernier morceau de tissu, c'est à mon tour de le dévêtir. Je prends mon temps, savourant chaque instant. L'attente devient insoutenable. Il me soulève et me renverse sur le lit. Nos corps s'unissent à nouveau, dans une étreinte intense et passionnée. Nos souffles se mêlent, nos corps brûlent, et lorsque le plaisir nous submerge enfin, nous nous écroulons l'un contre l'autre, essoufflés.

Blottie contre lui, je ferme les yeux, épuisée. Il m'enlace, nous recouvre du drap, et nous sombrons ensemble dans un sommeil paisible.

56

Ce matin-là, je me réveille blottie contre mon bel adonis, ma main posée sur son torse, ma jambe enroulée autour de sa cuisse. Je le caresse doucement, veillant à ne pas troubler son sommeil. Lentement, mes doigts glissent le long de son abdomen jusqu'à atteindre la lisière du drap qui dissimule le fruit défendu. La tension sous le tissu ne laisse aucun doute, la bête est déjà éveillée.

Je me penche délicatement pour parsemer son torse de baisers, suivant le relief de ses muscles sculptés, descendant progressivement jusqu'à cette barrière de tissu. Alors que je m'apprête à la soulever, sa main capture la mienne.

— À quoi tu joues ma belle ? murmure-t-il d'une voix ensommeillée.

— J'ai très envie de te goûter…

Son emprise de relâche légèrement, son regard ancré dans le mien, brûlant de désir, d'envie et d'une pointe de dévotion.

Je me mords les lèvres, impatiente, et soulève le tissu, libérant enfin l'objet de mon désir. Le regard gourmand, je le saisis avec délicatesse avant d'y poser ma langue; lentement, savourant chaque frisson qu'il réprime avec peine. Arthur me contemple avec une intensité troublante, son expression à la fois lubrique et fascinée m'électrise. C'est une première pour moi, un territoire encore inexploré, mais voir le plaisir se peindre sur son visage me grise. Lorsqu'une goutte perle à son sommet, je le recueille du bout de la langue, déclenchant chez lui un soupir rauque de désir. J'intensifie mes mouvements, me laissant guider par ses gémissements grandissants.

Brusquement, il se redresse, s'extrayant de mes lèvres, et me renverse sur lit avec une maîtrise parfaite. Ses doigts s'aventurent entre mes cuisses, arrachant à ma gorge un gémissement incontrôlé.

— Tu es déjà prête, murmure-t-il en esquissant un sourire.

Sans me laisser le temps de répondre, Il me soulève légèrement et s'enfonce en moi d'un coup de reins assuré. L'intensité du moment me submerge, les vagues du plaisir déferlent presque instantanément en moi. Je me contracte autour de lui, l'entraînant dans ma chute. Essoufflé, il s'affaisse contre moi et me glisse à l'oreille :

— C'est définitivement la plus belle façon de se réveiller, Mademoiselle Leroux.

— À votre service, Monsieur Weber... Tu viens prendre une douche avec moi ? lui proposé-je en me levant.

— Est-ce bien raisonnable ?

— Certainement pas... mais, on s'en fiche, non ?

Pour toute réponse, il se lève, me prend la main et m'attire dans la salle de bain.

Après une douche ponctuée de caresses sensuelles, nous descendons dans la cuisine pour prendre un bon petit déjeuner. Je retrouve Gaby dans son enclos, ravi de me voir. À ma grande fierté, il n'a rien sali pendant la nuit. Je le félicite d'une caresse avant de le sortir en urgence. À peine dehors, il s'empresse d'uriner sur les arbustes et de faire ses besoins un peu plus loin. Note à moi-même : acheter une pince à crottes.

Lorsque je rentre, tout est déjà prêt : café fumant, tartines dorées, gamelle de Gaby remplie. Arthur a pensé à tout. Je souris et l'embrasse dans le cou avant de m'installer près de lui, au bar de la cuisine.

— Tu as envie de faire quelque chose en particulier ? demandé-je en mordant dans ma tartine.

— À part te dévorer toute la journée, je ne vois pas !

Je lui donne une tape sur l'épaule en riant.

— Sérieusement, est-ce qu'il y a quelque chose que tu aimerais découvrir ?

— Surprends-moi ?

Je réfléchis un instant, il y a tant de belles choses à voir dans la région... et avec les 25 degrés annoncés, la journée s'annonce parfaite.

— Collioure, ça te tente ?

— J'en ai entendu parler, mais je n'y suis jamais allé.

— Alors c'est décidé, on y passe la journée.

Je monte rapidement me changer, enfilant une robe légère adaptée à la chaleur. Dans mon sac de plage, je glisse deux foutas et de la crème solaire. En passant par la cuisine, j'ajoute une bouteille d'eau et quelques biscuits.

— Prête ! annoncé-je en souriant.

— Nous aussi, répond Arthur, la laisse de Gaby en main.

Nous prenons la route et arrivons en une trentaine de minutes dans cette petite ville pittoresque. Nous nous garons sur le parking destiné aux touristes et descendons les ruelles jusqu'au port de plaisance, puis à la plage de galets fins.

Nous flânons dans ses rues chargées d'histoire, admirant les couleurs éclatantes des façades et l'imposante enceinte médiévale qui donne tant de cachet à cette petite ville. À midi, nous nous attablons en terrasse pour déguster des spécialités locales : poivrons grillés marinés, pan con tomate, ou encore la sèche en persillade... Un véritable festin que nous clôturons par une crème catalane aux agrumes.

Après ce repas délicieux, nous nous laissons tenter par la plage de galets. Il fait vraiment un temps magnifique. Nous étalons les foutas parmi la petite foule qui s'est déjà installée. Je pose par terre une petite serviette pour Gaby. Toutes les jeunes femmes autour de moi sont en maillot de bain. Je n'hésite pas deux minutes de plus avant d'enlever ma robe sous laquelle j'avais moi-même mis un maillot. Je vois les yeux admiratifs de mon compagnon que j'embrasse en m'asseyant.

Je regarde Arthur qui commence à avoir chaud avec son jean et son tee-shirt. Je me lève, remets ma robe, j'attrape la laisse de Gaby et lui tends la main.

— Aller, viens, on va t'acheter un maillot de bain…

Il se lève avec un sourire et me suis dans un magasin tout proche. On lui trouve un short de bain – rouge façon *Alerte à Malibu*, qui lui va terriblement bien. Et nous retournons sur les foutas que nous avions laissées sur la plage. Je cale la laisse de Gaby pour ne pas qu'il s'échappe. J'enlève de nouveau ma robe et Arthur son tee-shirt. Je le trouve magnifique. Je passe mes bras autour de son cou et l'embrasse avec tendresse. Il m'enlace et me sert contre son torse.

— On tente une baignade ? proposé-je en regardant les quelques courageux dans l'eau.

— Je crois que c'est une excellente idée, répond-il avant de me soulever d'un geste vif et de courir vers l'eau.

Un cri m'échappe, mais c'est trop tard, nous sommes déjà immergés dans l'eau fraîche. Arthur plonge avec aisance et refait surface quelques mètres plus loin, l'air triomphant. Avec son short rouge, son corps sculpté et l'eau ruisselant sur sa peau, il pourrait sortir du générique d'une série américaine.

Je remarque que je ne suis pas la seule à le regarder…

D'un battement de jambes, je le rejoins sous l'eau et l'embrasse… Juste pour que les choses soient claires…

Après cette baignade vivifiante, nous retournons sur la plage. D'autant que Gaby s'agace de nous voir dans l'eau sans lui. Nous nous installons sur les foutas pour une petite sieste au soleil. Allongée sur le ventre, je sens une substance fraîche couler sur mon dos. Je relève la tête et vois Arthur qui commence à me passer de la crème solaire, un sourire espiègle sur les lèvres.

— Ça serait dommage de choper un coup de soleil, me dit-il avec un clin d'œil.

Je souris et repose la tête sur les mains, profitant de ce massage improvisé. Je l'entends se lever et se positionner près de mes cuisses. Ses mains se font de plus en plus lentes… sensuelles. Lorsqu'il atteint mes cuisses, puis remonte tout près de mon entrejambe, je frémis. Je me délecte des sensations que ses mains sur ma peau me procurent. Je cache mon visage dans mes coudes repliés pour ne pas qu'on voit le rouge me monter aux joues. C'est un vrai supplice de le sentir si proche de moi et de ne pouvoir bouger au risque de faire un attentat à la pudeur. Je suis trempée et il le sait. Il s'attaque à ma deuxième cuisse avec toute la même attention. Un soupir m'échappe malgré moi. Je me rends compte de là où nous sommes et masque ma bouche avec ma main.

Il arrête de me maltraiter et vient me susurrer à l'oreille :

— Ça t'a plu, ma belle ?

Rougissante, je me redresse avec un sourire mutin. Je le regarde dans les yeux avec un air de défi.

— À mon tour, monsieur !

Je le plaque dos au sol sur la fouta. Je me mets de la crème dans les mains avec un regard provocant. Je l'étale sur son torse en commençant par ses épaules, puis ses pectoraux, puis la ligne de ses abdominaux et je m'attarde sur la lisière de son short de bain. Ma revanche est une douce torture. Il a les yeux fermés, mais je sens la tension sur son visage. Je me déplace comme lui l'a fait, et m'attaque à ses mollets, puis à ses cuisses et je remonte lentement, tout en douceur. Je vois que mon massage lui fait de l'effet à la bosse qui se forme sous son short de bain. Il arrête ma progression d'un geste vif et s'assied, attrapant le sac de plage pour le poser stratégiquement sur ses jambes, secouant la tête en souriant.

— Qu'est-ce qu'on va faire de vous, Mademoiselle Leroux ?

— Plein de choses, j'espère, soufflé-je en l'embrassant.

Nous restons encore un moment sur la plage à nous prélasser. Une fois nos maillots secs, nous nous prenons une petite glace que nous mangeons en nous promenant le long du château de Collioure.

L'après-midi est bien avancé quand on se décide à rentrer. Gaby est couché aux pieds d'Arthur, il dort à poings fermés. Je crois que le grand air lui a fait du bien. De retour chez moi, je monte prendre une douche pendant qu'Arthur commence à préparer le dîner. Lorsque je descends, la table est mise et ça sent très bon dans la cuisine.

— Allez, va prendre ta douche… Qu'est-ce que je dois faire ? lui demandé-je en désignant la casserole où cuit une préparation avec des tomates et des poivrons.

— Rien, juste à touiller de temps en temps.

Il m'embrasse sur la joue et monte se doucher. Ça sent rudement bon et je ne peux m'empêcher de goûter. Je trempe la spatule en bois dedans et la porte à ma bouche en évitant de me brûler. C'est délicieux. Il doit y avoir de l'oignon, un peu d'ail et quelques épices. Je soulève le couvercle de l'autre casserole et vois mijoter des spaghettis. Je touille un peu et sors deux verres à pied pour nous servir du vin.

Quand il descend avec ses cheveux encore mouillés et les couleurs de soleil qu'il a pris aujourd'hui, je ne l'ai jamais trouvé plus sexy. Je me régale de cette image avec un regard de tentatrice. Il le voit et s'approche pour prendre mon visage en coupe et m'embrasser tendrement. Il y met toute cette chaleur et cette quiétude qui nous ont entourés tout au long de cette journée. Quand il s'écarte de moi, j'aperçois dans ses yeux toute la tendresse… tout l'amour qu'il me porte. J'en ai le souffle coupé et je crois que mon cœur loupe un battement.

Il passe les bras dans mon dos et m'enlace.

— J'ai passé une merveilleuse journée, merci !

— Non, merci à toi, elle n'aurait pas été si belle si tu n'avais pas été là !

Il me sourit et m'embrasse de nouveau.

J'entends le bip de la plaque vitrocéramique et me retourne pour attraper la passoire. Nous finissons de préparer le repas et nous mettons à table. Nous partageons le repas dans cette complicité douce, ponctuée de regards brûlants. Plus tard, dans l'intimité de la chambre. Arthur m'offre un massage après soleil… qui dégénère délicieusement en jeu sensuel. Je m'endors contre lui, comblée.

57

Lorsque je me réveille, je suis seule dans le lit. Presque déçue de ne pas sentir « mon » homme à mes côtés. J'enfile son tee-shirt et descends dans la cuisine. Je le découvre derrière les fourneaux, en train de préparer des pancakes. Gaby dort paisiblement dans son panier, et sur le bar, un plateau attend, agrémenté d'un petit vase avec une fleur, d'un pot de confiture et de deux tasses.

Silencieusement, je m'approche et l'enlace par la taille. Il sursaute, manquant de faire tomber son pancakes. Gaby, réveillé par le mouvement, vient me tourner autour en quête de caresses.

— Tu m'as fait peur... Bon ben, c'est raté pour le petit-déjeuner au lit si je comprends bien ! me dit-il déçu.

— Oh, mais je peux arranger ça… Je peux très bien retourner me coucher… dis-je avec un sourire qui en dit long sur mes intentions.

Il dépose son pancake dans l'assiette, éteint la plaque et m'attire contre lui.

— Crois-tu que ce soit vraiment raisonnable ?

Je sais très bien ce qui se passerait si nous remontions. Et si l'idée me séduit, j'ai encore tant de choses à partager avec lui aujourd'hui. Je jette un œil à l'horloge, il est presque neuf heures.

— Non, tu as raison, dis-je un peu déçue.

— Ne t'en fais pas, on aura tout le temps de se rattraper… me dit-il avec un sourire coquin.

Il me serre un café pendant que Gaby attend patiemment ses caresses.

— Oh, mon pauvre Gaby, je vais te sortir…

— Pas la peine, je l'ai déjà fait en me levant.

Je le dévisage, éberluée.

— Tu es sorti comme ça ? je lui demande amusée.

Il ne porte sur lui qu'un bas de survêtement, son torse nu exposé aux regards matinaux.

— Heu, oui ! répond-il surpris.

— Bon, ben, je crois que c'est officiel, les femmes du quartier vont fantasmer sur le bel homme qui vit chez la petite Alice, dis-je en lui volant un baiser.

En me reculant, j'aperçois deux de mes voisines passer dans la rue. Elles jettent un coup d'œil dans notre direction avant de s'éclipser précipitamment. Je pouffe de rire en leur faisant un signe de la main.

— Alors, quel est le programme aujourd'hui ? demande-t-il.

Je regarde dehors. Il fait très beau, mais la chaleur semble plus douce qu'hier.

— Si on allait au marché de Cassanyes ? On pourrait acheter de quoi pique-niquer dans un parc.

— Si tu veux, je te suis !

Nous prenons le temps de savourer notre petit-déjeuner, bavardant de tout et de rien. Ensuite, je monte m'habiller d'un jean et d'un petit haut jaune que je recouvre d'un pull léger. J'attrape un sac dans lequel je glisse tout le nécessaire pour notre pique-nique : couverture, verres et assiettes en plastique, couverts et bouteille d'eau. Pendant ce temps, Arthur a pris sa douche et m'attend dans le salon, jouant avec Gaby. Je les observe, attendrie.

— On y va ?

Arthur attache la laisse de Gaby, tout excité à l'idée de cette nouvelle sortie. Nous nous garons non loin du marché et flânons dans les allées, remplissant notre panier de fromages, charcuterie, fruits, tomates, et même un dessert avec une petite bouteille de vin. Puis direction le Parc St Vincent, où nous nous installons sur l'herbe.

Gaby gambade autour de nous pendant qu'Arthur tente – en vain - de lui apprendre à rapporter un bâton. À chaque fois, le chiot s'enfuit joyeusement avec, dès qu'il s'approche, ce qui me fait sourire. Lorsque tous est en place, je leur fais signe de venir. Arthur s'installe près de moi, épuisé.

— Il va me tuer ce chien ! dit-il, essoufflé.

Je pouffe devant son air exténué et lui tends un paquet de chips. Il en prend une avant d'ouvrir la bouteille de vin et de trinquer à cette belle journée. Nous dégustons notre repas sous le regard attentif de Gaby, couché près de nous, remuant la queue en espérant quelques miettes. Une fois notre déjeuner terminé, je lui donne deux biscuits pour le récompenser de son bon comportement.

Arthur s'allonge et pose sa tête sur mes cuisses. Gaby vient se lover contre lui. Je caresse doucement son visage, et il s'assoupit rapidement. Attendrie, je sors mon téléphone pour immortaliser ce moment. Ils sont trop craquants.

Une jeune femme passant par là, propose de nous prendre tous les trois en photo. Je la remercie et lui tend mon portable. Elle prend la photo alors que mes deux compagnons dorment encore. Quand je découvre le cliché, je souris : nous avons l'air si paisible, si heureux…

Il fait plus chaud que prévu. J'enlève mon pull et profite du soleil, les yeux fermés, les bras en appui derrière moi. Le vent caresse mon visage, la chaleur m'enveloppe doucement et les rayons du soleil réchauffent ma peau. Je suis vraiment bien. J'observe Arthur. Il semble si serein, un léger sourire sur ses lèvres.

Je me penche et lui dépose un baiser sur la bouche, murmurant un tendre « mon amour ».

— Mon amour ? répète-t-il, sourire aux lèvres, les yeux encore fermés.

Je plaque une main sur ma bouche, gênée. Je pensais qu'il dormait.... Il ouvre lentement les yeux et me fixe. Je sens mes joues s'embraser. Il se redresse sur un coude.

— Viens-là, mon amour !

Il attire mon visage au sien et m'embrasse tendrement. Il me bascule dans l'herbe sans interrompre notre baiser, qui se fait langoureux. Il se fait plus intense, mêlant douceur, passion et désir. Lorsqu'il s'éloigne, un frisson parcourt ma peau sous l'intensité de son regard.

— Tu peux me donner tous les surnoms que tu veux, mais celui-là me plaît particulièrement.

Je lui souris. Il écarte une mèche de mon visage.

— Ah, et j'ai oublié de te le dire, ta nouvelle coiffure te va à merveille. Tu es magnifique, rajoute-t-il en m'embrassant une nouvelle fois.

Je fonds sous son compliment, mais Gaby interrompt ce moment en chouinant, jaloux de notre attention. Arthur le caresse et se relève.

— Allez, viens, gros bêta, je vais essayer de t'apprendre à rapporter.

Je lui tends le petit sac de friandises.

— Tiens, ça devrait beaucoup t'aider.

— Ah ! Je comprends mieux comment tu lui as appris toutes ces choses.

Il s'éloigne avec Gaby, et je les regarde jouer. Le chiot finit par rapporter le bâton avec fierté, sous les encouragements d'Arthur, aussi ravi que lui.

Après quelques heures, nous plions bagage et rentrons à la maison. Le soir, nous nous préparons un plateau-repas et nous installons sur le canapé, Gaby à nos pieds, un film à l'écran. Nous dégustons les mets achetés au marché, profitant simplement de ce moment ensemble.

Arthur doit prendre le train très tôt demain matin. Alors ce soir-là, il me fait l'amour avec une intensité nouvelle, comme si chaque minute comptait. Comme si l'attente jusqu'au prochain week-end allait être interminable.

Je me languis déjà de lui.

58

Un baiser me réveille. J'ouvre les yeux, il fait encore nuit.

— Au revoir, ma belle ! murmure Arthur, assis près de moi dans le lit.

— Hein, mais quoi ? Mais je t'accompagne, dis-je en me redressant pour attraper de quoi me couvrir.

— Non, j'ai commandé un Uber, il arrive dans deux minutes, m'informe-t-il en consultant son téléphone. Repose-toi.

— Attends, je t'accompagne jusqu'à la porte au moins…

Mon ton est sans appel, il ne proteste pas. Je me lève et enfile son tee-shirt, laissé sur le lit.

— Je savais que tu allais le prendre, lance-t-il avec un clin d'œil amusé.

Je l'attrape par la main et le précède dans les escaliers. Une fois devant la porte, il récupère sa valise et sa sacoche d'ordinateur. Il travaillera sûrement dans le train. Mon regard s'attarde sur lui, je tends la main pour effleurer son visage avant de l'embrasser longuement. Il répond en me serrant contre lui, ses mains remontant sous mon tee-shirt, effleurant ma peau dans une caresse brûlante, me faisant vibrer de désir. Puis, avec regret, il se détache et pose son front contre le mien.

— Sois sage, me dit-il avec un sourire espiègle.

Je lui rends son sourire. Il s'éloigne, et moi, debout sur le palier, je le regarde partir, sans me soucier de ma tenue ni du regard des voisins. À mes pieds, Gaby me frôle. Je l'avais presque oublié. Dans la nuit, j'observe la voiture disparaître, sombre comme mes pensées. Je ramasse mon chiot et l'enlace avent de le remettre dans son panier. Puis je remonte me coucher, perdue, déjà en manque de lui.

Les jours suivants s'étirent avec une lenteur insupportable. On s'appelle chaque soir, parfois jusqu'à l'émoi, mais rien ne remplace la sensation de sa peau contre la mienne. Il me manque atrocement.

Et puis, il y a cette maison. La louer signifie tirer un trait sur ce que nous avons partagé ici. Et je ne suis pas prête.

J'ai appelé mes collègues du café pour leur annoncer que finalement, je ne revenais pas. Ils étaient ravis pour moi.

Aujourd'hui, nous sommes jeudi, et à midi je me suis décidée à aller rejoindre Arthur. Il ne le sait pas, ce sera une surprise. J'ai fait ma valise, le sac de

Gaby et j'ai réservé le train à 13h45. Si tout se passe bien, je devrais arriver vers 19h.

Le trajet est rythmé par les va-et-vient des enfants dans l'allée, mais Gaby, lui, reste calme. À Paris, j'enchaîne avec un Uber et trépigne d'impatiente durant les quarante-cinq minutes qui me séparent encore de lui.

Enfin, j'arrive. Mon cœur bat à tout rompre en montant l'allée. Je sonne. J'entends des pas, puis la porte s'ouvre sur un Arthur surpris… et gêné.

Et avant même que je ne comprenne, une voix féminine retentit derrière lui.

— Oh, chéri, tu me dis où tu ranges les verres à pied ?

Mon estomac se noue. Mon regard glisse derrière lui, et je l'aperçois… Véronica.

Mon instinct me crie de fuir. Je recule d'un pas, puis d'un autre et fait volte-face pour quitter cet endroit. Arthur réagit immédiatement, m'attrape par le bras, et me ramène contre lui pour m'embrasser.

Je me dégage et fais un nouveau pas en arrière, le doute doit se lire sur mon visage.

— Alice, ma belle, ce n'est pas ce que tu crois ! Je te l'ai déjà dit, Véronica n'est qu'une amie. Et il n'y a que toi ! Il n'y a toujours eu que toi. Depuis le jour où tu m'as traité de grincheux, où tu as couvert Nicole pour son erreur, où tu m'as prouvé que je n'étais qu'une bille en informatique. Tu m'as happé dans tes filets pour ne plus me relâcher.

Son regard plonge dans le mien. Il ne me ment pas, je le sais. Je lis tout l'amour qu'il me porte, et l'émotion me submerge.

— Et il a oublié de préciser que j'étais lesbienne, intervient Véronica en s'avançant.

Je cligne des yeux, décontenancée.

— Ravie de te rencontrer, Alice ! J'ai beaucoup…beaucoup…beaucoup entendu parler de toi ! ajoute-t-elle en me faisant la bise.

— Oh… Moi aussi… euh, enchantée, bafouillé-je.

Elle ne me laisse pas le temps de reprendre mes esprits et m'attrape par le bras.

— Allez, viens ! Laisse les bagages à l'homme de service.

Nous nous installons dans le salon pendant qu'Arthur ramène les valises. Gaby trottine derrière lui.

— Ne t'inquiète pas, je vais juste prendre un verre avec vous, et ensuite, je file, me chuchote Véronica sur le ton de la confidence. Parce que, crois mois, lui, il a grandement besoin de se défouler, ajoute-t-elle plus fort pour qu'Arthur entende.

— Véronica, Véronica, Véronica, répond Arthur en ramenant trois verres de vin. Tu es littéralement infréquentable.

— Mais oui, chéri, mais tu m'adores, avoue !

— Que sous la torture, répond-il avec un sourire, en s'installant près de moi et en mettant sa main sur la mienne.

Leur complicité me rassure. Je respire enfin. Gaby, quant à lui, quémande des caresses.

— Oh, mais t'es mignon, toi ! lui dit-elle en le prenant sur ses genoux.

Il se sent autorisé à tout et lui lèche le visage tant qu'il peut. Elle le pose près d'elle sur le canapé, mais il en descend aussitôt et vient me voir en chouinant.

— Ah, attends, je sais ce que tu veux.

Je me lève et vais chercher dans ses affaires une serviette rouge et l'installe près de Véronica sur le canapé. Il est tout fou et n'attend qu'une chose, c'est de monter sur le canapé. Je le prends et le pose sur sa serviette où il se couche plus calme.

— Encore une de tes prouesses ? me demande Arthur en m'embrassant sur la joue lorsque je me rassois près de lui.

— Oui, une parmi d'autres... lui dis-je avec un sourire.

Nous buvons un verre tous les trois. Je les écoute parler de leurs quatre cents coups avec amusement. Mais Véronica ne tarde pas à nous quitter. Selon elle, nous avons plein de choses à nous dire.

Dès la porte refermée, Arthur m'enlace, m'attire contre lui, la tête appuyée sur mon front. Je me blottis contre son torse et ferme les yeux. J'aime sa façon à lui de me montrer que je lui ai manqué.

— Toi aussi, tu m'as manqué, murmuré-je au bout d'un long silence.

Il s'écarte juste assez pour me regarder. Il me sourit affectueusement et mon cœur se serre.

— Assieds-toi, je finis de préparer le dîner, dit-il en me guidant par la main vers le canapé.

Je me ressers un verre pendant que Gaby est toujours couché sur sa serviette rouge sur le canapé. Je lui caresse la tête, il se retourne sur le dos pour que je lui caresse le ventre. Je le fais avec plaisir. C'est décontractant de caresser un chien. On devrait le prescrire pour les personnes sujettes au stress.

Arthur revient et s'assoit près de moi. Sa main effleure ma joue, écarte une mèche de cheveux de mon visage. Je ferme les yeux sous cet assaut de douceur.

— Tu m'as vraiment manqué, ma belle ! me susurre-t-il contre mon oreille.

Son verre à peine posé, ses lèvres capturent les miennes. Je pose maladroitement le mien sur la table basse et réponds à son baiser qui se veut intense, incontrôlable. Gaby semble gêné, descend du canapé pour aller se mettre dans son panier. Cela nous laisse plus de place. Arthur jette par terre la serviette de Gaby et m'allonge sur le dos.

J'aime la pression de son corps sur le mien. Sa bouche explore mon cou, mon décolleté. Je frissonne sous ses caresses, me cambre sous son poids. Il déboutonne mon chemisier et descend sa pluie de baisers jusque sur mon ventre. Il s'arrête et me caresse du regard. Il trace avec son doigt les traits encore visibles des cicatrices laissées par Alban.

— Je serai toujours là pour toi, murmure-t-il avec émotion.

Je hoche la tête, incapable de parler, émue moi-même. Il déboutonne mon pantalon et me l'enlève tout en poursuivant son avalanche de baisers. Il embrasse ma petite culotte blanche et lui réserve le même sort. Je suis quasiment nue devant lui. Il remonte et sort l'un de mes seins de son écrin. Il lui fait subir une douce torture qui me met au supplice. Je bascule mon bassin vers lui pour sentir son poids sur moi. Il passe à l'autre sein et le mordille avec avidité. Je gémis de plaisir. Je suis moite entre mes jambes et n'attends qu'une chose, qu'il vienne. Mais il n'en a pas fini avec moi. Il me parsème de nouveau de baisers jusqu'au bord de mon pubis. Il s'arrête et m'observe. Je n'ai d'autre choix que de le regarder. Lorsqu'il voit qu'il a toute mon attention, il me lèche, me dévore. Le regarder, sentir toutes ses sensations, fait monter en moi des vagues de jouissance incommensurable. Mes gémissements se font plus aigus, plus intenses, à la limite du cri de plaisir. Je jette un dernier coup d'œil au visage d'Arthur entre mes jambes et l'orgasme éclate autour de moi en mille étoiles.

— Viens mon amour, le prié-je la voix éraillée.

Il remonte sur moi tel un prédateur sur sa proie. Il se dévêtit et ses va-et-vient se font lentement, puis de plus en plus rapidement. Nos souffles se mêlent, nos corps se trouvent et se reconnaissent. Je chuchote des mots à son oreille, des phrases incompréhensibles. Je murmure son prénom jusqu'à le crier lorsque l'orgasme m'emporte. Je me contracte autour de lui, il ne lui faut pas longtemps pour me rejoindre. Il s'étale sur moi. Je respire son odeur avec émotion. Il m'embrasse dans le cou et se met sur les coudes. Il me regarde et écarte les cheveux collés sur mon visage par la sueur. Il me dévisage comme s'il voulait graver cet instant dans sa mémoire.

— Je crois que je vous aime, Mademoiselle Leroux.

Mon cœur rate un battement. Je dois me rappeler qu'il faut respirer tellement je suis frappée par cette déclaration. Je n'osais pas lui dire et c'est lui qui le fait. J'ai les larmes qui me montent aux yeux quand je lui réponds.

— Je crois que je vous aime aussi, Monsieur Weber.

Nous nous embrassons tendrement, toujours l'un contre l'autre, unis dans une même étreinte. Nous ne faisons qu'un.

Arthur finit par se lever et part chercher de quoi m'essuyer. Pendant ce court instant sans lui, je reprends mon souffle, encore enveloppée par l'intensité du moment. Je me rhabille et le rejoins dans la cuisine où une salade César nous attend. C'est parfait. Je l'aide à disposer les plats sur la table de la salle à manger, et nous nous installons pour dîner.

Après le repas, nous montons nous coucher, prêts à nous abandonner une nouvelle fois à cette passion qui nous consume. Je ne sais pas ce qu'il m'arrive avec lui. Dans mes relations passées, le désir était présent, bien sûr, mais jamais avec une telle intensité. Avec Arthur, c'est différent, presque irréel.

Comme si nos corps ne cessaient de s'appeler, de se chercher, inlassablement. Nous partageons bien plus que des instants charnels : nous rions, nous parlons, nous nous comprenons. Et pourtant, dans la chambre, tout devient plus fort, plus brûlant.

Je crois que c'est ça, la passion. L'amour.

59

Nous avons passé une fin de semaine des plus agréables. Vendredi, pendant qu'Arthur travaillais, je suis restée à la maison. J'ai trouvé de quoi m'occuper entre la salle de sport, les balades avec Gaby et quelques escapades dans les communes voisines. Impossible de m'ennuyer.

Ce week-end, Arthur m'a fait découvrir plein de choses. Nous avons visité la Cité des Sciences pour une sortie culturelle, flâné dans les petites rues parisiennes, et longé la Seine main dans la main. J'ai adoré.

Mais ce matin, retour à la réalité. Nous sommes lundi. Je reprends le travail et un léger stress m'envahit. Comment la journée va-t-elle se passer ? Arthur et moi arrivons ensemble à l'immeuble. Nous croisons Nicole, ravie de me revoir, et échangeons quelques mots pendant qu'il patiente près de l'ascenseur, absorbé par ses mails. Je le rejoins, et nous montons au dernier étage. Devant mon bureau, je pose mes affaires, pendant qu'il fait de même dans le sien. Avant de me mettre au travail, je vais toquer à sa porte.

— Tu veux que je te ramène un café ?

— Non, c'est bon, je vais venir le prendre avec toi !

Ok, pourquoi pas. Une minute plus tard, nous nous dirigeons vers la machine à café où nous retrouvons Séverine et Salima. Elles me saluent chaleureusement et prennent de mes nouvelles. J'imagine que tout le monde est au courant de ce qu'il m'est arrivé.

— Mesdames, je vous offre un café ? propose Arthur en avançant sa carte.

Je le regarde, amusée. Il fait des efforts, et j'en suis fière. Séverine et Salima, elles, restent bouche bée.

— Euh… oui… oui, finissent-elles par bafouiller, stupéfaites.

Elles m'échangent un regard surpris avant de se tourner de nouveau vers lui. Arthur reste souriant, détendu. C'est sans doute ce qui les déroute le plus. Il engage la conversation sur la météo et les plantations de printemps, un sujet qui trouve rapidement preneur. Peu à peu, les filles se détendent et discutent volontiers avec lui. Je pense qu'il a marqué des points. Après dix minutes de bavardage, nous retournons à nos bureaux.

Lorsque j'arrive au mien, j'allume mon ordinateur et fouille dans les placards pour trouver les dossiers à traiter. Mais je ne trouve rien, pas un seul petit dossier. Intriguée, je vais voir Arthur. Quand j'entre, il est en pleine conversation téléphonique. Il me fait signe d'entrer et poursuit son appel. Je ne l'écoute pas vraiment, absorbée par la vue depuis la baie vitrée.

Soudain, je sens deux bras m'enlacer. Je me retourne et me retrouve contre lui.

— Je crains que ce ne soit pas une bonne idée, lui dis-je en souriant.

— Je sais, murmure-t-il avant de m'embrasser furtivement.

Il se détache, retourne à son bureau et me regarde avec un air malicieux.

— Alors, ai-je réussi le test du café ? demande-t-il avec assurance.

— Oui, haut la main…dis-je, fière de lui.

Satisfait, il s'installe dans son bureau.

— Tu voulais quelque chose ?

— Euh, oui… du travail, peut-être !

— Ah oui, pardon, j'avais tout récupéré ici, dit-il en se levant et en ouvrant un placard pour me sortir une pile de dossiers.

Je la prends et retourne dans mon bureau. À midi moins dix, un message de Salima s'affiche sur mon téléphone, elle nous propose de déjeuner avec eux. Pas seulement moi, nous. Je relis le message deux fois. Arthur a vraiment marqué des points. Ou peut-être a-t-elle compris la teneur de notre relation.

Je vais le voir :

— Salima nous propose de manger avec eux, ça te dit ?

Il jette un coup d'œil à ses dossiers éparpillés.

— Oui, je veux bien, ça me sortira de toute cette paperasse !

À l'heure dite, nous prenons l'ascenseur. À peine les portes fermés, je sens son torse contre mon dos. Il m'embrasse dans le cou et un frisson me parcourt. Je penche légèrement la tête sur le côté, lui laissant plus d'espace sur ma peau. L'ascenseur s'arrête, brisant notre bulle d'intimité. Un peu gênée je dois être toute rouge quand nous sortons de l'ascenseur. Tandis qu'Arthur, imperturbable, fait comme si de rien n'était. Ce qui évidemment, m'agace autant que cela me fait sourire.

Nous rejoignons Salima et les autres à la brasserie. Emma et Justin sont là aussi. Nous passons un agréable moment et Arthur semble comme dans son élément. Il plaisante, il participe aux différentes conversations. Je retrouve l'homme dont je suis tombée amoureuse.

De retour dans nos bureaux, je le trouve calme et serein, quelque chose a changé chez lui. J'ai l'impression qu'il reconstruit ce qui a été brisé.

Finalement nous passons une très agréable semaine. Entrecoupée de baisers furtifs et de câlins volés. Chacun à son poste, nous avons de quoi nous occuper. Entre les réunions d'Arthur et mes dossiers, le temps passe à toute vitesse.

Nous sommes vendredi matin, plongée dans ma présentation qui doit être finie pour lundi, une voix m'interpelle depuis l'entrée de mon bureau :

— Bonjour, c'est pour votre matériel informatique.

— Ah, mais je ne suis pas au courant, attendez !

Je me lève et vais voir Arthur. Il sourit et vient saluer le technicien.

— Oui, oui, allez-y, dit-il à l'homme qui s'attaque déjà à mon ordinateur.

— J'ai oublié de te dire, c'est pour le télétravail.

Je le dévisage, interloquée. Il n'a jamais été question que je travaille à distance… toute seule…à la maison. Devant mon air surpris, il reprend.

— Je pensais qu'on pourrait partir en train à Perpignan cet après-midi, y passer le week-end et revenir lundi. On travaillerait pendant les trajets…

— Hein, mais… quoi ? Mais je n'ai pas d'affaires pour me changer, et il y a Gaby.

— Je t'ai déjà pris un sac dans la voiture et pour Gaby, c'est Jasper qui va s'en occuper.

Désarçonnée, je l'observe. Devant son sourire irrésistible, je cède et le serre dans mes bras. Il sait combien j'aime Perpignan. Il l'a compris et c'est un très beau cadeau qu'il me fait.

Le technicien termine son installation et me tend un boîtier.

— Avec ça, vous pouvez vous connecter sur le réseau en toute sécurité où que vous soyez.

Le technicien sort de mon bureau, et je me tourne vers Arthur, toute excitée.

— Du coup, on part cet après-midi, dis-je en trépignant.

— Alors, j'ai pris des billets de train pour 12h40. On trouvera un truc à la gare pour manger dans le train…

— Ok, très bien Monsieur Weber, dis-je en l'embrassant furtivement sur les lèvres.

— Aller, au travail Mademoiselle Leroux ! dit-il en retournant dans son bureau.

À 11h50 il vient me chercher. Nous récupérons nos affaires et filons en taxi vers la gare. Une fois dans le train, nous mangeons rapidement avant de nous replonger dans le travail. Lui sur des rapports statistiques dont il doit faire la synthèse et moi sur ma présentation. Finalement, concentrés dans notre bulle, le voyage passe en un éclair.

Perpignan nous accueille sous un soleil radieux. Une fois arrivés chez moi, j'ouvre grand les volets et installe les transats sur la terrasse qui est plein sud et baignée de soleil. Arthur me rejoint dehors et m'enlace par la taille, son torse chaud contre mon dos. Le terrain fait près de deux mille mètres carrés et il est joliment arboré d'arbres fruitiers. Les bourgeons sont en fleurs et des jonquilles et des tulipes poussent par-ci par-là.

— Ta maison est magnifique, murmure-t-il en déposant un baiser dans mon cou.

— Oui, dis-je pensive.

Je repense à mon idée de la louer. Plus les jours passent, plus je me dis que c'est une mauvaise idée.

— Dis, tu crois que…

Mais je m'arrête dans ma lancée. Je me torture l'esprit. Il me fait pivoter et je me retrouve dans ses bras, mais ne le regarde pas. Il pose sa main sous mon menton et redresse mon visage.

— « Tu crois » quoi ?

Il me regarde tendrement, sans pression.

— Tu crois qu'on pourrait faire ça plus souvent ?

— Venir ici le week-end ?

J'acquiesce, un peu gênée.

— Tant que tu veux, il faudra juste organiser nos plannings pour qu'on puisse travailler dans le train... mais c'est seulement une question d'organisation.

— Oh, mais non, on ne pourra pas... dis-je dans un sursaut de lucidité.

— Mais pourquoi ?

— Il y a Gaby, on ne peut pas le laisser seul à la maison... Et Jasper ne va pas le garder quand bon nous semble.

Son regard pétille.

— Alors là, j'ai encore une solution, j'en ai parlé à Séverine dans la semaine.

— Séverine des R.H. ?

— Oui, je lui ai demandé si on pouvait amener un animal de compagnie au bureau. Elle m'a dit que s'il était éduqué et que les autres collaborateurs n'étaient pas opposés ça ne devrait pas poser de problème. Et comme je vois comment tu l'as dressé, je pense qu'il n'y aura aucun souci.

— Mais tu y avais déjà pensé ?

— En fait, c'était pour ce week-end, mais comme je voulais t'en faire la surprise, j'ai préféré demander à Jasper de veiller sur lui.

— Tu es vraiment un amour ! lui dis-je en l'embrassant tendrement. Je crois que je ne vais garder la maison, rajouté-je après un silence.

— Je m'en doutais, me dit-il en me serrant dans ses bras.

Je me blottis davantage contre lui et pose ma tête contre son torse.

— On est bien, là, non ?
— Oui, très bien, susurre-t-il en déposant un baiser sur ma tête.

On reste un moment dans les bras l'un de l'autre, à observer la nature autour de nous et à profiter du beau temps. Je me détache de lui à regret pour aller préparer le dîner.

Le soir, braséro allumé, vin à la main, nous dînons sous les étoiles. Plus tard, lovés sous une couverture, il me serre contre lui. Puis, dans la douceur de la nuit, il me fait l'amour avec tendresse et volupté.

60

Nous avons passé un week-end merveilleux. À Perpignan, nous avons flâné dans les rues, main dans la main sur la plage, et même entrepris une petite randonnée au pied du Canigou.

Mais aujourd'hui, c'est lundi. Le réveil a sonné tôt pour prendre le train et arriver à Paris vers midi. Durant le trajet, nous avons travaillé, chacun concentré sur ses tâches. À peine descendus, nous filons au siège pour déposer nos valises dans la voiture d'Arthur avant de profiter de la pause-déjeuner dans un petit restaurant à proximité.

Le contraste avec le sud est frappant : le ciel est gris, l'air plus frais. J'ai bien fait d'enfiler mon blazer.

À peine installés à une table discrète au fond du restaurant, une voix interpelle Arthur derrière nous. Je me retourne et vois Monsieur Richards s'approcher. Je me lève immédiatement, imitant Arthur qui, lui aussi, s'est redressé.

— Bonjour Arthur, Mademoiselle Leroux.

— Monsieur Richards, dis-je en hochant la tête.

— Appelez-moi Georges.

J'acquiesce et jette un regard à Arthur, dont la posture se tend imperceptiblement.

— Venez vous joindre à moi, dit-il en adressant un signe au serveur pour qu'il nous trouve une table pour trois.

Derrière lui, un couple qui semblait l'accompagner, s'installe à une autre table. Arthur ne se prive pas de le remarquer.

— Vous ne deviez pas déjeuner avec quelqu'un d'autre, demande-t-il d'un ton chargé de mépris.

— Non, non, ce sont juste des connaissances. Allez, venez ! dit-il alors que le serveur est revenu pour nous accompagner à une table plus grande.

Nous nous installons, et l'atmosphère devient rapidement pesante. Je suis mal à l'aise entre ces deux hommes qui n'ont visiblement pas réglé leurs différends.

— Alors, Mademoiselle Leroux, comment vous sentez-vous dans votre nouveau poste ?

— Et bien… Je me sens très bien, monsieur.

— Georges, corrige-t-il avec un sourire.

— Très bien, Georges, dis-je légèrement troublée.

Je sens le rouge me monter aux joues. Arthur me lance un regard rassurant, ce qui m'aide à reprendre contenance.

— Et toi Arthur, que penses-tu de la nouvelle organisation ?

— Très bien, Monsieur Richards.

Il l'a fait exprès. Son ton est volontairement formel, presque provocateur. Il toise son père avec un air de défi. Je surprends une lueur de lassitude dans les yeux de son père, peut-être même une pointe de tristesse. Je le pense même blessé par le comportement de son fils. Il ne relève pas et se plonge dans le menu, visiblement en quête de contenance.

C'est le moment que choisit de sonner le téléphone d'Arthur. Il le sort de sa veste, regarde l'émetteur et s'excuse en se levant pour aller prendre l'appel.

Georges soupire avant de tourner son regard vers moi.

— Excusez-moi, Mademoiselle... C'est moi qui suis à l'origine de cette tension.

Je l'observe un instant. Il semble sincèrement affecté. Il me fait presque de la peine... Mais après tout, c'est bien lui qui a causé cette situation.

— Vous savez, vous devriez vous parler..., finis-je par dire. Vraiment vous parler.

Il me regarde, surpris. Puis il ferme les yeux un instant avant de les rouvrir avec une expression plus douce.

— Je savais qu'il finirait par vous en parler... J'ai fait beaucoup d'erreurs dans ma vie. Mais celles que j'ai infligées à mes fils sont impardonnables. Je le sais...

— Vous savez, rien n'est jamais totalement perdu… le rassuré-je. Je ne vous dis pas que ce sera facile, mais ça vaut la peine d'essayer. Vous en avez besoin… tous les deux !

Arthur revient à ce moment-là. Dès qu'il s'installe, je me lève.

— Vous devez parler. À cœur ouvert, insisté-je en regardant Monsieur Richards.

Il me répond d'un signe de tête pour montrer qu'il a compris.

Je quitte le restaurant, et je reste devant le bâtiment pendant dix bonnes minutes, veillant à ce qu'Arthur ne trouve pas une bonne excuse pour fuir. Rassurée, je vais me prendre un sandwich et remonte dans mon bureau pour le manger.

L'après-midi avance, mais je ne peux m'empêcher de vérifier l'heure toutes les dix minutes. À quinze heures, l'inquiétude me gagne. Je me lève et sors dans le couloir. Au même moment, l'ascenseur s'ouvre sur Arthur. Je jauge son visage, il n'a pas l'air en colère, il a juste l'air éreinté.

Sans réfléchir, je vais à sa rencontre et le serre dans mes bras. Nous sommes d'ordinaire discrets sur notre relation, mais là, il en a besoin.

Je l'accompagne dans son bureau et ferme la porte à clé derrière nous.

— Alors ? j'ose après un moment de silence.

— On a parlé, finit-il par dire en s'asseyant.

Il tourne son fauteuil vers moi, et je viens m'asseoir sur ses genoux.

— Il m'a dit qu'il était désolé… Qu'il avait aimé ma mère à la folie, mais qu'il n'avait pas pu quitter sa femme. Que quand elle est morte, il avait perdu pied. Il avait tout nié, jusqu'à l'existence de son deuxième fils. Il a tout rejeté, tout fui. Il m'a dit qu'il s'est perdu pendant des années. Et puis, un jour, il s'est enfin réveillé, il s'est rendu compte qu'il avait tout perdu. Tout ce qui comptait vraiment dans la vie.

Il marque une pause, pensif.

— Il m'a demandé d'essayer de lui pardonner.

— Et…tu vas essayer ? je lui demande avec hésitation.

Il me fixe intensément.. Son expression me bouleverse, j'ai envie de la cajoler, de le rassurer.

— Je lui ai dit que je lui pardonnais…

Les larmes me montent aux yeux. Je suis fière de lui. Je l'embrasse pour lui montrer qu'il n'est pas seul, qu'il peut compter sur moi. Il répond à mon baiser avec une urgence qui me fait frissonner.

Très vite, la tendresse laisse place à une passion dévorante. Il me fait pivoter. Je suis à califourchon sur lui. Il m'embrasse sur les lèvres avec ferveur. Il descend dans mon cou et s'aventure dans mon décolleté. Il me soulève et me bascule sur son bureau, effleure ma peau brûlante de désir. Il dérobe de nouveau mes lèvres en déboutonnant mon chemisier. Il dépose une ligne de baisers jusque sur ma poitrine qu'il sort de son fourreau. Je mets mes mains en appui sur son bureau, mais fais tomber un dossier.

— Oh, mince ton dossier…

Il me regarde et éjecte tout ce qu'il y a sur son bureau en replongeant sur mes seins. Il soulève ma jupe, me caresse les cuisses. Quand il accède à ma culotte, il l'arrache littéralement.

— Hey, lui dis-je en le tapant sur l'épaule avec un sourire malicieux.

— Ne t'inquiète pas, je t'en achèterai plein d'autres.

Il passe sa main entre mes jambes, je suis trempée de désir.

— Toujours prête, Mademoiselle Leroux.

— Rien que pour vous, Monsieur Weber.

Il déboutonne son pantalon et me prend en une butée violente qui m'arrache un râle sonore.

— Chut, ma belle.

Je lui fais un signe d'acquiescement mais me mords les lèvres pour calmer les gémissements qui m'emportent. Il me prend avec force et ardeur. Je sens mon désir s'envoler et je me crispe pour ne pas gémir de nouveau. Il n'y tient plus lui non plus et il accélère le rythme faisant remonter en moi les vagues du plaisir comme un torrent qu'on ne peut arrêter. Son souffle se mêle au mien, et tout bascule en un tourbillon d'ivresse et de plaisir. Je me blottis contre son torse.

— Je t'aime, lui murmuré-je.

— Je t'aime, me répond-il en me faisant un baiser sur les lèvres. Attends, je reviens.

Il s'éloigne de moi en remontant son pantalon sur son petit cul sexy. Il appuie sur un pan du mur et une porte secrète s'ouvre. Il entre dans ce qui semble être une mini salle de douche et revient avec une serviette pour que je m'essuie.

Je reboutonne mon chemisier et cherche les lambeaux de ma culotte en vain. Arthur la soulève entre deux doigts, un sourire malicieux aux lèvres.

— Bravo, tu vas devoir me prêter tes clés de voiture pour que j'aille m'en chercher une autre dans mon sac.

— Pas besoin, dit-il en repliant délicatement le tissu avant de le glisser dans la poche de sa veste. J'aime te savoir nue sous ta jupe !

— Oh, Arthur ! dis-je en lui tapant doucement sur l'épaule, faussement outrée.

— Arrête, ne dis pas que tu n'aimes pas ça !

Je deviens rouge vif. Et me dirige vers la porte de son bureau que je déverrouille. Avant de sortir, je me retourne.

— Je ne te le dirai pas ! dis-je en lui tirant la langue avant de quitter la pièce.

Et bien sûr, c'est à ce moment précis que je tombe nez à nez avec Jasper.

— Hey, jolie belle-sœur !

Je sursaute, gênée. D'un geste rapide, je vérifie que mon chemisier est bien boutonné et lisse mes cheveux pour effacer toute trace de notre étreinte passionnée.

— Heu… belle-sœur ? Tu ne vas un peu vite ?

— Pas du tout, me dit-il avec un sourire malicieux.

Avant d'entrer dans le bureau d'Arthur, il se retourne vers moi.

— Dis-moi... Arthur est-il présentable, ou dois-je attendre quelques minutes ?

Je deviens écarlate.

— Non, non, c'est bon, dis-je précipitamment.

Je file à mon bureau, je n'ose pas le regarder. Il frappe à la porte d'Arthur avec un grand sourire de satisfaction.

Je relance mon ordinateur et ouvre une fenêtre de discussion avec Arthur.

A.Leroux : « ON NE FAIT PLUS JAMAIS ÇA AU BUREAU !!! »

A.Weber : « Dommage, j'ai trouvé ça plutôt distrayant ! ;) »

Je lève les yeux au ciel. Non mais vraiment...

EPILOGUE

Cela fait dix-huit mois qu'Arthur et moi sommes ensemble, et tout se passe à merveille. Durant cette période, bien des choses ont changé. La relation entre Arthur et son père s'est nettement amélioré, il lui a vraiment pardonné. Ils se font des sorties pêche entre hommes avec Jasper et Georges. Bien que la pêche ne soit pas sa passion, c'est surtout l'occasion de créer des liens et de vivre des moments qui lui ont manqués durant leur jeunesse.

Ma douce Sonia, quant à elle, a fini par sortir avec Steeve, mais leur relation n'a pas duré. La jalousie de Steeve et l'indépendance de Sonia les ont rapidement éloignés, et aujourd'hui, elle est célibataire par intermittence... Elle profite de la vie.

Jasper, lui, s'est trouvé une petite amie adorable, même si elle le mène par le bout du nez. Il est toujours aussi jovial et surtout... il est heureux, c'est ce qui compte. Je le soupçonne même de vouloir la demander en mariage mais qui sait.

Et en ce qui concerne Alban, il purge sa peine derrière les barreau et ne devrait pas en sortir de si tôt. Son procès débute dans trois mois et d'autres jeunes femme ont porté plainte pour viol et tentative de viol. J'ai confiance en la justice et je ne pense pas le revoir dans les rues après tout ce qu'il m'a fait.

Quant à nous, et bien, il y a eu quelques changements dans nos vies dernièrement. Dix mois après le début de notre relation, j'ai commencé à souffrir dès l'aube, pensant d'abord à une intoxication alimentaire, puis à une gastro, mais au bout d'une semaine je me suis fait une raison. Je suis allée acheter un test de grossesse qui s'est révélé positif. J'ai défié toutes les statistiques, je suis tombée enceinte sous pilule, la poisse !

Ça a été une claque phénoménale. Connaissant les antécédents familiaux d'Arthur, j'appréhendais sa réaction. Mais quand il l'a su, il m'a faite voler dans ses bras et m'a embrassée tendrement. J'ai été la plus heureuse des femmes.

Aujourd'hui, huit mois se sont écoulés depuis cette annonce. Je suis enceinte… et je me trouve grosse et moche. Nous avons décidé de ne pas connaître le sexe du bébé pour garder la surprise. Donc je suis en train de plier toute une panoplie de babygros blanc et crème. J'entends Arthur qui reviens du supermarché. Nous avons invité Jasper, sa compagne ainsi que Georges à venir dîner ce soir à la maison. Et Violette est venue nous rendre visite pour deux semaines tandis que Sonia doit arriver pour passer le week-end ici. Elle ne devrait d'ailleurs pas tarder à arriver. La maison se prépare pour une belle tablée, une dernière fête avant l'arrivé du petit haricot, car après, tout va devenir beaucoup plus compliqué.

— Ça va, mon amour ? Tu ne devrais pas t'asseoir un peu ? Le médecin t'a prévenue de ne pas rester debout trop longtemps !

— Oui, mon chéri, je suis enceinte, pas malade ! rappelé-je en souriant, malgré son air ronchon.

Il sait que depuis que je suis enceinte, je suis, comment dire, devenue particulièrement têtue et obstinée. Et il préfère éviter les longues discussions où il sait qu'il perdrait.

La porte sonne alors que Violette apparaît dans le salon.

— Je vais ouvrir Alice, dit-elle en se dirigeant vers l'entrée, ouvrant sur Sonia qui l'embrasse comme du bon pain.

— Bonjour, ma petite Violette, lance Sonia, avant que la grand-mère d'Arthur, rayonnante lui réponde :

— Bonjour, ma petite Sonia.

— Coucou, les amis, dit-elle en entrant dans le salon. Ouah… Tu es…

— Grosse ? Oui, je sais !

— Non, ce n'est pas exactement ce que j'allais dire… ajoute-t-elle avec un sourire complice, avant de m'enlacer.

Alors qu'elle me serre contre elle, le petit haricot en profite pour donner un coup de pied.

— Oh là ! s'exclame-t-elle. Je crois qu'il défend sa maman, ce petit !

— Ou cette petite ! je la corrige en riant.

— Oui, enfin moi, je dis que c'est un garçon depuis le début…

— Et bien, on verra ça dans un mois, plus ou moins ! Aller, monte installer tes affaires dans la chambre du fond et tu viendras m'aider à mettre le couvert.

— Ok, chef, répond-elle en me faisant un salut militaire et en me tirant la langue.

Je la vois monter avec sa valise et retourne dans la cuisine pour aller chercher les assiettes.

— Non, non, non, mon petit ! me lance Violette. Va t'asseoir, nous allons le faire avec Arthur.

— Mais vous savez, je peux le faire ! protesté-je.

— Non, non, pchittt, pchitttt, insiste-t-elle en me guidant vers le salon.

Je m'assois alors et observe s'activer chacun dans son coin. Sonia redescend pour aider Violette à mettre le couvert, tandis que Gaby, près de moi, observe tout ce petit monde défiler autour de nous. Lorsque j'entends sonner à la porte, je m'éjecte du canapé pour aller ouvrir à Jasper, Clara et Georges, qui semblent être arrivés en même temps.

— Je vous en prie, entrez messieurs dames.

Ils me font tous la bise et entrent dans le salon. Arthur nous rejoint et les invite à s'installer sur les canapés. Sonia et Violette arrivent à leur tour et nous ouvrons une bouteille de Prosecco.

— À la famille et aux amis, lance Arthur.

Et nous portons tous un toast à l'unisson. Pour ma part, je me contente d'un verre de jus de pamplemousse, mais je suis ravie de voir la joie sur leurs visages.

Nous passons un long moment à discuter et à rire aux anecdotes de Violette qui a vécu des situations surprenantes. Et leur duo avec Sonia est hilarant.

Un instant, je me lève pour aller chercher des toasts dans la cuisine, quand soudain, je sens un liquide couler entre mes jambes. L'assiette m'échappe des mains et le vacarme alerte Arthur qui arrive d'un pas pressé dans la cuisine.

— Ça va, ma belle, tu t'es blessée ? demande-t-il.

Je reste immobile, dos tourné à lui, avant de lui répondre d'une voix tremblante :

— Non, je crois que c'est le moment !

— C'est le moment de sortir les toasts du four, tu veux dire ?

Je me retourne, les mains sur mon ventre, et réplique :

— Non, je crois que c'est LE moment ! dis-je d'une voix presque hystérique, une contraction venant de se déclencher.

Je m'appuie sur l'îlot, le temps que dure la contraction, le regard apeurée. Comprenant la situation en voyant la flaque, Arthur m'attrape le bras et me conduit dans le salon, m'installant sur le canapé devant nos invités abasourdis.

— Nous devons aller à l'hôpital, immédiatement ! dit-il autoritaire.

En un instant, tout le monde se lève. Arthur donne des instructions à chacun et je les observe courir dans tous les sens. Gaby vient poser sa tête sur mes genoux, il sent que quelque chose se trame. Sonia monte à l'étage chercher le sac pour l'hôpital que j'ai fort heureusement terminé hier. Violette me tend une veste et s'assoit à mes côtés pour me tenir la main pendant les contractions. Tandis que Jasper et Carla, un peu perdus, rangent les plats dans la cuisine.

Arthur m'aide à me relever, et malgré une contraction survenant au passage, me regarde impuissant, devant la douleur que je supporte. Une fois passée, il me conduit jusqu'à voiture. Il me fait monter lentement côté passager et prend le volant. Il demande à Jasper et à Carla d'emmener Sonia, Georges s'occupe de Violette.

En file indienne, nous filons tous à l'hôpital. La douleur est intense et je ferme les yeux pour me concentrer sur des images apaisantes, sans succès. Arrivés aux urgences, un infirmier m'installe dans une chaise roulante et prend le relais d'Arthur qui nous suit, la mine défaite. Rapidement prise en charge, je suis emmenée dans une salle d'accouchement. Mes contractions sont fortes et rapprochées. L'infirmière qui m'ausculte m'annonce une dilatation à 9cm. Je lui demande si je peux avoir une péridurale, mais elle m'indique qu'il est trop tard.

Arthur revient, vêtu d'une charlotte et d'une blouse jetable, et se poste à côté de moi pour m'encourager. Malgré la douleur atroce – au point de vouloir le maudire par moments - je l'aime profondément. Juste avant une contraction, je sens l'envie irrésistible de pousser, la sage-femme regarde entre mes jambes et m'indique :

— C'est très bien, Madame, à la prochaine contraction, poussez !

Je la regarde, mais je sens déjà la contraction arriver, je pousse de toutes mes forces.

— C'est bien, poussez, poussez ! Très bien !

Je me repose de mes efforts, épuisée.

Je sens qu'une nouvelle contraction se prépare.

— Aller, encore un effort, poussez !

Je pousse aussi fort que je peux, je sens alors le passage de la tête. La sage-femme me dit d'arrêter et fait une manipulation.

— Aller, maintenant pousser, c'est la dernière ligne droite !

Je pousse et broie la main d'Arthur par la même occasion. Et je l'entends. J'entends son petit cri adorable. J'en ai les larmes aux yeux. Je regarde Arthur qui a les yeux qui brillent lui aussi.

— Bienvenue à une jolie petite fille, nous annonce la sage-femme.

— Est-ce que le papa veut couper le cordon, demande l'infirmière à Arthur en lui tendant les ciseaux.

Arthur s'en saisit et suit les indications qu'on lui donne. Lorsque c'est fait, elle me place mon bébé sur la poitrine. Nous l'observons, émerveillés, pendant qu'Arthur m'embrasse sur le front et cajole la tête de notre fille.

— On va laisser la maman se reposer avec son bébé, vous pouvez aller annoncer la bonne nouvelle.

Arthur remercie l'infirmière, m'embrasse et dépose un baiser sur le front de notre petit amour. Il sort de la pièce, non sans jeter un dernier coup d'œil dans notre direction, de la fierté dans son regard.

La sage-femme me prend ma fille et avec l'infirmière lui font sa première toilette. Elles l'habillent et la remettent sur moi.

— Je ne sais pas si vous allez l'allaiter mais il faut qu'elle prenne votre colostrum.

En disant ça, elle me met ma puce sur le sein qu'elle commence à téter. J'adore cette sensation, ce corps-à-corps, cette intimité. Je l'observe amoureusement. Je ne savais pas qu'on pouvait aimer un être aussi fort en quelques secondes.

Peu de temps après, l'infirmière me conduit dans une chambre, avec ma puce dans son berceau.

Je regarde le petit nom qui est indiqué sur le carton accroché au berceau : Rose, 2kg730, 48,5 cm.

La petite dort paisiblement et je suis submergée d'émotion en la regardant. Je sens déjà la montée de lait se faire dans mes seins qui sont énormes. J'entends des petits coups tapés à la porte et je vois Arthur rentrer chargé d'un sac. Il s'avance et regarde avec admiration la merveille que nous avons créée.

— Tu as été formidable, mon amour ! me dit-il en venant m'embrasser tendrement.

Il s'assoit sur le lit près de moi. Il me caresse la joue. Je ferme les yeux devant cet élan de tendresse.

— Tu sais, ce soir, j'avais prévu quelque chose, mais tu m'as coupé l'herbe sous le pied…

— Je suis désolée, mon amour, mais je n'y suis pour rien, je crois que Rose avait décidé d'arriver aujourd'hui.

— Je sais, dit-il en se penchant pour sortir une bouteille de champagne et un petit paquet qu'il me tend.

Je découvre à l'intérieur un cookie, une attention qui me fait sourire.

Il installe la bouteille sur la petite table de chevet de l'hôpital et prépare deux flûtes à champagne. Je le regarde faire, amusée.

— Tu sais que je vais allaiter, je ne dois pas boire d'alcool.

— Je crois que Rose nous pardonnera ce petit écart, plaisante-il.

Il prend une grand inspiration, ne me quitte pas de son regard intense.

— Ce que je voulais dire, ce que Rose a interrompu, c'est que…

Il met un genou à terre et sort une boite à bijou de son pantalon. À l'intérieur, une bague magnifique sertie d'un diamant somptueux. Je mets ma main sur ma bouche, les larmes me montent aux yeux, alors qu'il déclare, d'une voix vibrante d'amour :

—… je crois être tombé sous ton charme dès notre première rencontre. Tu m'as ensorcelé, tu m'as libéré de mes démons, et m'as fait découvrir des choses que je ne percevais pas, l'amour, la famille. Aujourd'hui, tu m'as fait le plus beau des cadeaux. Accepterais-tu de faire de moi le plus heureux des hommes… et de devenir ma femme ?

— Oui !

Ma réponse sort d'elle-même. Dans un cri d'amour pour cet homme qui me rend heureuse et que j'aime à la folie.

Il se relève et m'embrasse avec tendresse. Il me passe la bague au doigt et regarde nos mains enlacés. Au même instant, Rose se réveille et Arthur la prend tendrement dans ses bras. J'en ai les larmes aux yeux. Je n'ai jamais rien vu d'aussi beau.

REMERCIEMENTS

Écrire un livre est une aventure, et comme toute aventure, elle est jalonnée de rencontres, de soutiens et de précieux encouragements.

Je tiens d'abord à remercier Fyctia, cette formidable plateforme qui m'a permis de partager mon histoire, d'échanger avec d'autres passionnés et de faire grandir ce projet jour après jour. Sans cet espace d'expression et d'émulation, ce livre ne serait peut-être pas là aujourd'hui.

Un immense merci à mon mari, pour sa patience infinit face à mes heures d'écriture, mes doutes et mes moments d'absorption totale dans mon monde imaginaire. Merci de croire en moi et de me laisser la liberté de rêver sur le papier.

À mes enfants, qui, d'un clin d'œil ou d'un mot, me rappellent pourquoi l'aventure en vaut la peine. Vous êtes ma plus belle source d'inspiration.

À Nadine, mon amie et première lectrice, qui a pris le temps de plonger dans mon histoire avant tout le monde, de m'encourager et de me pousser à aller plus loin. Tes retours ont été précieux, tout comme ton soutien.

Et à ma famille et mes proches, qui, de près ou de

loin, m'ont encouragée, soutenue et parfois même supportée dans cette belle folie qu'est l'écriture. Votre bienveillance et votre confiance sont des cadeaux inestimables.

Si vous êtes arrivés jusqu'ici, c'est que vous avez partagé un bout de ce voyage avec moi, et pour cela, je vous dis un immense merci. Écrire une histoire, c'est une chose mais savoir qu'elle trouve écho en vous, qu'elle vous fait voyager, rêver ou ressentir des émotions, c'est la plus belle des récompenses.

Si vous souhaitez échanger, partager vos impressions ou simplement continuer l'aventure ensemble, vous pouvez me retrouver sur Instagram sur @brunet_soline79.

Merci d'avoir tourné ces pages avec moi, et peut-être à très bientôt !

Édition : BoD · Books on Demand, 31 avenue Saint-Rémy, 57600 Forbach, bod@bod.fr
Impression : Libri Plureos GmbH, Friedensallee 273, 22763 Hamburg (Allemagne)